삶·사람·사랑
이 닮은 꼴 어휘들이
저를 일으켜 세워
당신을 만났습니다.
반갑고, 소중합니다.

유 선 경

어른의 어휘력

어른의 어휘력

유선경 지음

말에 품격을 더하고 세상을 올바르게 이해하는 힘

리 커 버 에 디 션 서 문

같은 책의 서문을 두 번 쓴다는 사실은 작가로서의 인생에 중요한 의미이자 기쁨입니다. 《어른의 어휘력》의 15만 부 발행을 기념해 리커버 에디션을 발간한다는 소식을 들었을 때 뭉클했습니다. 그 뭉클함은 아마도 '방구석에서 혼자 외치는 말이 될 수도 있었는데 기적 같은 응답을 받아서 기쁘고 감사하다'는 감동이었을 겁니다.

처음 이 책을 기획하고 집필할 때 의도는 단 한 가지였습니다. 바로 "어른에게도 어휘력이 필요하다는 사실을 알리자"입니다. 책이 출간된 2020년 이전까지만 해도 우리 사회에서 어휘력은 당연히 공부하는 학생들의 몫이며 이러저러한 일상의 불편이 설마 어휘력 부족에 따른 것일 줄 대부분 인지하지 못했기 때문입니다. 어른에게도 어휘력이 필요하다는, 당시로서는 생소한 주장에 얼마나 많은 독자가 호응할지는 자신하지 못했습니다. "뜻만 통하면 됐지. 바쁜 세상에 무슨 어휘력까지 공부해?"라는 식의 반박이 많을 거라 예상했지요. 그렇지만 책이 출간되고 많은 독자들이 어휘력의 필요성에 공감해주셨습니다. 저로서는 이 사실 하나만으로 이 책이 세상에 나온 소기의 목적을 이루었다고 생각합니다.

리커버 에디션 서문을 기회라 여기며 《어른의 어휘력》과 관련해 독자들이 의문을 표하셨던 점들에 대해 설명해드릴까 합니다. 첫 번째는 책에 언급되는 순우리말 등의 어휘를 다른 사람에게 써봐야 그 사람은 알아듣지 못하는데 무슨 소용이 있느냐에 대해서입니다. 이러한 의문은 실상 '어휘력'이 아닌 '대화법'에 관련한 내용입니다. 대화법의 기본은 서로의 눈높이를 조절하는 것이지요. 알아듣지 못할 사람에게는 안 하면 되고, 알아들을 사람에게는 하면 됩니다. 개인적인 바람으로, 어휘력을 늘려서 어휘력이 풍부한 사람과 대화를 나누는 기쁨을 누려보기를 목표로 삼았으면 합니다.

또한 앞서와 같은 의문이 생길 때, 스스로에게 질문이 필요합니다. "나는 왜 어휘력을 필요로 하는가?" 하고 말이지요. 그 목적이 오로지 '타인과 대화를 잘 나누기'에만 있을 거라고 생각하지 않습니다. – 만약 그렇다면 대화법과 관련한 책을 읽는 것이 낫습니다 – 무엇보다 '서로 말을 할 때 뜻만 통하면 됐지'라는 생각이야말로 승자독식의 어휘로만 채워지는 말을 하고 글을 쓰는 가장 큰 원인입니다. 맛도, 멋도 없을 뿐 아니라 뜻이 제대로 통하는 것도 아닙니다. 같은 말 하는 줄 알았는데 알고 보니 다른 말을 하고 있더라는 경우가 얼마나 많은가요. 이러한 말과 글이 쌓여가며 세월이 흘렀을 때 자신의 가슴속이나 머릿속에 있는 것들을 한 번도 제대로 표현한 적이 없다는 놀라운, 그러나 뒤늦은 발견을 하게 됩니다. 어휘력은 바로 그 '가슴 속·머릿속에 들어 있는 것들'을 최대한 근접하게 접근해서 시원하게 풀어내기 위한 도구입니다. 반대의 입장에서도 뜻은 통합니다. 어휘력이 풍부할 경우에 타인의 가슴 속·머릿속에 들어 있는 것들을 훨씬 수월하게 이해할 수 있습니다.

두 번째는 어휘력 늘리는 방법에 대해서입니다. 이 책 한 권을 읽어서 당장 어휘력을 늘리고 싶은 바람을 가진 독자라면 실망할지 모르겠습니다. 저는 그보다 훨씬 중요한 근본에 대해 이야기하려고 하니까요. 바로 어휘력이 무엇에 필요하며 왜 중요한가에 대해서입니다. 제가 가진 소신은 '어휘야말로 모든 인문의 기본'이라는 것입니다. 인문은 인류의 지문 같은 것이라고 할 수 있습니다.

살아 있는 동안 우리는 '나는 누구인가?', '세상은 왜 이러한가' 하는 질문에서 자유로울 수 없습니다. 인문은 그 질문에 대해 수천 년간 쌓여온 현자의 어휘에 다름 아닙니다. 우리가 어휘를 자유자재로 가지고 놀 수 있다면 우리 삶을 고통스럽게 하는 많은 문제들에 대한 답을 훨씬 수월하게 들을 수 있습니다. 책을 읽지 않는 세태에 제일 안타까운 점이기도 합니다. 당신이 하는 똑같은 고민을 이미 수많은 사람들이 했고, 그에 대해 방법을 모색했고, 그에 대한 방법이 책에 있습니다. 물론 전부 옳은 방법이라고는 할 수 없습니다. 그렇지만 이 과정을 통해 우리는 자기 자신과 세상에 대해 선택하고 생각하는 훈련을 할 수 있게 되지요. 아직은 훈련이지만 꾸준히 하다 보면 멀지 않은 미래에 필요한 순간에 올바른 선택을 할 수 있는 지혜를 갖게 될 것입니다. 돌아가는 길 같지만 사실은 빨리 가는 길입니다.

그래도 어휘력을 늘릴 수 있는 가장 효과적인 방법을 꼽으라 한다면 '승자독식의 어휘'나 '지시대명사'를 최대한 쓰지 않도록 노력하기와 적확한 어휘를 찾아서 제자리에 찾아 넣도록 하기, 그리고 '자신의 감정을 뭉뚱그려서 표현하지 않기'라고 하겠습니다. 이것은 어휘력을 늘리는 방법이기도 하지만 나는 누구이고 무엇을 원하는지에 대한 답을 찾아가는 방법이기도 합니다.

저에게 바람이 있다면 모든 사람이 자기 자신에서 해방되기입니다. 자기 자신에게 갇혀 있는 가장 큰 원인은 자기 자신을 모르기 때문입니다. 제 경험을 말씀드리면 알아가는 어휘가 늘면서 저 자신에서 해방되고 있습니다. 지금의 저는 스무 살의 저

보다 훨씬 가볍고, 자유롭습니다. 이러한 해방감을 함께 누리고
싶습니다.

2023년 3월

유선경

어른다운 어휘력이
필요하다

아버지를 아버지라 부르지 못하고 형을 형이라 부르지 못하는 홍길동이 적지 않다. 허균의 홍길동처럼 서자라서가 아니다. 마땅한 어휘를 떠올리지 못해서다.

아버지가 아버지고 형이 형인 것처럼 세상의 대상과 사물, 현상 등에는 알맞은 어휘가 있는데 딱 짚어 부르질 못 한다. 머릿속에 형체는 있으나 명칭이나 이름이 바로 나오질 않는다. 누가 머릿속 연상을 찍는 카메라는 발명 안 하나 싶다. 자신이 느낀 기분이나 감상 등을 표현하고 싶지만 어떻게 옮겨야 할지 갈팡질팡한다. 체온기처럼 기분이나 감상을 감지해 알려주는 기기는 누가 발명 안 하나 싶다. 아직 그런 기기가 없어 대충 이 두 가지 말을 가지고 돌려 막는다.

"하! 이놈의 건망증!"

"어떻게 말해야 할지 모르겠네."

이 책은 일 년 전 한 모 씨가 내게 이렇게 말했을 때 시작되었다.

"낱말이 떠오르지 않는 걸 두고 사람들이 자꾸 나이 들어 생긴 건망증이라고 하는데 저는 건망증이 아니라 어휘력 부족이라고 생각하거든요?"

이 견해가 맞는지 틀리는지 구태여 따지지 말자. 건망증이라고 하면 외워야 한다 할 것이고 어휘력 부족이라고 하면 어휘력을 키우라 할 것이기 때문이다.

　대한민국의 어른은 대체로 수능을 치르고 나면 따로 어휘를 외운다든가, 어휘력을 키우는 수고를 하지 않는다. 매일 보고 듣고 읽고 쓰고 말하는 모국어 아닌가. 그래서 일상에서 겪는 불편이 설마 모국어의 어휘력 부족 때문인 줄 알아차리기 쉽지 않다.

　가장 즉각적으로 발생하는 불편이 글눈과 말귀가 어두워지는 것이다. 학습 능력은 둘째치고 소통에 상당한 불편을 겪는다. 말귀 못 알아듣는 사람과 말귀 못 알아듣게 말하는 사람이 만나 말해봐야 복장 터질 일밖에 없다. 어휘력이 부족해서일 뿐인데 '그 인간 문제 있다'로 비화되는 경우가 적지 않다. (물론 어휘력과 인격은 밀접하게 연관돼 있다. 이 경우 어휘력 '부족'보다 '잘못'에 가깝다.) 이런 일을 반복적으로 겪다 보면 심리적으로 위축되고 자신의 생각과 감정, 느낌 등을 표현하는 데 자신감을 잃는다. 어휘로 생각하고 정리해 표현하지 않는 게 일상이 되면 자기 생각이나 감정을 자기가 파악할 줄 모른다. 자신(自身)의 생각에 대해서 자신(自信)이 없다. 간혹 성격에 따라 미운 일곱 살처럼 공격적이 되는 수도 있다.

　어휘력은 말발 센 게 아니다. 표준국어대사전에서는 '어휘를 마음대로 부리어 쓸 수 있는 능력'이라고 풀이하는데 그러려면 낱말을 양적으로 '많이' 아는 것이 필요하긴 해도 낱말에 대해 '잘' 알아 적재적소에 활용하는 것이 더 효과적이다. 여기서 '잘'이란 다른 낱말과 함께 배치했을 때 의미나 어감이 어떻게 달라지는지 섬세하게 파악한다는 뜻이다.

　뒤집어 얘기해서 어떤 말이나 글의 의미나 어감을 쉽게 파악하지 못한다면 '눈치'가 부족하다기보다 '어휘력'이 부족한 탓이 크다. 말인즉슨 맞는데 묘하게 거슬리는 말도 '인간미'가 부족하다기보다 '어휘력'이 부족해서일 수 있다. 어휘력은 사람과 사람 사이를 연결하는 힘이자 대상과 사물을 바라보는 시각이며 어휘력을 키운다는 것은 이러한 힘과 시각을 기르는 것이다. 동시에 자신의 말이 상대의 감정에 영향을 끼칠 수 있다는 사실을 이해하는 것이다. 그래야 '어른'다운 어휘력이다. 이 책의 제목을 《어른의 어휘력》으로 삼은 배경이다.

　1장에서는 일상에서 미처 감지하지 못하는 어휘력의 중요성과 의미에 대해 짚는다. 특별히 '곁가지 서술을 줄일 수 있는 맞춤 낱말'에서는 적절한 낱말을 몰라 서술로 풀어놓는 일상 어휘를 골라 소개했는데 '여기에도, 혹은 이럴 때도 쓰는 낱말이 따로 있었어?' 관심 있게 읽으면 좋겠다.

　2장에서는 어휘력을 키우는 기술을 습득하기에 앞서 전제

되어야 하는 마음 자세에 대해 썼다. 대상과 사물을 바라보는 시각이 구체적으로 어떻게 어휘력에 직결되는지에 대한 글이라 하겠다. '사투리인 줄 알았는데 말맛 나는 우리말'에서는 귀로만 들은 입말을 사전에서 찾아 나의 어휘로 체득한 경험을 담았는데 어휘의 신선한 즐거움을 발견할 수 있기를 바란다.

3장은 어휘력을 키울 수 있는 방법에 대해서다. 어휘를 문장 구조와 떼어놓을 수 없으니 글쓰기와 연계했다. 4장은 한 개의 낱말에 대해 궁금해하고 음미하는 일이 어떻게 어휘력을 늘리고 사고력을 확장할 수 있는지, 사례를 들어 썼다.

어른의 어휘력에 대해 쓴다 했더니 주변의 반응이 이러했다.

"그 책을 읽으면 어휘력이 느는 거야?"

조금이나마 보탬이 되길 바라며 공들여 썼으나 부족하고 주석의 도움을 받기로 했다. 주석으로 소개한 낱말에는 생소한 어휘도 있지만 익히 아는 어휘도 많을 것이다. 쉬운 낱말에 굳이 주석을 단 이유는 다른 낱말과 함께 배치했을 때 의미나 어감이 어떻게 달라지는지 – 본인이 알고 있는 바로 그 의미나 어감이 맞는지 – 체감할 수 있도록 하기 위해서다. 이 책의 주석을 챙겨 읽으면 어휘력이 조금은 늘 수 있을 것이고 국어사전에서 어휘 찾는 재미를 느끼는 계기가 된다면 밥 위에 떡이겠다.

표제어에는 사회의 역사와 사람의 경험이 축적돼 있고 신조어는 새로운 시대의 도래를 알린다. 지난 26년 동안 라디오 방송 작가로 일한 가장 큰 원동력은 사람의 말소리가 가진 아름다움을 사랑해서였다. 그처럼 낱말 자체가 가진 아름다움이 있다. 하나의 예술작품을 감상하듯 낱말을 뒤살펴 아름다움을 감상하고 글눈을 뜨고 말귀가 트이는 즐거움을 누릴 수 있기 바란다. 그런 후의 세상은 이전의 세상보다 훨씬 크고 새로울 것이다. 그의 아름다움을 알고 나면 소중해지는 것이 사람의 자연스러운 마음이니 글과 말에 대해서도 그러하지 않을까.

2020년 7월

유선경

차례

1장

이래서 어휘력이 중요하다

1장

이래서

어휘력이 중요하다

책이 머리에   잘 들어오지 않는 이유

"책을 읽고 싶어도 머리에 들어오질 않아서 읽기 힘들어."

초등학생이라면 영락없이 책 읽기 싫어 둘러대는 핑계라 하겠지만 10여 년 전부터 친구들에게 꾸준히 듣고 있는 말이다.

마흔 넘으면 '내가 왜 이럴까' 싶은 게 도대체 한두 가지가 아니다. 변화라곤 나이 먹은 거밖에 없으니 부정적인 변화의 원인을 나이 탓으로 모집었다.[1] 책을 읽어도 머리에 들어오지 않고 나중에 기억나지 않는 것도 나이 먹어 그런 거라 무감하게[2] 대꾸했다. 책을 펼치고 딴생각으로 빠지기는 모든 세대에 공통이나 중년에 접어들면 딴생각의 범위가 광활해진 의무와 책임만큼이나 공활[3]해진다. 나이 탓이 영 허튼소리는 아니다.

그렇게 10여 년 살다 하늘이 두 쪽 나도 내게 확실하게 벌어질 일은 '더 나이 먹고 늙어 죽는 것'뿐이라는 진실을 깨우쳤다. 속절없는 나이 타령만 하다간 될 일도 안 되겠다 싶기도 했다. 안 되는 일을 죄다 나이에 책임을 떠넘기는 스스로가 좀 뻔뻔한 듯도 싶었다. 10년 전에 책 읽기 힘들다던 친구는 서서히 책 읽기를 포기하고 있고, 내가 제사날로[4] 찾은 원인은 이러했다.

1   모집다: [동사] 모조리 집다.

2   무감하다: [동사] 관심이나 감각이 없다.
    └다감하다: [형용사] 감정이나 감수성이 풍부하다.

3   애국가 3절 가사에 나오기도 하는 '공활'은 텅 비고 매우 넓다
    는 뜻, '광활'은 막힌 데가 없이 트이고 넓다는 뜻이다.

4   제사날로: [부사] 남이 시키지 않은, 저 혼자의 생각으로.

"어휘력이 부족해서 그래."

친구는 어리벙벙한[5] 표정을 지었다. 대학 나와 30여 년 가까이 직장생활을 하고 있는데 어휘력 부족이라는 소견[6] 따위나 듣다니, 한 번도 생각해본 적 없던 일일 것이다. 그러나 어휘력이 부족하면 내용을 이해하기 힘들고, 내용을 이해하기 힘드니까 책장이 넘어가질 않고, 책장이 넘어가질 않으니까 졸린다. 졸음을 유발한 책은 여간해서 다시 펼치기 쉽지 않다. 그렇다고 책 읽기 힘든 원인이 어휘력 부족이기만 할까. 그리 줄잡으면[7] '성급한 일반화의 오류'[8]다.

5 어리벙벙하다: 형용사 어리둥절하여 갈피를 잡을 수 없다.
6 소견: 명사 어떤 일이나 사물을 살펴보고 가지게 되는 생각이나 의견.
   └ 의견: 명사 어떤 대상에 대하여 가지는 생각.
   └ 견해: 명사 어떤 사물이나 현상에 대한 자기의 의견이나 생각.
   └ 관점: 명사 사물이나 현상을 관찰할 때, 그 사람이 보고 생각하는 태도나 방향 또는 처지.
7 줄잡다: 동사 1_ 어느 표준보다 줄여서 헤아려 보다. 2_ (흔히 '줄잡아'꼴로 쓰여) 대강 짐작으로 헤아려 보다.
8 성급한 일반화의 오류: 몇 가지 사례나 경험만을 가지고 그 전체 또는 전체의 속성을 섣불리 단정 짓거나 판단하는 데서 생기는 오류.

호모 사피엔스와
책 읽기

호모 사피엔스는 태생적으로 책을 읽도록 태어나지 않았고[9] 독서에 적합하게 진화하지 않았다.[10] 책을 읽어 지혜로운 자가 된 게 아니라서[11] 그 후손들은 그냥 놓아두면 '자연스럽게' 책을 읽지 않는다. 원시 인류는 사냥, 수렵, 채집 등으로 먹을거리를 구하고 맹수 등의 공격에서 스스로를 보호하기 위해 끊임없이 주변을 탐색하고 관찰하고 경계해야 했다. 눈 두 개가 가운데 몰려 있어 넓은 시야를 확보하는 데 적합하지 않으니 고개나 몸의 방향을 쉴 새 없이 바꿔가며 두리번거렸으리라.[12]

　　그 초원이 오늘날에는 인터넷에 있다. 눈 두 개가 가운데 몰려 있어 휴대전화의 좁은 화면을 보는 데 적합하니 고개와 몸

9　"인류는 책을 읽도록 태어나지 않았다. 독서는 뇌가 새로운 것을 배워 스스로를 재편성하는 과정에서 탄생한 인류의 기적적 발명이다." 미국 신경심리학자 매리언 울프, 《책 읽는 뇌》에서.

10　"인류가 문자를 발명한 것은 고작 8,000년 전의 일이고, 점토에 새긴 문자로 정보를 주고받은 것은 불과 6,000년 전의 일이다. 인류의 뇌는 독서에 적합하도록 진화되어 있지 않다. 독서는 인간에게 자연스러운 일이 아니고, 엄청난 에너지를 소모하는 활동이다." 장대익 서울대 자유전공학부 교수가 2017년 국회에서 발표한 논문 〈독서와 시민의 품격〉에서.

11　현생 인류의 조상을 가리키는 학명 호모 사피엔스(Homo sapiens)는 라틴어로 '지혜가 있는 사람', '슬기로운 사람'을 뜻하며 '이성적인 사고를 하는 사람'으로 폭넓게 해석할 수 있다.

12　두리번거리다: 통사 눈을 크게 뜨고 여기저기를 자꾸 휘둘러 살펴보다.

의 방향은 절로 고정된다. 먹잇감을 찾아 손가락이 이리저리 돌아다니고 눈동자가 두 발인 양 쫓아간다. 그때는 실재였고 현재는 가상이지만 뇌는 실재와 가상을 구분하지 못하며, 인간의 뇌는 그때나 지금이나 매우 산만하다.

인류는 먹고사는 데 노력을 소진하느라 책 읽는 데 쓸 노력이 남아 있지 않았다. 그래서 대부분 책과 무관하게 살았으며 현재도 대체로 그러하다. 대신 그들에게는 우주의 순환과 생명의 생로병사를 압축해 보여주는 자연이 있었고, 지식과 경험을 담은 이야기를 들려주는 사람들이 곁에 있었다. 찾아가 물었다.

"저에게 왜 이런 일이 일어났을까요?"
"제가 겪은 고통이 무슨 가치가 있을까요?"
"앞으로 저는 어떻게 살아야 할까요?"

그에 대한 답을 들려줄 대자연과 지혜로운 노인은 더 이상 곁에 없고 책은 흔하다. 하지만 인생 사용설명서 삼아 읽고 싶어도 세월이 검증했고 내로라하는 이들이 추천한 책치고 단번에 이해할 수 있는 책은 거의 없다. 무슨 글자인지 알지만 무슨 뜻인지 모르겠다. '까막눈'은 아니나 '실질문맹'[13]이다. 이게 다 호

---

13 국가평생교육진흥원에 따르면 2017년을 기준으로 전체 성인의 22%가 실질문맹인 것으로 나타났다. 한국은 글자 자체를 알아보고 읽고 쓰는 '문맹률'은 낮지만 문장의 뜻을 파악해 생활이나 업무에 적용하는 실질적인 능력, 즉 문서해독능력이 22개 경제개발기구(OECD) 가입국가 중 19위로 하위권이다.

모 사피엔스의 후손답게 자연스럽게 산 탓이다. 그러기에 아리스토텔레스도 경고하지 않았던가. 품성의 덕 중 그 어떠한 것도 우리 안에서 저절로 생겨나지 않는다고. 책을 읽으려면 상당히 의식적인 노력이 필요하다는 소리다. 자연스럽게 머리에 들어오지 않는 게 도리어 당연하다.

문해력이 떨어지면 복잡한 일이나 일상에서 요구하는 것에 대처할 수 있는 최소한의 수준을 갖추기 힘들고 새로운 직업이나 신기술 등 새로운 학습을 수행하기 어렵다.

이해하지 못하는 처음

계속 읽어야 할까?

"이해하지 못하는 책을 그래도 읽는 게 좋을까요?"

몇 해 전 모 대학에서 강연 했을 적에 받은 질문이다. 티 내지 않았지만 감탄했다. 참신하다. 이리 해석했다. '소위 필독서라 불리는 인문이나 문학 관련 서적을 읽어도 제가 아직 경험이 부족해선지 이해할 수 없어요. 나중에 이해할 수 있을 때 읽는 게 좋을까요, 이해하지 못해도 지금 읽는 게 좋을까요?'

사람은 자신이 가진 지식과 경험치 밖에 있는 상대의 언어를 '당장'[14] 이해하지 못한다. 감각인식이나 지적 수준의 차이일 수도 있지만 각자[15] 통과하는 시간이 달라서다. 이솝의 청개구리 우화가 전하는 교훈은 '엄마 돌아가신 후에 후회하지 말고 살아 계실 적에 말 잘 듣자'일지 모르나, 나는 모자(母子)가 통과하는 시간이 엇갈린[16] 데서 연유한 비극을 본다. 아들 청개구리는 엄마 청개구리가 죽은 다음에야 엄마의 시간을 산다. 엄마 청개구리는 아들 청개구리가 계속 그 시간에 머물 거라 여겨 그에 걸맞은 유언을 남긴다. 그 결과 청개구리는 비 오는 날만 되면 엄마 무덤이 떠내려갈 것 같아 개굴개굴 울어댄다. 둘은 함께 살

----

14 당장: 명사 1_ 일이 일어난 바로 그 자리. (현장. 그곳.) 2_ 일이 일어난 바로 직후의 빠른 시간. (냉큼. 즉각. 얼른. 이내. 곧.) 3. 눈앞에 닥친 현재의 이 시간. (바로. 지금. 즉시.)

15 각자: 명사 각각의 자기 자신. 부사 각각의 사람이 따로따로.

16 엇갈리다: 동사 1_ 마주 오는 사람이나 차량 따위가 어떤 한 곳에서 순간적으로 만나 서로 지나치다. 2_ 생각이나 주장 따위가 일치하지 않는다. 3_ 모순적인 여러 가지 것이 서로 겹치거나 스치다. 4_ (주로 '길'과 함께 쓰여) 서로 어긋나서 만나지 못하다.

았으나 한 번도 같은 시간을 살지 못했다. 서로 말이 통하는 시간을 살지 못한 것이다.

사람은 지금 이 순간에는 지금 이 순간 이해할 수 있는 것만 이해한다. 담을 수 있을 만큼만 담을 수 있는 그릇과 같다. 자신의 그릇이 작아 상대의 말을 제대로 주워 담지 못한 채 흘려버리거나 심지어 제멋대로 오해하는 경우가 적지 않다. 그 진심이나 진실을 깨달았을 때면 이미 늦어 과거의 자신이 한없이 부끄럽고 밉다.

모르는 낱말들이 끝내 제공하는
삶의 지렛대

책을 읽는 행위란 나에게, 내가 사랑하거나 사랑할 이들에게 당도할 시간으로 미리 가 잠깐 사는 것이다. 아직 살아보지 않은 시간이라 당장 이해하기 힘들어도 '왜 그런지 모르겠지만 그럴 수도 있는 모양이군' 하는 식의 감(感)을 얻는다. 신비로운 일이다.

정신 밭에 뿌려둔 감(感)이라는 씨앗은 여하튼 어떻게든 자란다. 그러다 문득 내게 당도해버린 시간을 통과할 적에 떠오른다. 처음이지만 처음이 아니고 혼자지만 혼자가 아닌 것 같은 기분, 서툴게 더듬어 찾아가면 오래 전 내 정신 밭에 뿌려둔 씨앗 자리에 뼈가 자라고 살이 붙어 서 있는 형상과 마주한다.

내게는 열아홉에 읽은 프리드리히 니체의《차라투스트라

는 이렇게 말했다》가 그러했다. 모르는 낱말로 가득해 나름 자부한 독해력에 혐의를 두게 했다. 정신에 균열이 가 불편했을 뿐 아니라 가뜩이나 허무한 아이가 더 허무해져버렸다. 이상하리만치 잊히지 않았다. 흡사 나쁜 남자에게 매혹당한 순진한 소녀 같았다.

다시 읽지 않았다. 그저 한 선배에게 "사람은 행복해지려고 사는 것 같지 않다"는 소감을 남기며 열아홉 살답게 겁도 없이 헌법이 모든 국민에게 가지라고 선포한 '행복을 추구할 권리'[17]를 무시했다. 이루지 못한 첫사랑을 200년 넘게[18] 절절이 그리는 심정을 말로 표현하라면 '행복추구권'이 아닐까. 우리가 왜 행복을 추구해야 하는지, 왜 아직도 추구해야 하는지, 맘껏 누리는 것도 아닌 고작 추구 따위가 왜 권리인지에 대해 생각하면 나는 분통이 터졌다.

이러구러[19] 세월이 흘렀다. 내 인생의 표석이 십대의 끝자락에 이해하지 못한 채 읽은 《차라투스트라는 이렇게 말했다》였다는 사실을 알아차린 건 최근의 일이다. 이해하지도 공감하지도 못 했으나 이것이 삶의 진실일지 모른다는 감(感)을 모태삼아 뼈가 자라고 살이 붙은 어떠한 형상이 돼 묵직한 무게감으로

---

17 대한민국 헌법 제10조. '모든 국민은 인간으로서의 존엄과 가치를 가지며, 행복을 추구할 권리를 가진다.'

18 기본권이자 천부 인권인 행복추구권은 1776년 미국 독립선언서와 1789년 프랑스 인권선언에서 출발했다.

19 이러구러: [부사] 1_ 이럭저럭 일이 진행되는 모양. 2_ 이럭저럭 시간이 흐르는 모양.

내 삶을 밀고 있었다.

차라투스트라에게서 왔으나 이해하지 못했기에 딱히 차라투스트라라고 하기 힘든 그 형상은 내가 인생 자락의 고비에 놓일 때마다 뜨거운 회초리를 휘두르고 있었다.

"고생 끝에 낙이라는 둥 어설픈 소리 믿지 마. 아무것도 없을 테니까. 너를 고통스럽게 하는 것들을 쉽고 만만한 것들로 때우려 하지 말고 똑바로 쳐다봐. 밑바닥까지 바라봐. 네가 온몸으로 견뎌낸 것들이 쌓여 너를 만드는 거야. 그렇게 성장하는 거야. 같잖은 희망의 노예가 되지 말고 성장과 자유의 즐거움을 누려봐. 내 어린 친구여, 부디 아모르 파티(Amor fati[20])!"

돌아보면 어느 시절이라 이르집을[21] 필요 없이 내내 쉬운 게 없었다. 천성이 유약해 억척[22] 부리고 사느니 차라리 세상이 망해버리길 바랐고 어딜 봐도 시틋한[23] 것들 천지였다. 그러나 오늘 나는, 살아 있어서 기쁘다. 어제는 알지 못했으나 오늘 깨우쳐 내일 성장할 나를 기대하는 것은 삶의 지렛대다. 인간은 홀로 이 무거운 삶을 온전히 짊어질 수 없다. 지렛대가 필요하다.

20 프리드리히 니체가 쓴 용어, 자신의 운명을 긍정하고 사랑하라는 의미.

21 이르집다: 동사 오래 전의 일을 들추어내다.

22 억척: 명사 일을 해 나가는 태도가 어떤 어려움에도 굴하지 않고 몹시 모질고 끈덕짐. 또는 그런 사람.

23 시틋하다: 형용사 1_ 마음이 내키지 아니하여 시들하다. 2_ 어떤 일에 물리거나 지루하여져서 조금 싫증이 난 기색이 있다.

그러니 어찌 아니라고 할 수 있을까.

　이해하지 못하는 책을 그래도 읽는 게 좋으냐는 질문에, 내 의견을 말했다.

　"이해하지 못해도 읽으면 좋습니다. 이해하지 못하면 못해서 기억에 남습니다. 잊고 살다 어느 순간 찾아옵니다. 이제 이해할 수 있을 때가 된 거지요. 그때 다시 읽으면 기막힌 내 이야기가 됩니다."

어휘력이 부족하면

생기는 일

빔 벤더스 감독이 찍고 쓴 사진집 《한번은,》에 등장하는 이것은 무엇일까.

이른 아침, 도쿄의 거리를 산책하다
어렸을 적 자주 하던 놀이를 떠올렸다.
"너는 안 보이는 게 나는 보이지, 그게 뭐냐면……."
이렇게 시작을 하고, 설명을 하는 거다.
지금 같은 경우에 그건,
우선 빨갛고, 플라스틱으로 만들었으며,
도쿄의 어느 거리에서나 볼 수 있는 것이다.
아무튼 그날 아침엔 정말로,
빨간 모자처럼 생긴 저 물건을 피해서 사진을 찍는 것이 힘들었다.
피하고 싶다면 그저 하늘을 향하는 수밖에 없었다.

그리고 이어지는 사진 세 컷, 좁은 골목길에 있고 횡단보도 앞에 있고 가게 앞에 있다. 벙그레 웃었다. 나는 그걸 볼 때마다 머리에 쓰고 싶은 충동을 느낀다. 깜깜한 한밤중 아무도 없는 거리에서 그걸 쓰고 춤추고 싶다. 그것은 고깔 모양이며 빨간 바탕에 흰색 줄이 가로로, 혹은 세로로 그어져 있으며 우리는 '진입금지'로 이해한다. 이만하면 당신도 그것의 형체를 또렷이 떠올릴 것이다. 그것을 뭐라고 불러야 할까? '그것' 말고 제대로 된 명칭 말이다.

'칼라콘'이다. 같은 모양이라도 검정색 고무로 만든 것은

'라바콘'이라 한다. 원뿔 모양을 콘(cone)이라고 하니까 플라스틱에 색이 들어간 거는 칼라콘, 고무 재질로 만든 것은 고무를 뜻하는 러버(rubber)를 붙여 한국식으로 라바콘이라 부른다.

그런가 하면 보행자용 도로나 잔디에 세워놓거나 아예 매립한 작은 기둥이 있는데 '볼라드(bollard)'라고 한다. 플라스틱으로 만든 칼라콘이나 고무로 만든 라바콘과 달리 볼라드는 철제나 콘크리트로 제작하기 때문에 한눈팔다 부딪치기라도 하면 상당히 아프다. 또 청와대를 비롯한 관공서나 고속도로, 아파트 단지 앞에 차량이 진입하지 못하도록 옆으로 길게 세운 것은 '바리케이트'가 아니라 '바리케이드'다. 볼 때마다 나를 밀어내는 것 같아 썩 유쾌하진 않다. 이처럼 일상적으로 마주치는 사물인데도 정확한 명칭을 모르는 경우가 있는가 하면, 알기는 아는데 생각나지 않을 때가 있다.

낱말을 많이 아는 것보다
더 중요한 것

딱 맞는 어휘가 분명히 존재한다는 사실을 알고 있다. 기억 날 듯 말 듯, 개미 한 마리가 뇌의 언어중추 언저리를 슬슬 기어 다니며 간질이는 거 같더니 끝내 이런 식의 말밖에 못 한다.

"고속도로에서 돈 받는 데 있잖아. 근데 사람이 없는 거야. 차에다 뭐 달면 거기서 요금 빼간다던데 그걸 안 달아가지고 못

내고 지나버렸어."

딱 맞는 어휘를 떠올렸다면 이리 말했을 것이다.

"톨게이트에서 하이패스 전용차로로 들어서는 바람에 통행료를 정산하지 못하고 통과해버렸어. 내 차에 하이패스 단말기가 없거든."

어휘력이 부족하면 지시대명사를 많이 동원하고 활용범위가 넓은 낱말을 남용한다. 그렇다면 먼저 문장을 구사한 사람이 떠올리지 못한 단어는 모두 몇 개일까?

'톨게이트', '하이패스' 두 개뿐일 거 같지만 '통행료'와 '정산하다', '인출하다'나 '결제하다', '수납원' 등의 낱말도 떠올리지 못했다. 돈이나 요금처럼 활용범위가 넓은 명사 대신 '통행료'라고 하면 어떤 쓰임의 돈인지 구체적으로 알 수 있고 '(돈을) 내다'처럼 웬만한 문장에 다 가져다 쓸 수 있는 동사 대신 '정산하다'를 쓰면 유료도로나 고속도로를 주행한 거리를 계산해 마땅한 값을 치른다는 뜻을 압축해 전달할 수 있다.

또 '(돈을) 빼간다' 대신 '인출'이나 '결제'가 적합한 어휘며 톨게이트에 있는 사람은 그냥 사람이 아니라 도로공사에 직·간접으로 고용된 직원이다. 그는 '톨게이트'와 '하이패스' 같은 용어[24]가 떠오르지 않아 머릿속이 간질간질했을 테지만 그보다

---

24 용어: 명사 일정한 분야에서 주로 사용하는 말.

훨씬 쉬운 통행료, 정산하다, 인출하다, 결제하다, 수납원 등도 적절하게 사용하지 못했다. 많은 개수의 낱말을 아는 것보다 중요한 것은 알고 있는 낱말을 잘 활용하는 것이다.

아는데 쉽게 떠올리지 못한다면 개념을 충분히 이해하지 못했을 가능성이 높다. 여기서 개념은 속어인 '개념 없다'의 개념이 아니다. 그 '개념 없다'를 표제어[25]로 바꾸면 '상없다' 정도가 될 듯한데 '보통의 이치에서 벗어나 막되고 상스럽다'는 뜻이다. 국어사전은 '개념(槪念)'을 '어떤 사물이나 현상에 대한 일반적인 지식'이라고 풀이하고 있다. 어휘력은 개념이다. 하이패스를 예로 들 때 그것이 어떤 필요로 등장했고 어떤 원리로 작동하는지에 대한 지식을 학습하면 쉽게 잊어버리지 않는다. 즉, 어휘력을 획득했다 할 수 있다.

하이패스는 한국도로공사가 도입한 '무선 통행료 결제 시스템'으로 'hi'와 'pass'를 조합해 만든 영어사전에 없는 용어다. (물론 국어사전에도 없다.) 이 시스템을 도입한 이유는 통행료를 결제하는 동안 서행하거나 정차하느라 발생하는 교통정체와 연료소모를 줄이기 위해서다. 운전자가 하이패스 카드를 단말기에 삽입한 채로 톨게이트의 하이패스 안테나를 지나면 결제정보가 단말기에 기록된다.

하이패스 단말기가 없으면 고속도로나 유료도로의 톨게이트마다 정차해야 하는 것처럼 어휘력이 부족하면 말이나 글에

---

25 표제어: 명사 1_ 표제가 되는 말. 2_ 언어 올림말, 사전 따위의
표제 항목에 넣어 알기 쉽게 풀이해 놓은 말.

지체구간이 생기고 늘어진다. 표현하고 싶은 용어나 낱말이 떠오르지 않아 그것을 설명하느라 정작 하려던 말이나 글을 중단하고 곁가지 서술을 해야 하기 때문이다. 전체적인 말이나 글의 품위가 떨어지는 것은 물론 이미 용어나 낱말을 아는 사람에게는 쓸데없고 지루하다.

정확한 어휘를 구사해야 하는 이유는 해석의 여지를 줄이기 위해서다. 시나 소설 등의 문학에서 작가가 의도적으로 쓴 애매모호한 표현은 여운과 사유로 이어질 수 있다. 그 모호함에서 비롯된 해석이 제각각 달라 벌어지는 논의조차 의미 있다. 그러나 언론기사나 논문, 논술이나 프레젠테이션, 자기소개서 등 정보나 지식 전달을 목적으로 하는 글에서 해석의 여지가 많은 어휘와 표현을 써서 읽거나 듣는 사람마다 다르게 이해한다면 존재의 이유를 묻지 않을 수 없다.

글쓰기가 업(業)인 사람에게는 더 이상 해석의 여지가 없을 정도로 정확한 어휘와 표현을 찾는 것이 목표다. 이룰 수 없는 목표를 바라보고 하염없이 헤맨다. 뜻이 통하면 됐지 구태여 그런 수고까지 할 필요 있느냐 묻는다면, 이 과정에서 겪은 기적 같은 이야기를 들려주고 싶다. 바로, 찾아 헤매는 동안 자신의 생각과 감정이 점점 더 명확해진다는 것이다. 마치 생각만 어휘를 찾아가는 게 아니라 어휘도 생각을 찾아와 중간 어디쯤에서 극적으로 만나 부둥켜안는 것 같다. 분명 내 자아에 줄 수 있는 선물이 있다.

언어의 한계는

상상과 인식의 한계

전화벨이 울린다. 어머니다. 대뜸 이러신다. "그거 먹으면 좋단다." 또 시작이다. 어머니가 저녁에 전화를 하시면 십중팔구 방금 전 TV에 나온 건강식품을 알려주기 위해서다. 그것들 다 먹었으면 만수무강하거나 부작용에 시달리거나 둘 중 하나가 될 게 틀림없는데 어머니가 알려주시는 건강식품의 이름은 다행인지 불행인지 죄다 '그거'다.

"그게 뭔데요?" "그거 있잖아, 그거. 동남아 어디에서 난다던데." "동남아가 하나둘이에요? 어느 나란데?" 전화기 너머가 잠잠하다. 기억을 더듬으시는 중이다. "여보세요? 엄마?" "그래! 네 삼촌 간다는 거기 있잖아." 이번에는 '거기'다. "아, 베트남?" "그래, 베트남! 그게 거기서만 난다더라." "그러니까 그게 뭔데?" "그게 이름이 뭐더라." 답답해하시다 버럭 나무라신다. "아니, 넌 왜 모르냐!" 억울하다. 내가 어머니한테 들은 어휘라곤 그거와 거기밖에 없다.

얀 마텔의 소설 《베아트리스와 버질》에는 버질이 베아트리스에게 배를 설명하는 희곡이 등장한다. 시작은 버질이 "배라도 하나 먹었으면 좋겠는데"다. 베아트리스는 버질의 말을 이해하지 못한다. 먹은 적도 본 적도 없으니 '배라도 하나 먹고 싶다'는 말이 어떤 욕구에서 나오는지 전혀 감 잡을 수 없다.

이렇게 시작된 배에 대한 문답은 무려 아홉 매에 걸쳐 이어진다. 버질은 일단 배의 모양부터 알려주려고 베아트리스가 알고 있는 사과와 바나나, 아보카도에 기대 열심히 묘사하지만 머릿속에 정확히 배의 모양을 그렸을 리 만무하다. 어쨌거나 다 들은 베아트리스의 소감은 "배는 세상에서 제일 좋은 과일일 거 같아!"였다. 그리고 다시 묻는다. "맛은 어때?"

버질은 냄새부터 맡아봐야 한다면서 설명한다. "잘 익은 배의 향기는 (……) 우리 정신에 영향을 미치지. 정신이 몽롱해지고 멈춰버리는 것 같다고. 온갖 기억과 그에 관련된 생각을 하얗게 지워버리고 정신이 그 매혹적인 향내의 매력을 알아내려고 깊이 파고들지만, 그 매력을 알아내기는 정말 힘들지." 아름다운 표현이지만 추상적이다.

베아트리스는 맛이 궁금해 안달하고 마침내 버질이 소개한다. "배를 작게 잘라내면 속살은 새하얗지. 안에 전등이 켜진 것처럼 하얗게 빛난다고. 그래서 과도 하나와 배 하나만 있으면 어둠이 무섭지 않아." "배를 씹을 때 입 안에서 느껴지는 느낌이나 감각도 정말로 말로 설명하기는 힘들어. 어떤 배는 아삭아삭하기도 해." 베아트리스가 배 맛을 상상하기 위해 묻는다. "사과처럼?"

당신이 배 맛을 안다면 손사래를 치며 부정할 것이다. "아니라니까. 사과하고는 완전히 다르다니까!" 버질도 그랬다. 앞서 배의 모양을 설명했던 것처럼 이번에는 배의 맛에 대해 찬찬히 알려준다. "괜찮은 배는 맛이 굉장해. 그러니까 배를 깨무는 환희에 빠지는 순간, 마음을 완전히 빼앗겨 버릴 거야. 배를 먹겠다는 것 말고 다른 건 생각도 하고 싶지 않을 거야." 그러나 베아트리스는 끝내 묻고 만다. "그럼 배 맛은 뭐랑 비교할 수 있을까?"

지금까지 팽팽하게 쌓아올린 배에 대한 설명은 이 지점에서 와르르 무너진다. '우리는 이미 반쯤 아는 것을 듣고 이해한다'고 한 헨리 데이비드 소로우의 말은 과연 진실일 수밖에 없을까. 결국 버질도 포기한다. "배 맛은 뭐랑 비슷하냐면, 뭐하고 비교할 수 있냐면……. 모르겠어. 말로는 표현할 수가 없어. 배 맛은 배 맛 그 자체야. 어떤 맛으로도 비교할 수 없어." 베아트리스는 안타깝다. "너한테 배가 있으면 좋을 텐데." 버질도 같은 심정이다. "그래, 나한테 지금 배가 있다면 당장 너한테 맛을 보여주었을 거야." 둘은 침묵한다.

버질은 베아트리스가 알고 있는 것에 기대어 한참 설명했지만 자신이 경험한 것을 끝내 알릴 수 없었다. 베아트리스는 버질의 이야기에 푹 빠져 머릿속에 온갖 형상을 열심히 그려봤지만 최종적으로 몰랐다. 언어의 한계다. 상상의 한계다. 인식의 한계다. 이 한계가 '프로크루스테스의 침대'[26]가 되어 상대가 전하는 의미를 두드려 펴 늘이거나 머리 혹은 사지를 가차 없이 잘라낸다.

흔하디흔한 과일 하나 설명하기도 이렇게나 힘든데 나는 알고 당신은 모르고, 나는 겪고 당신이 겪지 않은 일에 대해서라면 오죽할까. 그래서 대화가 각자 말을 하거나, 그저 그런 진부한 언어의 나열에서 벗어나지 못하는 거다.

---

26 프로크루스테스의 침대: 그리스 신화에 등장하는 프로크루스테스는 노상 강도로 나그네를 붙잡아 자신의 침대에 눕혀놓고 나그네의 키가 침대보다 길면 그만큼 잘라내고 짧으면 억지로 침대 길이에 맞춰 늘여 죽였다. 자신의 기준에 다른 사람의 생각을 맞추려고 하는 횡포, 아집, 독단 등을 이르는 심리학 용어다.

그럼에도 나만 겪은 일을 당신에게 알리고, 당신이 겪은 일을 내가 알 길은 언어밖에 없다. 언어는 강철보다 견고한 인간의 생각과 마음을 두드려 금 가게 하고, 틈이 생기게 하고, 마침내 드나들 수 있는 길을 만들 수 있는 유일한 수단이다. 언어의 한계를 서로 달리 살아온 삶의 경험과 환경에서 비롯된 거라 믿어 소통에 대한 희망을 버리지 않는다면 어휘를 선택할 때 조금은 더 친절해질 수 있다. 상대의 처지에 적절한 낱말을 찾게 된다.

베아트리스와 버질의 대화에 등장하는 '배'가 상징한 것은 '홀로코스트'[27]였다. 얀 마텔은 1963년생으로 홀로코스트를 경험한 세대가 아니다. 캐나다 사람이라서 집단무의식과도 거리가 멀다. 그래서 이런 발상을 할 수 있었을 것이다. 그는 홀로코스트가 인류의 기억에서 사라질 것을 우려했다. 하지만 아무리 알고 싶어도 직접 경험하지 않으면 알 수 없는 이야기가 있다. 그런데 알고 싶다. 말하고 싶다. 자신처럼 홀로코스트를 경험하지 않은 사람들을 향해. 그러기 위해선 새로운 표현을 창조해야 하고 새로운 개념을 등장시켜야 한다. 새로운 세대에게는 새로운 표현으로 전달해야 하는 것이다.

《베아트리스와 버질》을 읽은 후에 나는 어머니의 그거와 거기밖에 없는 정보에 한결 느긋해질 수 있었다. 나는 베아트리스처럼 묻는다. 어떻게 생겼는지, 어떤 느낌인지, 그걸 접한 다

---

27 홀로코스트(Holocaust): 사람이나 동물을 대량으로 죽이는 행위를 뜻하는 보통명사이나 제2차 세계대전 후에는 나치 독일이 저지른 유대인 대학살을 의미하는 고유명사로 쓰고 있다.

른 사람의 반응은 어떠한지, 무엇과 비슷한지 등등.

어머니는 버짐처럼 당신이 아시는 어휘력을 동원해 내 앞에 갖다 놓은 것처럼 묘사하신다. 듣고 있으면 재미나다. 사실은 무엇을 말씀하시려는지 진즉 눈치챘을 때도 적지 않다. 시치미 뚝 떼고 계속 묻는다. 장난기가 발동해서일 때도 있고, 어머니 시각으로 어떻게 보이는지 궁금해서일 때도 있고, 점멸등처럼 깜박깜박하시는 당신의 어휘력을 지키기 위해서일 때도 있다. 농담이 아니다. 정말이다.

나의 세상은 언어의 한계만큼 작거나 크다

세상은 이 두 가지로 이루어진다.

나 ———— 대상

나를 제외한 전부가 대상(對象, object)[28]이다.

대상은 내가 아니며 결코 내가 될 수 없다.

— 소외와 불안, 두려움, 욕망과 슬픔 등이 발생한다.

대상은 의미[29]다.

대상은 내가 될 수 없지만

나는 모든 대상의 대상이 될 수 있다.

— 내가 하는 모든 말과 행위 역시 그러하다.

나는 누군가에게 의미다.

— 나의 모든 말과 행위 또한 그러하다.

이따금 내가 나에게 대상이 되기도 한다.

예를 들어 거울 속의 나는 대상이다.

내가 나를 대상으로 볼 때 사유가 시작된다.

---

28 대상(對象): (철학) 정신 또는 인식의 목적이 개념이나 언어에
의해 표상이 된 것. 나무나 돌과 같은 실재적 대상, 원이나 각
과 같은 비실재적 대상, 진리나 가치와 같은 타당적 대상 등 세
가지가 있다.

29 '말이나 글의 뜻'을 가리키는 '의미(意味)'의 한자를 풀면 意는
'뜻', '생각'을, 味는 '맛', '기분', '취향' 등을 칭한다. 즉 의미는
뜻이나 생각뿐 아니라 느낌이나 기분도 내포한다.

내가 대상을 가리킨다.

대상을 통해 지각[30]하거나 인지[31]한 것을 표현한다.

지각과 인지를 통해 얻은 자신의 감각이나 개념, 판단, 감정 등이 타당한지 확인한다.

조정하고 조율하는 단계를 거친다.

— 타당성을 확보하면 자신감을 얻을 수 있고, 틀리거나 다르다고 인정하면 사고의 다양성과 유연성을 배울 수 있다.

이 모든 과정은 언어로서 가능하다.

앞서의 '가리키다', '표현하다', '확인하다', '거치다'는 인간의 본능이지만 그럴 수 없는 환경에 놓여 할 수 없거나 저절로 그리 되지 않는 사람이 있다.

가리키지 못하고 표현하지 못하며 확인하지 못하고 거치지 못한다.

그리하여

　·
　·
　·

숨을 잃거나 숨이 막힌다.

혹은 영구히 유아기에 갇힌다.

---

30 지각: 명사 (심리) 감각 기관을 통하여 대상을 인식함. 또는 그런 작용.

31 인지: 명사 (심리) 자극을 받아들이고, 저장하고 인출하는 일련의 정신과정. 지각, 기억, 상상, 개념, 판단, 추리를 포함하여 무엇을 안다는 것을 나타내는 포괄적인 용어로 쓴다. ≒ 인식

대상이 물리적으로 지나치게 빈약한 환경은 사고의 유연성과 다양성을 떨어뜨린다. 이분법적이고 극단적이며 제한적이고 시종 감정적인, 언어로 발화[32]된다.

언어는 나다.
나의 세상은 언어의 한계만큼 작거나 크다.
나, 그리고 대상.
세상은 이 두 가지로 이루어진다.
나를 제외한 전부가 대상이다.
대상은 내가 될 수 없지만
나는 모든 대상의 대상이 될 수 있다.
이따금 내가 나에게 대상이 되기도 한다.
대상의 명명(命名)은 이러하다.
.
.
.

우리나라에서는 국어사전에 등재된 50만여 개. 세계 최대 백과사전인 브리태니커 전자사전에 등재된 5,500만여 개.

우리는 그 낱말들로 대상과 사물을 가리켜 묘사하거나 설명하고, 생각과 느낌 등을 표현해 상호작용하며 성장한다.

어휘력은 낱말에 대한 지식의 총합을 일컫는다.

달리 말해 세상에 존재하는 유·무형의 것들을 불러내 나와

---

32 발화(發話): 명사 (언어) 소리를 내어 말을 하는 현실적인 언어 행위.

대상에 일어나는 현상을 구조화하며 의식세계를 확대하고 심화하는 재량이다.

말이 가진
희망

다 쓸데없는 소리다. 인간이 서로 이해할 수 있다는 믿음을 전제로 하지 않는다면 낱말 50만여 개, 5,500만여 개 따위가 무슨 소용일까. 말과 글은 우리가 서로 이해할 수 있다고 믿는 증표다. 인간이 다른 인간을 결코 이해할 수 없다 낙인찍으면 말과 글은 효용을 잃는다. 말과 글이 존재한다는 것은 그 자체로 숨이며 희망이다. 현실이 초토화되었어도 글을 짓고 말을 할 수 있다면 희망과 믿음을 버리기에 아직 이르다.

'산말(실감 나도록 꼭 알맞게 표현한 말)', '산소리(어려운 가운데서도 속은 살아서 남에게 굽히지 않으려고 하는 말)'는 있어도 '죽은 말', '죽은 소리'는 없다. 대신 '거짓말(사실이 아닌 것을 사실인 것처럼 꾸미는 말)', '신소리(상대편의 말을 슬쩍 받아 엉뚱한 말로 재치 있게 넘기는 말)', '허튼소리(함부로 지껄이는 말)', '헛소리(실속이 없고 미덥지 아니한 말)' 등이 있다.

접히고 구겨지고 꼬부라지고 늘어지고 너절해지는 한이 있어도 죽지 않으며 하거나 듣거나 못 하거나 많거나 적을 수 있을 뿐이다. 나거나 굳거나 떨어지거나 뜨거나 되거나 아닐 수 있을 뿐이다. 죽이려 한 권력자는 많았으나 누구도 성공하지 못했다. 말을 죽일 수는 없다.

　종이 위에 문자로 누운 이야기들은 기억보다 멀리 오래 갈 수 있어 다른 시공간에 사는 사람들에게 영감을 준다. 이를 근거 삼아 또 다른 추상적인 개념이나 사물을 추론하는 자들이 나온다. 이들은 철학자, 천문학자, 과학자, 의학자, 경제학자, 심리학자, 정치가, 문학가, 혹은 몽상가가 되었다.

　사람에게 났으나 사람보다 오래도록 존속하다 깊숙이 묻힐 것이다. 지구에서 태어나 가장 멀리 날아갔다. 얼마나 멀리 갔느냐 하면 지구로부터 무려 210억 킬로미터 이상이다. 참고로 지구 한 바퀴는 고작 4만 킬로미터다.

　나는 사람들이 꼴 보기 싫어지거나 사는 게 힘에 부칠 때면 보이저 1호를 떠올린다. 지구의 자연과 인류에 대한 정보를 담은 '골든 레코드'를 싣고 1977년에 우주로 날아간 그는 44년째 춥고 어둡고 하염없는 고해를 홀로 헤쳐 가고 있으며, 2030년 이면 지구와의 교신마저 완전히 끊긴다. 그의 목표는 다른 생명체를 만나는 것이다. 그러려면 4만 년을 더 가야 하고 그 즈음이면 지구의 현 인류는 더 이상 존재하지 않을 가능성이 크다. 4만 년 후, 보이저 1호가 다른 별의 생명체에 건네는 지구의 골든 레코드, 지구의 말과 글은 그들에게 어떤 의미일까.

　비극은 자신과 대상에 대해 표현할 필요를 일절[33] 잃어버

33　일절: [부사] 아주, 전혀, 절대로의 뜻으로, 흔히 행위를 그치게
　　하거나 어떤 일을 하지 않을 때에 쓰는 말

리는 데 있다.

다음은 '말'에 대한 관용구[34]다.

말(을) 내다: 남이 모르고 있던 일을 이야기하여 소문을 내다.

말(을) 듣다: 남이 시키는 대로 하다. 꾸지람이나 나무람을 당하다. 기계 따위가 마음대로 잘 다루어지다.

말(을) 못 하다: 말로써 다 형용할 수 없을 정도다.

말(이) 굳다: 말할 때 더듬거려 말이 부드럽지 못하다.

말(이) 나다: 남이 모르고 있던 일이 알려지게 되다. 말이 이야깃거리로 나오게 되다.

말(이) 되다: 하는 말이 이치에 맞다. 어떤 일에 대하여 서로의 사이에 약속이 이루어지다.

말(이) 떨어지다: 명령이나 승낙 따위의 말이 나오다.

말(이) 뜨다: 말이 술술 나오지 않고 자꾸 막히거나 굼뜨다.

말(이) 많다: 말수가 많다. 수다스럽다. 말썽이 끊이지 아니하다.

말(이) 아니다: 무어라고 말할 수 없을 만큼 처지가 매우 딱하다.

ㄴ일체: [명사] 1_ 모든 것. 2_ ('일체로' 꼴로 쓰여) 전부, 또는 '완전히'의 뜻을 나타내는 말. [부사] 1_ 모든 것을 다. 2_ 일절의 잘못.

34 관용구: [명사] (언어) 두 개 이상의 단어로 이루어져 있으면서 그 단어들의 의미만으로는 전체의 의미를 알 수 없는, 특수한 의미를 나타내는 어구.

어휘력,

관성만큼 줄고 관심만큼 늘다

1990년, 독일 북부에 있는 킬(Kiel)이라는 도시에 있었다. 주 정부에서 운영하는 어학원에 다녔는데 백 수십여 명 중에 한국 사람이라고는 내가 유일했고 머리칼과 눈동자, 피부의 색이 다 달랐다. 결혼이나 취업 등의 사유로 미국이나 노르웨이, 잉글랜드, 프랑스, 스페인, 터키, 필리핀에서 온 이들도 있었지만 차우세스쿠가 처형되고 동구권이 무너지고 아일랜드가 독립전쟁을 치르고 천안문 사건이 있던 다음 해라 생존을 위해 망명 온 이들이 많아 한 반에 같은 국적을 가진 사람 둘이 없을 정도였다.

그들은 오늘은 여기 있으나 내일은 어디로 내쳐질지 몰라 불안했고 고독했다. 천안문 사건[35]에 가담했다가 망명한 한 중

---

35 국가적으로 벌어진 상황이나 일을 어떤 어휘로 지칭하는지 보면 어느 수준으로 인지하는지, 또 역사적으로 어떤 평가를 받는지 알 수 있다. 1989년에 중국 톈안먼(천안문)에서 발생한 중국 정부의 시민 무력 진압 사건을 두고 당시에는 천안문 '사태'라고 했으나 최근에는 천안문 '사건'이라 칭하고 1980년 5·18 광주민주화운동은 사태에서 항쟁을 거쳐 현재의 명칭을 찾았다. 중국의 문화혁명과 대한민국의 4·19 혁명은 실패했다면 사태나 사건, 항쟁으로 불렸을 것이나 이전의 정권을 뒤엎는 데 성공했기에 혁명으로 불린다.

└사태(事態): [명사] 일이 되어 가는 형편이나 상황. 또는 벌어진 일의 상태.

└사건: [명사] 사회적으로 문제를 일으키거나 주목을 받을 만한 뜻밖의 일.

└사고: [명사] 1_ 뜻밖에 일어난 불행한 일. 2_ 사람에게 해를 입혔거나 말썽을 일으킨 나쁜 짓. 3_ 어떤 일이 일어난 까닭.

└항쟁: [명사] 맞서 싸움.

└혁명: [명사] 1_ 헌법의 범위를 벗어나 국가 기초, 사회 제도, 경제 제도, 조직 따위를 근본적으로 고치는 일. 2_ 이전의 왕통을 뒤집고 다른 왕통이 대신하여 통치하는 일. 3_ 이전의 관습이나 제도, 방식 따위를 단번에 깨뜨리고 질적으로 새로

국인은 나와 같은 착할 선(善)자를 쓰는 선주라는 이름을 가진 20대 후반 여성이었다. 비가 오나 바람이 부나 자전거를 타고 달리며 늘 씩씩하고 명랑했는데 하루는 한숨을 푹 내쉬며 한탄했다.

"제일 먼저 간 나라가 프랑스여서 불어를 배웠는데 독일로 오게 됐고 그래서 독일어를 배우고 있는데 아무래도 또 다른 나라로 가야 할 거 같아. 그러면 다시 말을 배워야 하는데 나는 언제까지 계속 남의 나라 말을 새로 배워야 할까."

그때 나는 어렸고 망명자 신분이 아니라 그 불안과 고단함을 십분의 일도 가늠할 수 없었지만 늘 당당하고 의젓했던 그가 처음으로 애잔했다. 그는 내가 글자로만 봐온 '불가항력'이 질감을 가진 실재[36]임을 보여준 최초의 인간이었다. 지금은 어느 나라에서 어느 나라 말을 쓰며 어느 나라 사람으로 살고 있을까.

겨울이었다. 우두커니 창밖에 눈 내리는 풍경을 보고 있었다. 북해에 면한 도시라 겨우내 눈이 펑펑 내렸고 어린이와 청소년들은 평지에서도 스키를 타고 다니며 놀았다. 내 옆에 다가와 이리 물은 이가 있었다.

"선경, 너의 나라에도 너희 나라 말이 있니?"

질문의 의도를 알 수 없어 당황했다. 너한테 있는 거 나한테 없겠냐 싶어 살짝 기분이 상했고 당연히 있다 했을 때 놀라워하는 표정을 지어 더 기분 나빴다. 그러나 이어진 말은 그때까지 살면서 들은 말 중 가장 감동적이었다.

"선경, 모든 나라가 고유의 언어를 갖고 있진 않아. 오히려 드물지. 자기 나라 말을 가졌다는 건 아주 대단하고 멋진 거야."

표정으로 떠오른 마음은 진심이었고 그 덕에 나는 한 번도 실감한 적 없는 한국어에 대한 자부심[37]을 느꼈다. 그는 한국에 대해 전혀 알지 못하면서도 고유의 언어를 가졌다는 사실 하나만으로 역사가 깊고 문화적인 나라일 거라 추측했고 종이를 내밀며 "네 이름을 네 나라 글자로 써 달라" 하더니 내가 써준 한글을 호기심 가득한 눈으로 들여다보았다.

며칠 후 다시 그와 복도에서 마주쳤다. 또 내게 물었다.

"선경, 너의 나라에도 바다가 있니?"

얼른 바다가 있다고, 삼면이 바다라고 자랑했다.

---

37 자부심: [명사] 자기 자신 또는 자기와 관련되어 있는 것에 대하여 스스로 그 가치나 능력을 믿고 당당히 여기는 마음.
  ㄴ자랑: [명사] 자기 자신 또는 자기와 관계있는 사람이나 물건, 일 따위가 썩 훌륭하거나 남에게 칭찬을 받을 만한 것임을 드러내어 말함. 또는 그렇게 말할 수 있는 거리.

"멋지구나. 그런데 너의 나라 바다는 무슨 색이니?"

너의 나라에도 너희 나라 말이 있냐는 질문만큼이나 의도를 알 수 없었다. '바다? 당연히 파랗지 않나? 왜 이 당연한 걸 묻지?' 속말을 하면서 "블루"라고 했을 때 그는 놀랍다는 듯 잿빛 눈을 커다랗게 뜨고는 물었다.

"정말?"

내가 확신에 차 그렇다고 하자 미스터리를 들은 것처럼 고개를 갸웃하더니 말했다.

"바다가 블루인 나라는 드문 걸로 알고 있는데……."

그러면서 덧붙인 질문은 번개처럼 내 두개골을 쪼개고 들어와 빛줄기처럼 박혔다.

"너의 나라 삼면의 바다가 다 같은 색, 블루야? 확실해?"

멍청이같이 그 나이 먹도록, 그렇게 수없이 바다에 가놓고서 몰랐다. 나의 나라 삼면의 바다가 모두 다른 색이라는 사실을. 한 치의 의심 없이 '블루'라고 했다. 그는 어떻게 알았을까, 대한민국 삼면의 바다가 모두 같은 색깔일 리 없다는 것을.

어휘력은
관심에서 출발한다

우리나라에선 웬만한 자연 풍경의 색을 '푸르다'로 두루뭉술하게 통칭한다. 하늘도 푸르고, 강도 푸르고, 바다도 푸르고, 나뭇잎도, 풀도, 산도 푸르다. 눈으로 그것들의 색이 뻔히 다른 걸 보면서도 '푸르다'로 통칭한다. 파란색을 푸르다고도 하지만 연두색도 초록색도 푸르다 하고 물색까지 푸르다 하는 셈이다. '빛깔이 밝고 선명하다, 싱싱하다'는 뜻으로 푸르다고 할 수는 있으나 색깔을 묻는데 하늘도, 강도, 바다도, 나뭇잎도, 풀도, 산도 푸르다 하면 틀린 말은 아니나 옳은 말도 아니며 파랑인지 초록인지는 순전히 듣는 사람이 알아서 알아들어야 한다.

　　나는 대한민국 삼면의 바다 색깔이 모두 다르고 무엇보다 블루가 아니라는 사실을 스무 살이나 먹고 대한민국 삼면의 바다가 없는 독일에서 알아차렸다. 5분도 안 되는 사이에 벌어진 이 날의 대화는 내게 중대한 인식의 전환점이었다. 사물[38]과 대상을 있는 그대로 순수하게 보지 못하고 있었다. 남의 눈으로 보고 있었다. 말과 글의 관성[39]에 갇혀 누르면 나오는 자판기처럼

58

---

38 사물: 명사 1_ 일과 물건을 아울러 이르는 말. 2_ 물질 세계에 있는 모든 구체적이며 개별적인 존재를 통틀어 이르는 말. 이 문장에서는 2를 가리키며 이후의 문장도 그러하다.

39 관성: 명사 물체가 외부의 작용을 받지 않는 한, 정지 또는 운동의 상태를 계속 유지해 나가려고 하는 성질.

타성적[40]으로 표현하고 있었다.

관성이나 타성은 건성[41]이나 비슷한 말이다. 내가 생각하는 반대말은 '관심'[42]이다. 나는 사람이 제일 가지기[43] 힘든 것이 관심이라 여긴다. 강퍅할 때는 온통 자기만으로 가득 차 깃털 한 개조차 꽂을 데 없는 것이 마음이다. 그 안에 다른 무엇을 들이는 게 쉽겠는가. 대수롭지 않은 주변과 일상이라면 더욱 데면데면[44]하다. 옆에 있어도 옆에 없고 봐도 본 게 아니며 들어도 들은 적 없다.

우리는 관심이 없어 관성적으로 보고 듣고 타성적으로 쓰고 말한다. 그러나 클로드 모네의 인상주의는 누가 뭐래도 여기에서 시작되었다.

"낙엽, 자갈돌, 빛줄기……, 그것들의 미세한 색조와 뭐라 표현하기 어려운 형상을 식별하게 될 때 나는 신비와 환희에 가

---

40 타성: 명사 1_ (어떤 동작이나 경험으로) 굳어진 버릇. 2_ 관성.
　└타성적: 타성처럼 되는 (것).

41 건성: 명사 어떤 일을 성의 없이 대충 겉으로만 함.

42 관심: 명사 어떤 것에 마음이 끌려 주의를 기울임. 또는 그런 마음이나 주의.

43 가지다: 동사 1_ 손이나 몸 따위에 있게 하다. 2_ 자기 것으로 하다. 3_ 직업, 자격증 따위를 소유하다.
　└지니다: 동사 1_ 몸에 간직하여 가지다. 2_ 기억하여 잊지 않고 새겨 두다. 3_ 바탕으로 갖추고 있다.

44 데면데면: 형용사 1. 사람을 대하는 태도가 친밀감이 없이 예사로운 모양. 2. 성질이 꼼꼼하지 않아 행동이 신중하거나 조심스럽지 않은 모양.

득찬 기쁨을 맛본다. 그리고 여태까지 한 번도 사물을 제대로 본 적이 없음을 깨닫는다. 한 번도."

여기에서 '한 번도 사물을 제대로 본 적이 없음'을 한 마디로 바꾸면 무관심이다. 관성, 타성, 건성이다. 그가 드디어 그것들에서 탈출했을 때 인상주의는 시작됐다.

빌려온 남의 눈이 아니라 내 눈으로 대상과 사물을 바라볼 수 있을 때, 우리는 신비와 환희에 가득 찬 기쁨을 맛보며 오롯이[45] 표현하고 싶은 욕구를 느낀다. 표현 욕구는 인간의 본능이다. 동시에 깨달을 것이다. 자신의 어휘력이 얼마나 부족한지. 어떻게든 표현하고 싶어 아름답다, 놀랍다, 멋지다, 좋다 등 알고 있는 찬탄의 어휘를 모조리 동원해도 입 안이 빈 동굴처럼 허전하다. 그리하여 압도적인 풍경 앞에 선 아마추어 사진작가가 카메라를 내려놓고 마는 것처럼 기껏 이런 말밖에 못 하는 것이다.

"말로 다 표현할 수가 없어."

지상 최고의 찬탄[46]인 양……. 그런데 솔직히 말해보자. 그 이상의 언어를 활용하길 회피한 건 아닌지. 그를 위해 꼼꼼히 관찰하고 질감 있게 느끼며 깊이 있게 생각하기를 포기한 건 아닌

---

45 오롯이: 부사 모자람이 없이 온전하게.
46 찬탄: 명사 칭찬하며 감탄함.

지. 오해 마시라. 당신 멱살 잡으려고 하는 말이 아니다. 내가 그럴 때가 많아 하는 소리다.

사물과 대상에 관심 없다면 어휘력을 늘리기[47] 쉽지 않다. 어휘력 늘려봐야 어따[48] 쓰겠는가. "왜 관심이 없을까?"라고 묻는다면 이것만 가지고도 담론이 될 수 있으나 현재의 한국인에게 가장 큰 원인은 역시 '피로'[49]다. 낙오되지 않으려고 공부나 일에 쏟아부어야 하는 시간이 지나치게 많고 한국 사회 특유의 가족이나 동료를 비롯한 남들 시선 신경 쓰고 비위 맞춰야 하는 감정 노동에서 오는 피로가 만만찮다.

안정되지 않은 공동체 상황과 불안한 미래는 그렇잖아도 자글자글 끓는 피로에 군불을 땐다. 가장 빠르고 효율적인 결과를 얻어내기 위해 '이분법적이고 극단적이며 제한적이고 시종 감정적인' 어휘를 선택해 발화한다. 듣는 사람의 오해와 피로를 가중시킨다. 악순환이다.

피로에 절고 스트레스에 눌려 대상과 사물을 데면데면하게 지나칠라 치면 경고등처럼 그때를 켠다.

"너의 나라 바다는 무슨 색이니?"

---

47 늘리다: '늘다(재주나 능력 따위가 나아지다)'의 사동사.
물체 등과 관련해서 사용할 경우 '늘리다'는 넓이, 부피 따위를 본디보다 커지게 하다는 뜻으로, '늘이다'는 본디보다 더 길어지게 하다는 뜻으로 쓴다.

48 어따: 지시대명사 '어디'에 부사격 조사 '에다'가 붙어서 준 말.

49 피로하다: 형용사 과로로 정신이나 몸이 지쳐 힘들다
└ 피곤하다: 형용사 몸이나 마음이 지치어 고달프다.

삼면이 다르고, 계절마다 다르고, 아침저녁으로 다른 바다 색깔을 두고 '블루'로 싸잡아[50] 표현한 과거의 나를 부끄러워하며 현재의 내 눈을 씻는다. 그러다 어느 날 새삼스레 궁금했다. 그렇게 물을 수 있는 낭만과 여유는 어디에서 연유할 수 있었을까……, 하고. 내게 일생의 화두를 선물한 그는 오늘은 여기 있으나 내일은 어디로 내쳐질지 알 수 없어 불안하고 고독한 망명자였다.

---

50 싸잡다: 동사 한꺼번에 어떤 범위 속에 포함되게 하다.

곁가지 서술을

줄이는 맞춤 낱말

맞춤한 낱말을 몰라 곁가지 문장으로 서술하는 경우가 적지 않다. 이런 번거로움을 줄일 수 있는 어휘를 소개하고 싶다.

학창시절에 선생님이 칠판에 분필로 수업내용을 쓰시다 잘못 스치기라도 하면 못으로 철판 긁는 때처럼 신경을 굉장히 자극하는 마찰음이 났다. 이런 따위의 소리를 '자그럽다'라고 한다. 날카로운 소리가 신경을 자극한다는 뜻인데 몰라서 친구들하고 "선생님이 분필로 칠판 긁는 소리 너무 싫어"라고 풀어 말했었다.

한꺼번에 많이 먹고 과식했다며 미간을 찌푸릴 때가 있다. 과식은 말 그대로 '지나치게 많이 먹는다'는 뜻으로 매 끼니 과식하는 사람도 많다. 그런 이들조차 '과식했다'고 말할 때는 평소보다 갑자기 많이 먹었다는 뜻인데 이를 '소나기밥'이라 한다. 과식이 식사량에 따른 상대적 기준이라면 소나기밥은 갑자기 많이 먹는 밥이다.

커다란 가방을 메고 나가면 뭐 하나 꺼낼 때마다 가방 안을 온통 헤집느라 정신까지 쏙 빠진다. 이런 상황에 딱 맞는 어휘는 '걸터듬다'이다. '무엇을 찾으려고 이것저것을 되는 대로 마구 더듬다'라는 뜻이다. '헤집다'[51]도 틀린 말은 아니나 '걸터듬다'는 무엇을 찾는다는 의도까지 내포하고 있어 이런 상황에 맞춤이다.

가방이나 서랍 안에 손을 깊숙이 넣어 걸터듬을 때는 조심

---

51 헤집다: [동사] 1_ 긁어 파서 뒤집어 흩다. 2_ 이리저리 젖히거나 뒤적이다. 3. 걸리는 것을 이리저리 물리치다.

해야 한다. 손톱 주변에 거칠거칠하게 일어난 살갗이 상처 입을 수 있어서다. 손톱이 박힌 자리 주변에 살갗이 일어난 것을 '손거스러미'라고 하며 손톱깎이로 정리한다. 거스러미는 손발톱 주변의 살갗뿐 아니라 나무의 결 따위가 가시처럼 얇게 터져 일어나는 부분을 통칭한다.

'신발 뒤축 꺾어 신지 마라', '뒤축에 구겨 신은 흔적' 등도 자주 쓰는 말인데 '지르신지 마라', '지르신은 흔적'으로 간결하게 옮길 수 있다. '지르신다'는 '신이나 버선 따위를 뒤축이 눌러 밟히게 신다'라는 뜻이다. 아예 지르신을 수 없게 생긴 신발도 있다. '블로퍼(bloafer)'다. 'backless'와 'loafer'의 합성어로 앞은 로퍼처럼 막혀 발등을 덮고 뒤는 슬리퍼처럼 뒤축 없이 터져 있는 신발이다.

발가락과 발가락 사이에도 엄연히 명칭이 있다. '발샅'이다. '샅'은 활용도가 높다. 으레 두 다리의 사이[52]를 가리키나 두 물건의 틈을 일컫기도 해서 발가락과 발가락 사이는 '발샅', 손가락과 손가락 사이는 '손샅'이 된다. 그런 샅이 두 번 겹치면 '샅샅이', '틈이 있는 곳마다 모조리, 또는 빈틈없이 모조리'라는 뜻이 된다. 비슷한 말로 '구석구석'이 있는데 좁은 공간인 틈이나 구석이 겹치면 정확하고 단호한 느낌을 준다는 게 흥미롭다. 그러고 보니 '틈틈이'도 그러하다.

'갈피'는 어떨까. '겹치거나 포갠 물건의 하나하나의 사이 또는 그 틈'을 가리키니 갈피 또한 세상에서 제일 비좁은 공간

---

52 두 다리의 사이를 낮잡아 이르는 말이 '사타구니'다.

이다. '일이나 사물의 갈래가 구별되는 어름'이라는 다른 뜻도 있어 '갈피를 못 잡다'는 '일의 갈래나 방향을 잡지 못하고 갈팡 질팡하다'라는 관용구다.

두꺼운 양장본의 중간 윗부분에는 통상 가는 끈이 박혀 갈 피에 드리워 있는데 읽던 부분을 표시하는 용도로 쓴다. 이 끈 의 명칭은 '보람줄'이다. 보람은 '어떤 일을 한 뒤에 얻어지는 좋 은 결과나 만족감, 또는 자랑스러움이나 자부심을 갖게 해주는 일의 가치'를 나타낼 때 주로 쓰지만 '약간 드러나 보이는 표적', '다른 물건과 구별하거나 잊지 않기 위해서 표를 해둠, 또는 그 런 표적'도 가리키며 동사로 '보람하다'는 다른 물건과 구별하거 나 잊어버리지 않으려 표를 해둔다는 뜻이다.

보람줄이 박혀 있지 않은 경우에는 따로 구한 종이를 끼워 읽던 부분을 표시한다. 많은 사람이 이 종이를 '책갈피'라 부르 는데 책갈피는 '책장과 책장 사이'로 손으로 잡을 수 있는 게 아 닌 공간이다. 여기에 봄에는 제비꽃을, 가을에는 은행잎이나 단 풍잎을 끼워 곱게 말렸더랬다. 읽던 곳을 표시할 요량으로 끼운 종이를 책갈피라고 하면, 책갈피에 책갈피를 끼우는 요상한 말 이 된다.

하도 사람들이 책갈피라고 하니까 국립국어원도 책갈피에 '읽던 곳이나 필요한 곳을 찾기 쉽도록 책의 낱장 사이에 끼워 두는 물건을 통틀어 이르는 말'이라는 풀이를 추가했다. 이 문장 에서 '책의 낱장 사이'도 책갈피이고 보면 '책갈피'는 더 이상 해 석의 여지를 최대한 줄일 수 있을 만큼 정확한 낱말에 들지 못 하게 되었다. 본디 명칭은 '서표(書標)'로 읽던 곳이나 필요한 곳을 찾기 쉽도록 책갈피에 끼워 두는 종이쪽지나 끈을 가리킨다. 끈이면 '갈피끈'이나 '가름끈'이라 하고 종이면 '갈피표'라 한다.

칠칠치 못해[53] 짜장면이나 쫄면을 먹으면 윗옷에 흔적이 남는다. 통째로 세탁하자니 아까워 소스 묻은 부분[54]만 걷어쥐고 빤다. 이 긴 서술을 한 마디로 줄여 '지르잡다'라고 한다. '옷 따위에서 더러운 것이 묻은 부분만을 걷어쥐고 빤다'는 뜻이다. 한 가전회사에서 세탁기를 출시하면서 '애벌빨래' 기능을 추가해 우리나라뿐 아니라 남미에서도 히트했는데 세탁기를 보니 애벌빨래뿐 아니라 지르잡기도 가능하겠다. 애벌빨래는 뒤에 온전히 빨 양으로 우선 대강 빨래하는 것이다.

짜장면을 언급하니 떠오르는 일화가 있다. 2000년대에 방송에서 짜장면의 표준어를 엄격하게 자장면으로 통제한 적이 있었다. 동료작가가 원고를 쓰다 말고 성토했다. "짜장면을 자장면이라고 하니까 짜장면 느낌이 안 나!" 다른 작가가 말했다. "그럼 쓰지 마." 우리는 모의했다. 자장면이라고 해야 할 바에는 차라리 짜장면 관련한 얘기를 쓰지 말자고. 2011년 8월 국립국

---

53 칠칠하다: 형용사 1_ 나무, 풀, 머리털 따위가 잘 자라서 알차고 길다. 2_ 주접이 들지 않고 깨끗하고 단정하다. 3_ 성질이나 일 처리가 반듯하고 야무지다. 부정적인 용도로 '칠칠맞다'라고 하면 잘못된 표현이며 '칠칠치 않다', '칠칠치 못하다'고 해야 옳다.

54 부분: 명사 전체를 이루는 작은 범위. 또는 전체를 몇 개로 나눈 것의 하나.
└부문: 명사 일정한 기준에 따라 분류하거나 나누어 놓은 낱낱의 범위나 부분.

어원에서 관용[55]을 존중해 짜장면을 복수 표준어로 인정했을 때 우리는 드디어 짜장면을 짜장면이라 부를 수 있다며 기뻐했다. 물론 그날의 모의는 네댓 명의 작당에 불과해 국립국어원의 결정에 조금도 영향을 끼치지 못했지만 말이다.

하던 빨래 이야기로 돌아가자. 사람들이 좋아하는 냄새 중 하나가 빨래 냄새다. 인공적으로 제조한 방향제나 향초에 런드리(laundry)[56] 향이 따로 있을 정도다. 이제 막 빨다린[57] 옷을 입는 순간은 무라카미 하루키의 말마따나 '인생에 있어 작기는 하지만 확고한 행복의 하나[58]'이다. '빨래하여 이제 막 입은 옷에서 나는 냄새'에 붙은 우리말 명사가 있다. '새물내'다. 빨래 냄새를 분류해 이름을 짓다니, 이 얼마나 섬세한 언어적 감수성인가. 새물내는 '새물'과 냄새를 뜻하는 '내'의 합성어다. 우리 선조들은 '빨래하여 이제 막 입은 옷'을 특별히 '새물'이라 불렀다.

눈 뜨는 방식도 분류해 각각 이름을 붙였다. 영화나 드라마

---

55 관용(慣用): 명사 1_ 습관적으로 늘 씀. 또는 그렇게 쓰는 것.
2_ 오랫동안 써서 굳어진 대로 늘 씀. 또는 그렇게 쓰는 것.
ㄴ관용(寬容): 명사 남의 잘못을 너그럽게 받아들이거나 용서함. 또는 그런 용서.

56 런드리(laundry): 1_ 세탁물, 세탁을 해 놓은 것들. 2_ 세탁.

57 빨다리다: 동사 빨아서 다리다.

58 무라카미 하루키는 산문집《랑겔한스 섬의 오후》에서 '서랍 안에 반듯하게 접어 돌돌 말은 깨끗한 팬티가 잔뜩 쌓여 있다는 것은 인생에 있어서 작기는(小) 하지만 확(確)고한 행(幸)복의 하나(줄여서 小確幸)가 아닐까 생각하는데, 이건 어쩌면 나만의 특수한 사고체계인지도 모르겠다.'고 썼고 여기에서 나온 우리나라 2018년 트렌드 신조어가 '소확행'이었다. 우리나라에서는 '확고한'이 '확실한'으로 바뀌어 쓰였다.

에서 "어디서 눈을 치켜뜨고 그래!"라며 윽박지르거나 야단치는 장면을 종종 볼 수 있는데 '치켜뜨다'가 '눈을 아래에서 위로 올려 뜨다'라는 뜻이니 틀린 말은 아니다. 그러나 윽박지름을 당하는 이의 고개가 숙여진 상태라면 '지릅뜨다'가 정확하다. '고개를 숙이고 눈을 치올려서 뜨다'라는 뜻이다. 치켜뜨다보다 더한 억울함과 분노가 느껴진다.

이 밖에 '눈을 뒤집는다'거나 '눈이 뒤집혔다'고 표현하는 상태는 '홉뜨다'이다. '눈알을 위로 굴리고 눈시울을 위로 치뜨다'라는 뜻이다. '못마땅해서 눈알을 굴려 보고도 못 본 체하는 눈짓'에도 이름이 있다. '나비눈'이다. 반려견인 아롱이가 열세 살쯤이었을 때 내가 이름을 부르면 나비눈만 한 채 꿈쩍도 하지 않았다. 그때 아롱이의 심경은 이렇지 않았을까. "이름만 부르면 달려가던 소싯적 내가 아니야. 나도 이제 늙어서 힘들다고. 왜 자꾸 불러. 못 들은 체 하고 싶은데 이놈의 귀때기는 왜 자꾸 쫑긋 서는 거야. 쟤랑 눈 마주치지 말아야지."

우리말에는 눈과 관련한 낱말이 참 많은데 머루눈도 예쁘고 샛별눈도 예쁘지만 필요한 눈은 맘눈과 참눈이 아닐는지. 세상눈도 못지않게 중요하다 하겠다. 그러는 데 글눈이 적잖은 도움을 줄 수 있을 것이다.[59]

---

59 머루눈: [명사] 눈동자가 머루알처럼 까만 눈을 비유적으로 이
    르는 말.
    샛별눈: [명사] 샛별같이 반짝거리는 맑고 초롱초롱한 눈.
    맘눈: [명사] 마음눈의 준말. 사물을 살펴 분별하는 능력.
    참눈: [명사] 사물을 올바로 볼 줄 아는 눈.

잠이 오지 않는 상태를 분류해 저마다 명칭을 붙인 것도 놀랍다. 잠이 오지 않아 누운 채로 뒤척거리며 애를 쓰는 모양은 '고상고상', 잠은 오지 않으면서 정신만 말똥말똥한 모양은 '반송반송'이라 한다.

나이가 나이다 보니 지인들과 안부 나눌 적에 서로 부모님 병세에 대한 문안이 빠지지 않는다. 편안하시다는 소식을 들으면 최상이겠으나 무병장수는 소망일 뿐 유병장수가 현실이고 보면 들리는 안부가 '편찮으셨는데 요즘 좀 나아지셨다'거나 '나아지시는 것 같았는데 다시 편찮으시다'이다. 앞의 말은 '고자누룩하다(몹시 괴롭고 답답하던 병세가 조금 가라앉은 듯하다)', 뒤의 말은 '더치다(낫거나 나아가던 병세가 다시 더하여지다)'로 표현할 수 있다.

하루건너 아프다고 하는 젊은이들도 적지 않다. 엄살이 아니라 실제로 병증을 호소하는 것이다. 병원에 가도 속시원한 처방이 없다. 스트레스가 원인이라는 말은 아무리 일리 있어도 속세를 떠나지 않고서야 피할 방법이 없다. 유감스럽게도 일터에서 이런 사람들을 배려하는 경우는 드물다. 옛날에도 흉잡히는 대상이었는지 국어사전에 놀림조라든가 낮잡아 이르는 말이라는 풀이로 표제어가 여럿 올라 있다.

세상눈: 명사 1_ 모든 사람이 보는 눈을 비유적으로 하는 말.

2_세상을 보는 눈.

글눈: 명사 글을 보고 이해하는 능력.

물컹이: (명사) 몸이 약하거나 의지가 굳지 못한 사람을 놀림조로 이르는 말.

텡쇠: (명사) 겉으로는 튼튼하게 보이지만 속은 허약한 사람을 낮잡아 이르는 말.

약두구리: (명사) 늘 골골 앓아서 약만 먹고 사는 사람을 놀림조로 이르는 말.

병추기: (명사) 병에 걸려서 늘 성하지 못하거나 걸핏하면 잘 앓는 사람을 낮잡아 이르는 말.

물컹이, 텡쇠, 약두구리, 병추기……. 아프다는 사람을 참 얄궂게도 표현했다. 나도 피하기 어렵다. 어렸을 적부터 텡쇠였다. 선조들은 몸이 건강치 못한 사람뿐 아니라 마음씨가 건강하지 못한 사람도 신랄하게 놀리셨다. 안다니, 쟁퉁이, 감바리, 꼼바리, 도치기, 보비리, 안달뱅이, 트레바리 등이 그 흔적이다.

안다니: (명사) 무엇이든지 잘 아는 체하는 사람.

쟁퉁이: (명사) 1_ 잘난 체하고 거드름을 피우는 사람을 놀림조로 이르는 말. 2_ 가난에 쪼들리어 마음이 옹졸하고 비꼬인 사람을 놀림조로 이르는 말.

감바리: (명사) 잇속을 노리고 약삭빠르게 달라붙는 사람.

꼼바리: (명사) 마음이 좁고 지나치게 인색한 사람을 낮잡아 이르는 말.

도치기: (명사) 인색하고 인정 없는 사람.

보비리: (명사) 아주 아니꼽게 느껴질 정도로 인색한 사람.

안달뱅이: (명사) 1_ 걸핏하면 안달하는 사람. 2_ 소견이 좁고 인색한 사람.

트레바리: (명사) 이유 없이 남의 말에 반대하기를 좋아함. 또는 그런 성격을 지닌 사람.

'-뱅이', '-바리', '-퉁이', '-데기' 등이 접미사로 붙으면 '-한 행동이나 태도, 특성을 가진 사람'을 이르는 명사가 된다. 선조들은 심지어 무슨 일이 될 뻔하다가 안 된 사람에게도 별칭을 붙여 농담했는데 '될뻔댁'이라 한다. 예를 들어 '부자 될뻔댁'이라고 하면 부자 될 뻔하다 안 된 사람을 지칭하는데 흡사 새로 유행하는 줄임말 같다. 최근 내 눈에 새로 들어온 재미있는 낱말은 이것이다. '괴까닭스럽다', '괴상하고 별스럽게 까다로운 데가 있다'는 뜻인데 같은 말로 '괴까다롭다'가 있다. 표제어로 올라 있는 옛말이지만 재미난 발음 덕에 신선하고 독특하다.

사람은 누구나 괴까닭스러운 구석이 있고 또 그래야 한다고 생각한다. 괴까닭스러운 구석이 있어야 거기서 숨통 트고 산다. 남에게 피해주지 않는 선을 지킨다면 뭐 어떠랴. 체체하고[60] 끌끌하게만[61] 살면 된다.

'개와 늑대의 시간(heure entre chien et loup)'이라는 프랑스어 관용구를 처음 들었을 때 그림 같았다. 해가 훤히 뜨면 개와

60 체체하다: 형용사 행동이나 몸가짐이 너절하지 아니하고 깨끗하고 트인 맛이 있다.

61 끌끌하다: 형용사 마음이 맑고 바르고 깨끗하다.

늑대를 구분할 수 있다. 해가 완전히 넘어가면 개인지 늑대인지는커녕 아예 보이지 않는다. 그리고 어슴푸레 형태는 보이지만 개인지 늑대인지 한눈에 알아보기 힘든 시간이 있다. 하루에 두 차례 찾아온다. 한자로는 '여명'과 '황혼', 우리말로 '갓밝이'와 '어둑발'이다. 갓밝이에서는 이제 막 밝아지는 기운이, 어둑발에서는 어둑어둑해지는 기운이 느껴진다. 눈에 보이는 자연 현상을 곱다랗게[62] 글자로 들어앉힌 우리말이다.

어휘력은 문장을 낱말로, 서술을 명사나 형용사로 줄이는 기술이기도 하다. 세상의 사물과 현상은 저마다 명칭을 가졌고 이 장에 소개한 것처럼 소소해 보이는 것들마저 가지고 있다. 심지어 사전에 실린 풀이는 평소 말로 풀어 서술한 내용보다 두루뭉술하지 않고 명확하다.

맞춤한 낱말을 구사하면 불필요한 곁가지 서술을 줄여 효율적일 뿐 아니라 그 낱말을 디딤돌 삼아 하려는 이야기를 자신감 있게, 자유자재로 발전시킬 수 있다. 사람에 대해서는 이름을 안다고 다 안다고 할 수 없지만 사물과 현상은 맞춤한 이름을 알면 거의 아는 것이다. 단순히 이름만 아는 게 아니라 하나의 새로운 세상을 아는 것이다.

73

---

62 곱다랗다: 형용사 축나거나 변함이 없이 그대로 온전하다.

어휘력, 감정을 범위 있게

제어할 수 있는 능력

"요즘 애들은 왜 이렇게 우니?" 친구가 직장 후배들을 두고 하는 말이다. 업무와 관련해 지적하면 눈물바람부터 한단다. "아니, 내가 뭐랬다고 우냐고." 친구는 억울하다. "내가 무슨 범죄자가 된 기분이야."

며칠 후 다시 만난 친구의 눈동자가 벌겋다. 눈동자 실핏줄이 터졌다고 한다. 내내 대표를 성토했다. 자신의 업무성과가 실질적으로 더 높았는데 정작 고과에서 다른 동료가 인정받은 것에 대해서였다. 친구는 대표가 사적인 감정을 반영했다며 이대로 회사에 다녀야 하는지 갈등하고 있었다. 친구도, 나도 예상하지 못했다. 오십이 되고 중견간부가 돼서도 이런 스트레스를 받으며 회사 다닐 줄 미처 몰랐다. 이십대 때는 이런 감정을 분노라 여겼다. 상급자의 옳지 못한 태도에 대해 분노하는 거라고 말이다. 이제 알겠다. 분노가 아니다. 억울함이다.

인간에게 극한의 스트레스를 주는 감정은 '억울함'이다. 정당한 분노임에도 억누를 수밖에 없어 생기는 억울함은 모멸감과 비루함을 동반한다. 울화병, 억울병[63]이 생긴다. 감정은 문제를 해결하지 않는 한 사라지지 않는다. 이것은 인간에게뿐 아

---

63 울화병: 억울한 마음을 삭이지 못하여 간의 생리 기능에 장애가 와서 머리와 옆구리가 아프고 가슴이 답답하면서 잠을 잘 자지 못하는 병.
억울병: 기분이 우울하고 신체에 피로감을 느끼며 불안을 느끼는 증상.
1995년 미국 정신의학회가 우리말 발음 그대로 'hwa-byung'을 용어로 올리면서 이와 같이 정의했다. '한국민속증후군의 하나인 분노증후군'.

니라 민족이나 국가에도 적용된다. 감정은 그 문제를 해결하라는 고통스러운 시그널이다.

지금까지 우리 민족은 억울함을 '한'[64]이라는 어휘로 포장했다. "한 많은 이 세상 야속한 님아~"로 시작하는 〈한오백년〉은 얼마나 애끓는가. 나는 이 노래를 들을 때마다 눈시울이 뜨겁다. 그래도 싫다. 한 사람의 마음이 원망과 억울함, 안타까움, 슬픔으로 응어리질 지경이라면 세상도, 님도 단단히 잘못했다. 더 이상 한이라는 어휘로 체념하지 않기 바란다. 억울함이라는 분명한 어휘로 표현하기 바란다. 친구에게 말했다. "지금 네가 느끼는 감정은 분노가 아니라 억울함이야. 그래서 그렇게 견디기 힘든 거야."

우리가 힘든 건 내 속에 소용돌이치는 감정 때문이지, 벌어진 일 때문이 아니다. 감정을 올바로 해석해야 통제하거나 해소할 수 있는 방법을 찾을 수 있다. 한국인에게 화가 많은 이유는 억울함을 분노로 잘못 해석해서 분노의 방식으로 해소하려 하기 때문이 아닐까. 리 대니얼 크라비츠가 쓴 《감정은 어떻게 전염되는가》는 2009년 미국 실리콘밸리의 명문 학군인 팰로앨토에서 발생한 학생들의 연쇄 자살 사건을 파헤친 르포르타주다. 이런 구절이 나온다. "감정을 이해하는 능력이 섬세해지자 학생들은 처음으로 행복에 목말라 했다."

---

64 한(恨): [명사] 몹시 원망스럽고 억울하거나 안타깝고 슬퍼 응어리진 마음.

내 감정을 적절한 어휘로
표현하는 일

내게는 두 살 터울 남동생이 있다. 부모님이 일하시느라 둘이 껌처럼 붙어 다닐 수밖에 없던 시절이 있었는데 뭣 때문인지 기억나지 않지만 티격태격했다. 내가 잘잘못을 따졌지만 말귀를 알아듣는지 못 알아듣는지 무조건 아니라고만 해서 복장 터지게 만들었고, 급기야 내 입에서 쏟아져나온 말들이 동생을 달구치기[65]에 이르렀다. 그때 동생 모습이 지금도 선하다.

열여섯, 열여덟이라면 모를까, 여섯 살이 여덟 살을 말로 이기기란 여간해서 힘들다. 키 차이도 꽤 나서 동생 정수리가 내 가슴께밖에 오지 않았다. 커다랗게 치켜 뜬 동생의 까만 눈에 그렁그렁 물이 차오르기 시작했다. 뭐라고 반박하고 싶어도 말발이 턱도 없고 일방적으로 말에 꼬집히고 두드려 맞는 게 분해 부들부들 떨면서도 악착같이 눈물을 참고 있었다. 어린이의 눈시울에는 눈물을 가둘 힘이 없는 법이다. 이내 눈물을 주룩주룩 쏟는데 그 품이 너무 웃기고 귀여워 배시시 웃음이 새버렸고 동생은 엉엉 울음을 터트렸다. 그때 동생의 울음은 자기 속에 정체 모를 연기처럼 꽉 들어찬 미지의 언어를 향한 분노였으리라.

혈육 간에나 통할까, 남남끼리는 어림없다. 어른의 세계에서는 미지의 언어를 눈물과 울음 등으로 증폭시키는 사람보다

---

65 달구치다: 통사 무엇을 알아내거나 어떤 일을 재촉하려고 꼼짝 못 하게 몰아치다.

합당한 언어로 정렬해 승화시키는 사람이 훨씬 미덥다. 언어를 사용한다는 것은 간단한 표현이라도 고도의 두뇌활동이다. 감각 기관을 통해 들어오는 외부의 온갖 정보를 종합해 인지하고 분석하고 추리하고 통찰하고 판단해 언어로 표현하기까지 채 1초도 걸리지 않는다.

좌뇌와 우뇌에 흩어져 있는 언어 관련 중추와 신경계가 가히 폭발적인 힘으로 동시에 반응하고 서로 연계한다. 무엇보다 언어 자체가 정밀한 신호 체계다. 남이 하는 말을 알아듣고 남이 알아들을 수 있도록 말하는 것은, 나아가 남이 하는 말과 글에 숨은 맥락을 알아차리고 남을 설득할 수 있도록 언어를 조율하는 것은 인간 고유의 선천적 능력이기도 하지만 오랜 학습을 통해 길러지고 강화된다.

앞서 내 동생도 세상에 태어난 지 5년이나 됐는데 내 말에 대응하지 못했잖은가. 나 역시 세상 산 지 7년이나 됐어도 중학생과 말다툼을 벌이면 턱없이 밀렸을 것이다. 혹여 이겨도 중학생 언니나 오빠의 분노를 유발해 꿀밤 맞았을지 모른다. 그러면 난 울음을 터트리고 말았을 거다.

울고 싶지만 울지 않고, 꿀밤 때리고 싶지만 때리지 않고 언어를 사용한다는 것은 감정을 품위 있게 제어할 수 있는 능력을 지녔다는 표시다. 자신의 감정이 무엇인지 인지하고 어디에서 연유했는지 파악하고 최종적으로 어떻게 대응해야 하는지 아퀴[66] 지을 지성을 갖췄다는 뜻이다. 이 과정은 언어라는 체계

78

66 아퀴: 명사 1_ 일을 마무르는 끝매듭. 2_ 일이나 정황 따위가 빈틈없이 들어맞음을 이

를 통해 이루어진다. 뇌 속에 수많은 낱말들이 혼잡스럽게 뛰어다니느라 다소 골치 아플 수 있지만 활용 능력치가 커질수록 앞서의 과정을 명확하게 진행시켜 세상살이를 한결 수월하게 만들 수 있다. 언어와 의식은 함께 성장하며 총본산[67]이 문학이고 인문학이다.

어른이라고 울 일 없으랴. 목 놓아 펑펑 울고 싶을 때가 한두 번이 아니라 저마다 가슴 열어젖히면 눈물이 그득히 쏟아져 온 땅이 물에 잠길 것이다. 그러나 그뿐, 눈물은 나를 변화시키지도 상황을 바꾸지도 못한다. 말 안 하면 왜 우는지 남도 모르고 나도 모른다.

울지 마라, 소리 내 말하라, 글을 쓰라.

그래야 내가 변할 수 있고 상황을 바꿀 수 있다. 내 속을 풀어내는 것도 타인을 설득하는 것도 인간관계의 문제를 해결할 수 있는 것도 설령 말 때문에 사달[68] 날 위험이 크다 해도 결국 말일 수밖에 없다. "인간의 삶은 타인과의 상호작용에 의해 규정되며 이런 상호작용은 주로 말을 통해 확립된다." 장 폴 사르트르가 한 말이다.

르는 말.
ㄴ아귀: 명사 1_ 사물의 갈라진 부분. 2_ 두루마기나 속곳의 옆을 터 놓은 구멍. 3_ 씨앗이나 줄기에 싹이 트는 곳.
아귀가 맞다: 앞뒤가 빈틈없이 들어맞다.
67 총본산: 명사 사물의 전체를 총괄하는 일. 또는 그런 곳.
68 사달: 명사 사고나 탈.
ㄴ사단: 명사 1_ 사건의 단서. 또는 일의 실마리. 2_ '사달'의 잘못.

어휘력이란

체험한 낱말의 총합

"길이 있다고 생각하는 것 자체가 착각이야. 인생은 황야니까."

외국 소설을 읽다 보면 등장인물이 살아가는 자연환경을 전혀 그릴 수 없을 때가 있다. 내게는 십대 때 읽은 에밀리 브론테의 《폭풍의 언덕(Wuthering Heights)》이 그러했다. 히스클리프와 캐서린의 사랑보다 그들이 살고 있는 '워더링 힐스'를 상상하기 힘들었다. 그때 스스로에게 이해시킨 워더링 힐스는 황량한 산꼭대기에 홀로 얹혀 온갖 비, 눈바람을 맞느라 바람 소리가 소름끼치게 무서운 집이었는데 우리나라 산꼭대기에 있는 망루 비슷한 걸 연상하지 않았나 싶다.

그러면서도 내 상상과 일치하지 않을 거라 확신했다. '황량하다'라든가 '황야'가 어떤 풍경인지 어떤 감정을 자아내는지 한 번도 몸으로 겪어본 적 없었으니까. 어머니의 젖무덤처럼 완만한 산과 풍요로운 평야지대에 둘러싸인 지역에서 나고 자란 나에게 '황야'라는 낱말은 미스터리이자 수수께끼였다. 황야는 많은 문학작품에 등장하는데 대개 인생을 상징한다. 어쨌든 집도 떠나고 길도 떠나고 황야를 떠돌아야 주인공이 될 수 있는 거다. 나는 이렇게나 중요한 황야를 상상만 하는 게 갑갑했다.

스코틀랜드 북부에 위치한 하일랜드(Highland)와 미국 옐로우스톤(Yellowstone)에 가보고서야 상상의 연줄을 붙잡을 수 있었다. 악산과 계곡에 둘러싸인 불모의 땅이 끝 간 데 없이 광활하게 펼쳐진다. 추위는 일찍 찾아와 오래 머물고 바람은 쉴 새 없이 귀싸대기를 날리며 흙조차 귀해 농사는 언감생심이다. 땅은 넓지만 사실상 인간이 살기에 불가능하다. 우리나라 사전은 황야를 '버려두어 거친 들판'이라 풀이하는데, 내가 체감한 황야는 인간이 버린 것이 아니라 애초부터 인간의 것일 수 없는 땅이다. 거친 들판이라기보다 야성 그대로의 들판이다. 인간 없이 온전히 자기네 서사로 무궁한 곳이다.

20세기 초만 해도 한국인들은 황야에 친숙했을 것이다. 북한과 그 너머 만주의 땅 곳곳이 황야였으니까. 그러나 분단 이후 남한 사람들은 이 땅에서 황야나 광야를 삶에서 경험할 일이 없게 되었다.

"광막한 광야에 달리는 인생아 너의 가는 곳 어디냐. 쓸쓸한 세상 험악한 고해에 너는 무엇을 찾으려 하느냐."

윤심덕의 노래 〈사의 찬미〉가 무엇을 말하려는지 직관적으로 안다 해도 광막한 광야나 험악한 고해를 겪어본 사람과 그렇지 않은 사람이 체감하는 절망은 많이 다를 것이다.

'내가 개라는 사실을 인정하기로 했다. 가족들도 있는 그대로 받아들이려 한다. 그들이 개를 계속 집에 두는 이유는 그 개가 좋아서가 아니라 참고 있을 뿐임을 개도 알고 있다. 개는 이곳에 돌아온 것을 후회한다. 황야에서 떠돌 때도 이 집에서처럼 외롭지는 않았다.'

고흐가 일기에 쓴 글이다. 그 사무친 외로움을 공감할 수는 있지만 황야를 아는 사람과 모르는 사람의 심장에 꽂히는 날카로움은 사뭇 다를 것이다.

'나의 언어의 한계는 나의 세계의 한계이다.'라는 비트겐슈

타인의 정언[69]에서 '나의 세계'는 사고뿐 아니라 국가와 자연 같은 물리적 환경도 포함될 수 있다고 생각한다. 특히 자연환경은 언어뿐 아니라 미술과 음악, 무용 등 모든 예술에 영향을 주고 같은 작품을 보고도 다른 것을 연상하게 만드는 조건이 된다. 데이비드 호크니가 말했다.

"월트 디즈니의 〈판타지아〉를 기억하세요? 한 섹션에 스트라빈스키의 〈봄의 제전〉 음악을 사용했죠. 하지만 디즈니 사람들은 스트라빈스키의 음악이 무엇을 말하는 건지 제대로 이해하지 못했어요. 그 음악에 맞춰 공룡들이 쿵쾅거리는 장면을 만들었죠. 디즈니 사람들은 남부 캘리포니아에 너무 오래 있었구나 하는 생각이 들더라고요. 그들은 북유럽이나 러시아 같은 곳에서 겨울이 지나면 모든 것들이 땅을 뚫고 힘차게 솟아오른다는 것을 잊은 겁니다. 스트라빈스키 음악의 힘찬 소리는 공룡이 땅을 내리찍는 소리가 아니라 자연이 솟아오르는 소리인 거죠."[70]

체험한 낱말과 체험하지 못한 낱말은 자연이 솟아오르는 소리와 공룡이 땅을 내리찍는 소리만큼이나 간극이 크다. 자신이 몸과 정신으로 체험한 낱말을 사용해야 오해의 소지를 줄일 수 있고 자유자재로 문장을 구성할 수 있다. 가끔 멋부리고 싶어

---

69 정언(定言): **명사** (논리) 어떤 명제, 주장, 판단을 '만일' '혹은' 따위의 조건을 붙이지 아니하고 확정하여 말함. 또는 그런 말.
　└정언(正言): (명사) 도리에 어긋나지 아니한 바른 말을 함. 또는 그 말.
70 마틴 게이퍼드,《다시, 그림이다》에서.

서 체험하지 못한 낱말을 쓸 때가 있는데 여지없이 체하거나 탈나서 뱉어내야 한다.

체험한 낱말의 개수가 살아온 나날만큼 늘 수 있기를 바란다. 동시에 체험하고 싶은 낱말을 수집하는 것은 매우 설레는 일이다. 우리 십대 시절에 '사랑'이 꼭 그러했던 것처럼. 그런데 당신에게 사랑은 체험한 낱말인가, 체험하고 싶은 낱말인가. 체험해서 잘 아는 것인가, 아직 체험하지 못해 잘 모르는 것인가. 세상엔 이처럼 알쏭달쏭한 낱말도 적지 않다. 인간뿐 아니라 낱말 하나도 소우주다.

2장

어휘력을 키우는

필수 조건

서로의 말을 이해하지

못한다는 사실을 받아들여라

· · · · · · · · · ·

초등학교 때 수업시간이었다. 선생님이 오징어는 연체동물이고 연체동물에는 뼈가 없다고 가르치셨다. 손을 들었다. "오징어에 뼈가 있는데요?" 선생님은 내가 잘못 알고 있다며 오징어에는 뼈가 없다고 하셨다. 다른 학생들도 오징어를 먹어 봤는데 뼈가 없다고 했다. 나는 졸지에 멍텅구리가 돼버렸다.

분명히 뼈가 있는 오징어를 봤다. 서울로 전학 오기 전에 부안에 살던 집, 광의 대들보에 바짝 말린 채 주렁주렁 매달려 있었다. 몸통 가운데 박힌 유선형의 하얗고 단단한 뼈는 소꿉놀이할 때 갈아서 소금이나 설탕으로 풀 반찬에 솔솔 뿌려 모래 밥이랑 상 차렸고 분필처럼 들고 다니며 동네 담벼락에 낙서했다. 오히려 나는 뼈 없는 오징어를 본 적 없었다.

집에 돌아와 한껏 억울한 심정으로 아버지에게 이르자 이리 일러주셨다. "서울 사람들이 갑오징어를 몰라서 그래. 그리고 다른 오징어에는 뼈가 없어." 세상에! 다른 오징어에는 뼈가 없다니! 내가 맞은 것도 아니고 선생님이 맞은 것도 아니다. 내가 틀린 것도 아니고 선생님이 틀린 것도 아니다.

오징어에 뼈가 없는 게 아니라 뼈 있는 오징어도 있고 뼈 없는 오징어도 있다.[71] 갑오징어를 모르는 사람들은 오징어라면 당연히 뼈가 없는 줄 알아서 뼈 있는 오징어를 실제 본 어린이를 헛것 본 양 대했다. 갑오징어를 아는 나는 오징어라면 당연히

71 갑오징어는 갑(甲)처럼 생긴 뼈가 있어서 붙여진 이름이다. 하지만 그 뼈의 정확한 정체는 척추동물에서 볼 수 있는 뼈가 아니라 조개껍데기와 유사한 석회질로 이루어진 뼈조직이다.

뼈가 있는 줄 알아서 내 말을 헛소리로 듣는 이들을 미워했다.

고등학교 때 지리 수업시간이었다. 선생님이 칠판에 걸린 세계 지도에서 사탕수수가 생산되는 국가와 지역을 짚으셨다. 한국에서는 기후상 사탕수수를 재배할 수 없다고 하셨다. 멍텅구리가 되고 싶지 않아 손들지 않았다. 단지 속말 했을 뿐이다. '우리나라에도 사탕수수가 자라는데……'

집으로 돌아와 동생에게 확인했다. "우리 부안에서 사탕수수 먹었었지, 응?" 동생이 격하게 호응했다. "응! 같이 먹었잖아. 나, 기억 나." 그렇다. 우리는 동남아도 남미도 아닌 우리나라에서 사탕수수를 먹었다. 늦여름께 동네를 어슬렁거리면 추수 끝난 옥수수 밭 언저리에 사탕수수가 훌쩍 자란 걸 볼 수 있었다.

남의 밭이지만 그 정도 서리야 허락받지 않아도 되었다. 제법 단단한 대를 힘껏 뚝 분질러 이로 껍질을 벗기면 질기고 하얀 속살이 나온다. 껌처럼 잘근잘근 씹어 단물을 빼먹고 찌꺼기를 뱉었다. 단수수였다. 단맛 나는 수수라는 뜻이다. 하지만 지리 교과서에는 사탕수수가 생산되는 지역에 한국이 빠져 있었고 선생님은 한국에서 사탕수수가 자랄 수 없다 단언했다.

이따금 생각한다. 시험문제로 '다음 중 뼈가 없는 생물은 무엇인가?'라는 객관식 문제가 출제되고 보기에 오징어가 있다면 나는 동그라미를 쳤을까, 말았을까. 또 '사탕수수를 생산하는 국가가 아닌 곳은 어디인가?'라는 사지선다형 문제가 출제되고 보기에 한국이 있다면 나는 동그라미를 쳤을까, 말았을까.

정답이 아닌 줄 뻔히 알면서도 점수를 올리고 싶은 욕심에 동그라미를 쳤을 것이다. 틀린 답을 맞는 답이라 한 스스로를 멸시했을 것이다. 내 경험을 틀린 답으로 만드는 문제를 기어이 출제하고 만 현실에 슬픔과 좌절을 느끼며 무력감에 길들여졌을 것이다. 집에 돌아와 방구석에 처박혀 종이 나부랭이에다 끼적이기나 했을 거다. 내가 잘못 본 게 아니라 당신이 못 본 것에 대하여, 당신이 잘못 본 게 아니라 내가 못 본 것에 대하여.

우리가 그것들에 대해 함께 이야기 나눌 수 있을까. 사람은 자기 세계 밖에 있는 상대의 언어를 '당장' 이해하지 못한다. '우리는 생각할 수 없는 것은 생각할 수 없다(We cannot think what we cannot think.).'[72] 내가 생각하는 대화의 반대말은 주장이다.

우리가 함께 이야기 나눌 수 있을까.

---

72 루트비히 비트겐슈타인, 《논리-철학 논고》에서.

언어적 직관의 중요성을 이해하라

벌레 먹은 밤을 보면, 에이, 벌레 먹었네~ 하고 버릴 텐데,
'가을 달빛 속에 / 벌레 한 마리 / 소리 없이 밤을 갉아먹는다.'
했던 시인이 있습니다.

갑자기 추워진 날씨에 어이구 추워~를 연발하는데,
'한밤중에 내리는 서리 / 허수아비 옷을 / 빌려 입어야겠네.'
했던 시인이 있습니다.

왜 기다리는지도 모르면서 기다리는 첫눈인데,
'작년에 우리 둘이 / 바라보던 그 눈은 / 올해도 내렸는가?'
했던 시인이 있습니다.

일본의 시인 바쇼가 쓴 한 줄짜리 시들입니다.
그는 평생 이런 철학을 갖고 살았다고 합니다.
"소나무에 대해서는 소나무한테 배우고
대나무에 대해서는 대나무한테 배우라."

너무 당연한 말이라 헛웃음이 나올 지경이지만
우리가 흔히 저지르는 실수입니다.
소나무한테 가서 대나무에 대해서 묻고
대나무한테 가서 소나무에 대해서 묻고
이래서야 제대로 된 답을 들을 리 없습니다.
제대로 볼 줄 아는 눈이 없어섭니다.
상대방이 나를 속여서라기보다 스스로에게 속아섭니다.

속이지 맙시다. 세상 그 누구보다도.

바로, 나 자신을.

12년 전에 쓴 라디오 방송 코너 원고다. 방송이 끝나고 DJ가 내게 푸념했다. "소나무에 대해서는 소나무한테 배우고 대나무에 대해서는 대나무한테 배우라니, 무슨 뜻인지 모르겠어요. 너무 어려워."

방송작가로 일한 26년 동안 가장 당황한 순간을 꼽으라면 이때다. 진행자가 자신이 이해하지 못하거나 동의할 수 없는 원고를 그대로 읽는다면 직업윤리에 어긋난다. 앵무새가 되는 것이다. 청취자들은 진행자가 알고 하는 말인지 아는 체하는 말인지 단박에 알아차린다. 라디오는 귀로만 듣기에 더 육감적(六感的)이다.

세상의 모든 아는 체하고 하는 말은 거짓이다. 거짓의 맹점은 끝내 일관성을 만들 수 없다는 데 있다. 언젠가는 자가당착에 빠져 망신당한다. 방송작가는 이런 상황을 방지해야 하는 최전선에 있다. 진행자가 무엇을 알고 무엇을 모르는지, 비록 모르고 낯선 내용이라도 이해하기 위해 노력할 사람인지 아닌지 파악하고 원고를 써야 한다.

앞서의 원고는 어려운 낱말이 없어 쉬운 거 같아도 읽기 쉽지 않다. 전문 방송인의 발음과 호흡을 염두에 두고 쓴 터라 비전문 방송인이 운율 ― 문단에 따라 속도를 빠르게 느리게, 쉬어가고 맺어가고 등 ― 을 무시한 채 읽으면 영 어색하다. 문학을 전공하고 언론사 시험을 통과한 아나운서라는 믿음이 없었다고는 못 하겠다. 혹시 몰라 누구라도 이해할 법한 해석을 말미에 보탰다. 그런데도 눈 동그랗게 뜨고 토로한 것이다. 무슨 뜻인지 모르겠다고.

글에 말을 보태야 한다면 실패한 원고다. 내 원고는 이미 실패했다. 그래도 의도는 설명해야겠다 싶어 무엇이 이해되지 않느냐 물었다. 그가 잔뜩 억울해하며 성토했다. "왜 나무한테 배우냐고요. 대나무! 소나무! 나무가 말해? 이상하잖아요!" 맙소사! 난 되우[73] 놀라 할 말을 잃었다. 이런 대화를 옆에서 듣고 있던 PD가 냅다 일갈했다. "의인화라고, 의인화! 의인화 몰라? 너는 어렸을 때 동화책도 안 읽었냐?"

그때 알았다. 세상에는 나무가 말하는 걸 상상하지 못하는 사람이 있구나. 나무가 말하면 이상한 일이라 하는 사람이 있구나. 그러고 보니 처음 겪은 일이 아니다. 까마득히 잊고 지낸 옛일이 떠오른다. 중학생이 되도록 일요일 아침마다 TV에서 하는 디즈니 만화 시청하는 게 낙이었다.

좋은 건 나누고 싶은 법이다. 그런데 친구는 디즈니 만화를 한 번도 본 적 없고 앞으로도 보고 싶지 않다 했다. "동물이 사람처럼 말하는 게 징그럽다"는 게 이유였다. 내가 톰과 제리, 미키와 미니, 도널드, 푸우는 동물이 아니라 반박하자 친구가 "동물이 아니면 뭐냐?"고 했다. 나는 대응할 말을 찾지 못한 채 서로 다른 우리만 확인했다.

---

73 되우: 부사 아주 몹시. 되게, 된통.

지금 같으면 동물이 아니라 의인화한 캐릭터라고 할 텐데 그렇게 말해도 "어쨌든 생김새가 고양이, 쥐, 오리, 곰 아니냐?"고 따져 물으면 뭐라고 해야 하나. 나도 "의인화라고, 의인화! 의인화 몰라? 너는 어렸을 때 동화책도 안 읽었냐?"라고 빼액 소리라도 질러야 하나. 꼭 그 일 때문만은 아니겠지만 그 친구와는 스스러운[74] 사이가 돼버렸다.

'제대로 볼 줄 아는 눈이 없는 사람'은 나였다. 소나무한테 소나무 말을 하고 대나무한테 대나무 말을 해야 하는데 소나문지, 대나문지 알아보지 못했다. 아니, 아예 알아보려 하지도 않고 당연히 알겠거니 겉잡았다. 상대가 속여서가 아니라 스스로에 속아 저지른 실수였다.

그렇다 해도 여전히 변함없는 사실 하나. '나무가 말을 한다.'는 문장을 예로 든다면 '나무'와 '말'이 어떤 뜻이냐에 대해서는 가르칠 수 있고 배울 수 있다. 실제로 낱말은 배우고 외워야 한다. 또 '말을 한다'라고 하지, '말이 한다'라거나 '한다 말을'이라고 하지 않는 등의 문법과 형식에 대해서도 가르칠 수 있고 배울 수 있다. 이 또한 물리적으로 배우고 익혀야 한다.

그러나 '나무가 말을 한다.'는 문장이 어떻게 뜻을 가질 수 있느냐 묻는다면 이에 대해 가르칠 수 없고 배울 수 없다. 이는 언어적 직관으로 스스로 획득[75]할 수 있을 뿐이다. 언어적 직관

---

74 스스럽다: 형용사 1_ 서로 사귀는 정분이 두텁지 않아 조심스럽다. 2_ 수줍고 부끄러운 느낌이 있다.

75 철학자 임마누엘 칸트는 '획득'이라는 어휘를 '내가 어떤 것을 내 것으로 만드는 것'이라는 개념으로 사용했다.

이 부족한 사람에게 시적 상상력, 은유, 함축, 의인화 운운해봐
야 난해한 소리로밖에 들리지 않는다. 대화가 통한다는 것은 언
어적 직관이 통한다는 의미다.

사물에 쓰는 말과

사람에 하는 말을 구분하라

우연히 본 기사 제목이 섬뜩하다.

'○○ 기획사에서 아이돌 그룹을 내놓는다.'

단 한 줄이지만 기자의 시각을 선명하게 보여준다. '내놓다'는 물건을 밖으로 옮기거나 꺼내놓을 때, 작품이나 상품을 선보일 때, 생각이나 의견을 제시할 때 쓰는 동사다. '물가에 내놓은 어린아이'라는 말처럼 사람한테 쓰기도 하나 이 경우는 '붙잡아두었던 사람이나 동물을 자유롭게 활동할 수 있도록 하다'라는 의미다. 아이돌 그룹을 '내놓는다'라고 쓴 기자의 의도가 후자일 리 없고 전자라면 아이돌 그룹을 사람이 아닌 기획사의 물건이나 상품, 작품으로 봤다는 뜻이 된다. 본인은 의식하지 못하고 떠오르는 대로 썼을 것이다. 그래서 더 무섭다.

'인적자원'이라는 말도 비슷한 맥락이다. 자사 PR[76]하면서 인적자원 개발, 인적자원 관리 등의 문구를 자랑스레 내세우는데 사람이 무슨 매장된 광물이나 원료인가? 사람과 자원을 동격취급하니 등급 매기기는 자연스러운 수순이다. 국가든 기업이든 사람을 '인적자원'이 아니라 '인재'로 여겨야 하고 개발[77]도 좋

76 PR: Public Relation, 일반 대중을 대상으로 기업 이미지나 제품을 홍보하는 활동.
 └IR: Investor relations, 투자가를 대상으로 실시하는 홍보 활동.
77 개발(開發): 명사 1_ 토지나 천연자원 따위를 유용하게 만듦. 2_ 지식이나 재능 따위를 발달하게 함. 3_ 산업이나 경제 따위를 발전하게 함. 4_ 새로운 물건을 만들거나 새로운 생각을 내

지만 계발[78]에 힘써주길 바란다.

　TV 방송에서 부부나 지인들끼리 출연해 대단한 잠언인 양 "물건은 고쳐 써도 사람은 고쳐 쓰는 것 아니다"라고 하는 말도 서늘하다. 무슨 뜻을 전하고 싶은지는 잘 알겠다. 그러나 표현이 과격할 뿐 아니라 분수없다. 누가 사람을 고치고 누가 사람을 쓴 단 말인가? 조물주라도 되는가? 사람은 물건이 아니다.

　'몸값'이라는 어휘는 나만 불편할까. '트레이드 머니(Trade money)', '이적료'라는 용어가 멀쩡히 있는데 무슨 인신매매단 도 아니고 기어이 '몸값'이라 하는 심리는 뭘까? 선수의 실력과 조건, 잠재력에 매기는 가치지 몸뚱이를 보고 쳐주는 값이 아니 니 뜻을 제대로 옮긴 것도 아니다. 방송이나 언론에서 아무렇지 않게 몸값 운운하는 걸 들으면 낯뜨겁다.

　사람을 손가락으로 가리키며 "치워버려!" 하는 말을 처음 들은 건 TV 드라마에서였다. 머리칼이 쭈뼛 섰다. 이런 대사를 발상한 작가는 천재인가 보다 했다. 얼굴에 침 뱉기보다 더한 모 욕 주기를 의도한 대사였고 적중했다. '거치적거리다', '걸리적 대다'도 사람에게 하면 모욕을 줄 수 있는 말이다. 사물이나 동 물, 일 따위에 쓸 말이 있고 사람에게 할 말이 따로 있다.

　프리랜서의 애로는 일을 제안 받기도 쉽지 않지만 거절하 기도 쉽지 않다는 데 있다. 예전에 한 PD의 제안을 거절하자 돌 아온 말이 이러했다. "쓸 작가는 많아. 내가 선경 씨 생각해서 연

어놓음.

78 계발(啓發): 　명사　슬기나 재능, 사상 따위를 일깨워 줌.

락한 거야. 돈 벌어야 할 거 아냐." 그 말을 듣기 전까진 확신할수 없었다. 돈을 벌기는 해야 하는데 제안을 거절하는 게 잘하는일인지 어쩐지. 그 말 듣고 확신했다. 잘한 결정이라고. 사람을'쓴다'는 말이 썩 유쾌하지 않지만 사람에게 어떤 일을 하게 한다는 뜻도 있으니 기분 상할 필요 없다. 문제는 '쓸 작가'다. 그는 앞서의 뜻풀이와 다르게 '어떤 일을 하는 데 재료나 도구, 수단을 이용하다'라는 뜻으로 발화했다.

어느 분야든 파트너 개념 없이 권위를 과시하는 사람과 함께 하면 팀원은 일하는 내내 모멸감에 시달린다. 본인은 몰랐을거고 지금도 모를 것이다. '쓸'이라는 한 음절로 평소 작가를 어떻게 여기는지부터 어떤 형태로 일할지까지 훤히 드러날 줄. 작가를 존중하는 PD로 비치고 싶었을 텐데 '쓸' 대신 '함께 일할'이라는 말이 그리 어려웠나.

어쩔 수 없다. 말은 인격이다. 고사성어나 전문용어, 어휘를많이 안다고 '사람으로서의 품격'을 갖췄다 할 수 없다. 그건 그냥 유식하고 교양 있는 거다. 나는 소위 유식하고 교양 있다는사람들이 인격을 갖추지 못한 경우를 너무 많이 봤다. 인격은 기본적인 어휘를 어떤 상황에서 어떤 상대에게 어떠한 의도로 쓰는지에서 극적으로 드러난다.

사람을 물건이나 상품으로, 사람의 감정이나 마음을 도구나수단으로 취급하면서 자신이 무슨 말을 하는지 의식조차 못 하는 이가 최악이다. 그런 사람들이 하는 말은 씨알머리가 없다.[79]

---

79 씨알머리가 없다: 관용구 (속되게) 실속이 없거나 하찮다.

도사리[80] 같다. 말의 힘은 말하는 사람의 인격으로 획득된다. 인격은 연출이 불가능하다.

언어가 생각을
오염시킬 수 있다

인류 역사에서 가장 부유한 시대를 살면서도 많은 사람이 우울과 불안에 시달리고 세상이 뭐 하나 제대로 돌아가는 것 없이 엉망진창으로 보이는 건 산업경제가 도입된 후에 인간을 꾸준히 도구화[81]한 원인이 크다. 인간의 도구화는 이미 우리 삶 곳곳에 자연스레 배어 있어 그로 인한 부상의 위험에서 안전할 길은 사실상 없어 보인다. 그럴 수 있다면 그곳이 유토피아가 아닐까. 사람이 다른 무엇을 위한 수단이 아니라 그 자체의 목적으로 존중받는 곳 말이다.

화폐경제와 산업경제는 인간이 조절할 수 있는 단계를 넘어 거대한 생명체가 된 지 오래고 그 위에 지구의 대다수 인간이 올라타 있다. "가격을 가지는 것은 무엇이든 동등한 자격을

---

80 도사리: 명사 다 익지 못한 채로 떨어진 과실.

81 '도구화란 우리가 목적으로 삼아야 하는 것들이 다른 것들을 성취하기 위한 수단이나 도구처럼 취급되는 현상을 믿습니다. 예컨대, 다른 사람과 사랑을 하거나 우정을 나눌 때에도 그 관계가 자신에게 이익이 되는지 여부를 잘 따져야 현명한 처신으로 여겨지는 것처럼 말이지요.' 스벤 브링크만,《철학이 필요한 순간》에서.

지닌 다른 것으로 대체될 수 있다"는 칸트의 말을 한 번도 들어본 적 없다 해도 사람들은 선험적[82]으로 안다. 산업사회에서 사는 인간에게는 가격이 매겨져 있고 다른 것으로 쉽게 대체될 수 있다. 최후의 1인이나 진정한 승자가 존재할 수 있을 거 같지도 않고 바라지도 않는다. 그저 사라지지 않고 버티려고만 하는데도 영혼은 너덜난 만신창이다. 나에게 가격을 매겨 구입하거나 버리려 드는 저들을, 현실을 견딜 수 없기 때문이다.

'세상을 바꾼다'[83]고들 한다. 사회변혁이나 개혁을 의미한다. 나는 멀쩡하니까 세상만 바꾸면 좋아질 것 같은 뉘앙스가 없지 않다. 세상은 '사람이 살고 있는 모든 사회를 통틀어 이르는 말'이다. 사람이 바뀌지 않으면 세상은 바뀌지 않는다. 생각이 바뀌지 않으면 사람은 바뀌지 않는다. 생각이 언어를 바꾸기도 하지만 언어도 생각을 바꿀 수 있다. 우리는 어휘를 선택할 수 있는 자유의지[84]를 가졌다. 영혼을 베는 말과 일으키는 말, 어느 쪽을 택할 것인가.

"생각이 언어를 오염시킨다면 언어도 생각을 오염시킬 수

---

82 선험적: (철학) 경험에 앞서 선천적으로 가능한 인식 능력.

83 바꾸다: 동사 원래 있던 것을 없애고 다른 것으로 채워 넣거나 대신하게 하다.
└변화하다: 동사 사물의 성질, 모양, 상태 따위가 바뀌어 달라지다.

84 자유의지: (심리) 외적인 제약이나 구속을 받지 아니하고 내적 동기나 이상에 따라 어떤 목적을 위한 행동을 자유롭게 선택하는 의지.

있다." 조지 오웰이 한 말이다. 가격을 매길 수 있는 상품이나 가축 등에 쓸 어휘를 사람에게 쓰지 않는지, 사람이 하는 일을 도구나 수단으로 취급하고 있지 않은지, 늘 말본새[85]를 점검해야 한다. 많은 속어나 욕설 등이 가축과 관련한 어휘라는 사실은 주목할 만하다. 그때는 가축이 흔했고 지금은 물건이 흔하다. 이 대목에서 "존중할 만해야 존중하지"라고 할 수도 있겠다. 악머구리 끓듯[86] 악한과 파렴치한이 적지 않으니 심정이야 이해하나 경계한다. 그 옛날 양반이 백정과 노비에게, 백인이 흑인에게, 남성이 여성에게, 부자가 빈자에게, 어른이 어린이에게 같은 말을 했다.

'사람에 대한 존중'은 내가 옳다고 느끼면 옳은 것이라는 식으로 서로 달리 해석할 수 있는 상대주의가 아니라 절대적 가치다. 어떤 상황에서도 최우선에 두는 것이 인격이며 인격은 타고 나는 게 아니라 ─ 타고 나는 것은 인성이다 ─ 배움과 습관을 통해 갖출 수 있다. 사람을 존중하는 자세는 생각보다 훨씬 우리에게 배어 있지 않아 자기도 모르게 적절치 못한 어휘를 쓸 수 있다. 아직 배우지 못했거나 잘못 알아 그렇다. 문제는 다음이다. 모르거나 잘못 아는데 올바로 알려 하지 않는 것은 분명 잘못이다.

성별이나 출신, 외모, 나이 등을 차별하는 어휘가 아닌지도

---

85 말본새: [명사] 말하는 태도나 모양새.
86 악머구리 끓듯: [관용구] 많은 사람이 모여서 시끄럽게 마구 떠드는 모양을 비유적으로 이르는 말.

살펴야 한다. "여자가 할 수 있겠어?", "남자가 그것도 못 해?", "뚱뚱해", "키가 작아", "어린 사람이 뭘 알아?", "나이가 있는데 할 수 있겠어요?" 등이 쉽게 떠오른다.

그러나 이러한 말들도 해당한다. "여자가 능력 있어", "남자 치고 세심하네", "가정교육을 잘 받았네", "좋은 대학 나와서 스마트해", "예쁘게 생겼어", "키가 크고 날씬해서 뭘 입어도 잘 어울려", "젊은 사람이 아주 예의바르고 겸손해", "젊게 사시네요", "나이보다 훨씬 건강하고 젊어 보이세요"[87] 등등.

칭찬으로 들리는가? 고정관념에 기준한 수직적 평가다. 하는 사람이나 듣는 사람이나 칭찬으로 착각하기 쉬운 이런 발언은 부모 자식 간에도 하지 말아야 한다. 특히 어린이들에게 칭찬이랍시고 하면 칭찬이기 때문에 더욱 인상적으로 성별이나 외모, 능력 등에 대한 편견을 심어주고 남을 평가하는 기준으로 삼게 된다. 평가가 해악인 이유는 사람을 물건이나 상품, 가축처럼 등급을 매기는 것이기 때문이다. 등급을 왜 매기겠는가? 물건이나 상품, 가축 등과 별반 다르지 않다. 비싼 값에 팔기 위해서다. 무엇이 쓸모 있을지 계산하는 것이다. 평가는 필연적으로 차별로 이어진다.

---

87 책 발간 후 "나이보다 훨씬 건강하고 젊어보이세요"라는 말이 왜 차별의 표현이라고 생각하느냐는 질문을 받았다. 관리를 열심히 해서 나이처럼 보이지 않는 사람에게 건강하고 젊다고 표현하는 것은 차별의 표현이 아니라 칭찬의 표현이 아니냐는 조심스러운 질문이었다. 이에 대해 나는 이러한 답을 전달했다. "건강하고, 젊어 보이는 것이 우위라는 인식을 깔고 있기 때문에 또 다른 차별이라고 생각합니다."

사람은 혼자서 살 수 없다. '관종'이라는 말로 놀림 받지만 인정받고 싶고 사랑받고 싶은 욕구는 생존과 직결돼 있다. 그러나 그 욕구를 충족하기 위한 방법이 앞서의 조건들을 채워야 하는 거라 주장한다면 사람을 수단화하는 것이다. 이런 환경에서 사람에 대한 존엄이라니, 턱도 없다.

사람을 평가하면서 세를 과시하는 어휘를 쓰지 않도록 조심하자. 인간의 도구화를 피할 길 없는 세상이라지만 이것만 지켜도 영혼을 다치는 사람들이 한결 줄어들 것이다.

차이를 이용하려는   세력을 경계하라

사투리는 민족의 풍습과 말의 원형을 알 수 있는 언어의 보고다. 여행할 때 그 지역의 특색 있는 말을 듣는 것도 작지 않은 즐거움인데 언제부터인가 사투리가 많이 사라지고 표준어로 획일화되어가는 모습이 상당히 아쉽다.

하지만 여기까지다. 나는 직장이나 공적인 자리에서 '의도적으로' 자기 출신 지역 말을 쓰는 사람이 매우 불편하다. 사석에서야 누가 뭐라 하나. 문제는 타지역 사람이 대다수인 자리에서 표준어를 구사할 줄 알면서 '일부러' 고향 말을 고집하는 경우다. 만약 그가 직장 상사처럼 윗사람이라면 일방적으로 적응해야 하는 입장에 놓이고 만다. 사투리는 모르는 사람 입장에서 정말 알아듣기 힘들다. 특히 전화 통화일 경우 더 알아듣기 힘든데 윗사람에게 말끝마다 번번이 "네? 뭐라고 하셨어요? 무슨 뜻이에요?" 물을 수 없어 잘못한 것도 없는데 눈치 보이고 스트레스 받는다.

예전에 팀에서 '언니'라는 말을 두고 작지 않은 다툼이 벌어진 적 있다. K가 P를 호칭할 때 '언니'라고 부른 것이 사단이었다. 동성끼리도 직장에서 언니라는 호칭은 바람직하다고 할 수 없는데 K와 P는 남성과 여성이었다. 나이는 K가 많지만 P가 입사 선배고 직종이 달랐다. 어느 날 난데없이 K가 P를 '언니'라고 불렀다.

제3자인 나는 처음 들었을 때 장난이거나 농담인 줄 알았다. 그런데 며칠이 지나도록 계속 언니라고 부르는 거다. P가 정색을 하고 자신을 언니라고 부르지 말라 하자 K가 이유를 물었고 P의 답변은 이러했다. "남자들이 술집에서 아가씨들 부를 때 쓰는 말이잖아요. 그거, 언니." 그제야 K가 사태의 심각성을 깨닫고는 "에이, 아니에요. 우리 고향에서는 친한 이성한테 언니라고 불러요." 눙치려 했으나 통하지 않았다. "여기는 K씨 고향이 아니잖아요. 그리고 내가 듣기 싫다고요." K는 알겠다 했고 더 이상 언니라 부르지 않았지만 둘의 앙금은 풀리지 않았다.

　　나는 남자들이 술집에서 여종업원을 부를 때 언니라 부르는지, K의 고향에서 친한 이성을 언니라고 부르는지 사실 여부를 알지 못하며 알고 싶지도 않다. 사실이라 해도 틀린 호칭이기 때문이다. 무엇보다 사태의 본질은 본인보다 나이가 어리고 직종이 다르다는 이유로 P를 선배로 인정하지 않은 K의 태도에 있었다. 그러지 않고서야 상대가 불쾌하다고 하는 호칭을 그렇게까지 고집할 수 없다. 나는 나대로 자신의 고향 말이 무례가 될 수 있다는 사실을 인지하지 못하는 K의 무신경한 태도에 질렸다. K가 하는 말을 절반 정도나 알아들었고 나중에는 목소리조차 듣기 싫어졌다.

　　'지역감정'은 부정적인 의미를 가진 어휘가 아니다. 높은 산맥과 큰 강을 경계로 말이 달라지는 것처럼 지역마다 차이가 존재하는 것은 자연스러운 현상이다. 우리나라에서 지역감정이 뿌리 깊은 갈등이 된 것은 '민족주의'와 마찬가지로 정치적으로 이용했고, 차이를 인정한 것이 아니라 차별한 자들이 존재했기 때문이다. 특정 지역을 비하하는 발언이 처음에는 의도적으로, 나중에는 세뇌된 사람들을 통해 무신경하게 살포됐고 현재도 그러하다. 나는 반세기에 걸친 이 사투리 전쟁에서 승자는 단 한 명뿐이었다고 생각한다.

TV 드라마나 영화에서 내로라하는 힘과 권력을 가졌으나 뼛속까지 무자비한 캐릭터들이 경상도 사투리를 구사하는 장면을 보면 등골이 서늘하다. 한때 드라마나 영화에서 깡패 캐릭터들이 전라도 사투리를 써서 전라도 하면 깡패라는 공식을 만든 것처럼 경상도를 대변하는 이미지를 만들까 우려스럽다.

TV와 라디오 등 방송에 출연하는 패널들이 대놓고 자신의 출신 지역 말을 고래고래 써가며 정치적, 사회적 견해를 늘어놓는 모습을 보면 아찔하다. 무엇을 드러내려 하는가. 무엇을 득보려 하는가. 차이를 이용해 득보려는 정치가 가장 저질이며, 선봉에 그들만의 언어가 있다.

지역의 언어가 있고 남성의 언어가 있고 계층의 언어가 있고 이념의 언어가 있고 인종의 언어가 있다. 마찬가지로 또 다른 지역의 언어, 또 다른 성의 언어, 또 다른 계층, 이념, 세대, 인종 따위의 언어를 이용[88]하는 것을 경계한다. 이런 언어는 바이러스 같아 적합한 조건을 가진 숙주를 찾아 기생한 후에 반드시 번식 매개체로 바꾸어놓는다. 복제된 바이러스는 다른 숙주의 뇌에 전파된다. 그러니 어쩔 것인가. 선동당해 내 정신을 숙주로 내주는 일이 없게 다른 이의 정신을 오염시키는 번식 매개체가 되지 않도록 스스로 방비하는 수밖에.

---

88 '이용하다'는 한자 '利用'의 뜻대로 '대상을 필요에 따라 이롭게 쓰다'라는 동사이나 '다른 사람이나 대상을 자신의 이익을 채우기 위한 방편으로 쓰다'라는 의도로 더 널리 쓰이고 있다.

맞춤법과

기본 문법부터 익혀라

대학시절 친구에게 불어를 배우고 싶다 했을 때 이런 말이나 들었다. "불어는 뭔 불어야? 작가 된다며? 국어공부나 해라." 친구 말 듣고 국어공부 할 걸 그랬다. 책 읽기로 충분할 줄 알았다. 연관 없지 않지만 독서는 독서대로, 우리말은 우리말대로 공부해야 한다는 사실을 뒤늦게 알아차렸다. 아무튼 어휘력에 있어서라면, 다 알아 하나 마나 한 "책 많이 읽으세요"라는 소리보다 이 말을 하고 싶다.

"맞춤법과 기본 문법부터 익히세요."

틀린 맞춤법, 뜻과 의도를 파악하기 힘든 흐리멍덩한 문장으로 쓴 문자 메시지는 성질 돋우는 데 아주 그만이다. 그것들은 과격하게 말해 글자 쓰레기다. 내 눈엔 신조어나 줄임말보다 틀린 맞춤법이 훨씬 거슬린다.

예전에 작가들끼리 이런 말을 주고받은 적 있다. "맞춤법 틀리는 남자랑 연애할 수 있어?" 농담이지만 뼈가 있었고 놀랍게도 다들 힘들 거 같다 입을 모았다. 그네들 중엔 "영어로 쓴 간판이나 메뉴 못 읽는 남자랑은 연애할 수 있어도 맞춤법 틀리는 남자랑은 힘들 거 같네요" 진지하게 거듭 강조한 이도 있어 폭소를 터트리게 만들었다.

맞춤법 오류는 취업에도 약점이다. 최근 블라인드 전형 방식이 확산되면서 이력서와 자기소개서 평가 비중이 높아지는 추세인데 잘못된 맞춤법과 문법을 쓰면 스펙과 경험이 압권이라도 꺼림칙한 인상을 남길 수밖에 없다.

뭐, 연애나 취업 같은 인생의 중대사가 아니라면 틀린 맞춤법은 '#웃긴맞춤법'이나 '#놀라운맞춤법'이 되어 무미건조한 세상에 '어의없는' 웃음을 주기도 한다. '골이따분한 성격', '나보고 일해라 절해라 하지 마', '인생의 발여자' '곱셈추위', '갈수록 미모가 일치얼짱', '감기 낳으세요', '회계모니 싸움', '멘토로 삼기 좋은 인물', '나물할 때가 없는', '에어콘 시래기', '수박겹탈기', '삶과 고인의 명복을 빕니다', '죄인은 오랄을 받아라', '장례희망', '유교전쟁', '권투를 빈다', '우리는 티목이 좋다', '마음이 절여온다', '신뢰지만 나이가 어떻게 되요?', '알레르기성 B염' 등등……

수십 번을 다시 봐도 웃긴다. 이렇게나 천진난만한 맞춤법이라면 어디서부터 손대야 할지 모르겠다. 하루 이틀로 해결할 수 있는 문제가 아니기 때문이다. 원인이 무엇인지는 알겠다. 눈으로 읽은 적 없고 귀로만 들은 말을 손으로 적으려니 벌어진 웃기는 맞춤법이다. 거의 책을 안 읽는 사람이라고 싸잡아 단정해도 틀리지 않을 것이다.

꼴 보기 싫은,
틀린 맞춤법과 문법들

앞선 사례보다 덜 천진난만하고 웃기지도 않은 맞춤법이 있다. '깎다'를 '깍다'로, '닦달하다'를 '닥달하다'로 잘못 쓰는 정도는 그럴 수 있다 이해한다. '닦다'를 '닥다'로 쓰면 좀 난감하지만 꼴 보기 싫을 정도는 아니다. '느지막이'와 '느즈막이', '밀어붙이다'와 '밀어부치다'도 헷갈릴 수 있다.

얼마 전 한 유튜브 영상에서 '읽다'라고 써야 할 자막을 '잃다'라 쓰고, 어떤 블로그에서는 '깨달았을'이라고 써야 할 것을 '깨닳았을'이라고 쓴 걸 봤다. 내게 문자를 보낸 어떤 이는 '안한다'를 '않한다', '안 돼'를 '않되'로 쓰더니 마침내 '외않해'까지 이르렀는데 오타라 우긴들 나는 앞서의 글자들 전부 결코 오타가 아니라는 사실을 안다. 오타라고 하기엔 굳이 어려운 받침을 썼다. 꼴 보기 싫지 않다. 몰라서 그런 거고, 알면 고칠 수 있다. 그래도 받침이 애매할 때 무작정 'ㅀ'이나 'ㄶ'으로 깔아놓는 무모함은 버리는 게 좋겠다.

이제부터가 꼴도 보기 싫은 맞춤법들이다. 첫 번째, '되다'와 '돼다', '안되'와 '안돼', 두 번째, '뵈다'와 '봬다', '뵈요'와 '봬요', '뵐게요'와 '뷀게요', '뵙시다'와 '뵙시다', 세 번째, '……께요'와 '……게요', 네 번째, '고마워'와 '고마와', 다섯 번째, '가르치다'와 '가르키다'이다. 아주 그냥 지긋지긋하다. 그렇게나 자주 쓰는데 번번이 맞춤법을 틀린다는 건 무식보다 무서운 무심함이다. 그 무심함이 정말 꼴 보기 싫다.

TV에서 사회자가 이렇게 말할 때 꼴 보기 싫다. 첫 번째 '……하도록 하겠습니다'. 예를 들어 '시상하도록 하겠습니다', '보도록 하겠습니다', '발표를 듣도록 하겠습니다' 하는 식인데 '시상하겠습니다', '보겠습니다', '발표하겠습니다'라고 하면 될 일을 왜 굳이 '……하도록 하겠습니다'라고 잡아 늘이는지 모르겠다. 연말 시상식을 보면 너 나 할 것 없이 '……하도록 하겠습니다'라는 천편일률적인 진행 멘트가 철철 넘쳐흐른다. 뭘 그렇게 하도록 하고 싶을까. 그들은 이런 문장에 대해 의문을 가져본 적 없을까? 남들이 많이 하니까 맞으려니 하는 식으로 생각 없는 게 꼴 보기 싫다.

한쪽에서는 글자를 줄이다 초성으로까지 줄여 쓰는데, 다른 쪽에서는 불필요한 경어와 존대로 문장이 엿가락처럼 늘어진다. '시'를 최대한 많이 집어넣어 문장을 길게 늘어뜨릴수록 공손함을 듬뿍 표현할 수 있다는 불문율이라도 생긴 모양이다. 앞서 예를 다시 옮기면 이런 식이다. '시상하시도록 하시겠습니다.' '보시도록 하시겠습니다.' 그럴 필요 없다. 특히 공식석상이나 미디어에서는 '시상하겠습니다', '보겠습니다'로 충분하다.

존칭과 존대를 남발하는 문장이 꼴 보기 싫은 이유는 말만 번드르르하니 진심 없는 아부 같아서다. 설령 말하는 이가 무궁무진한 존경심을 품었다 해도 그 자리에 있는, 혹은 그 소리를 듣는 모든 사람이 같은 마음이 아니니 예의가 아니다. 하기는 너의 진심 따위 중요치 않고 내가 듣기 좋은 소리를 하는 것이 너의 할 일이라는 식으로 감정노동을 요구하는 오그랑이[89]들이 적잖은 세상이긴 하다.

주어나 목적어를 당하게 만드는 피동형도 꼴 보기 싫다. 우리말은 형용사와 동사가 잘 발달해 구태여 피동형으로 만들 필요가 없다. 믿겨지지 않는다, 불리워진다, 열려지지 않는다, 보

---

89 오그랑이: 명사 마음씨가 바르지 못한 사람을 비유적으로 이르는 말.

여진다, 바뀌어지다 등의 '……지다'가 대표적이다. 앞서의 예는 믿기다, 불리다, 열리다, 보이다, 바뀌다 등의 피동사로서 이미 주어나 목적어가 당한 상태에 있다. 시작됐다, 개발된다, 예상된다 등 '……되다'를 넣어 문장을 피동형으로 비트는 것도 고질적이다. 시작했다, 개발한다, 예상한다 등으로 쓰면 그만이다.

말과 글은 주어가 목적어를 하게 하는 것을 기본 구조로 파생한다. 그래야 목적과 의도를 정확하게 전달할 수 있다. 피동형은 분위기나 현상에 휩쓸려 어쩌다 그리 된 것 같은, 어쩔 수 없이 당한 것 같은 애매한 여운을 남겨 신뢰를 떨어트린다. 책임을 모면할 구석을 남기고 말하는 인상을 준다.

예전에는 이렇게나 많이 '……지다', '……되다'를 남발하지 않았다. 왜 이러는지에 대해 영어의 수동형, 피동형을 그대로 번역하는 과정에서 생긴 부작용이라는 주장이 있으나, 나는 그보다 분위기나 현상을 강조하려는 욕심 혹은 책임 전가에 혐의를 두고 싶다. 그러나 분위기나 현상은 여간해서 주체가 될 수 없고 강조할 경우 필요 이상 선동적이고 편향적인 느낌을 준다. 피동형이 세 번 네 번 겹쳐 나오면 말이든 글이든 요철구간이 생기며 거칠어진다. 예전에 다큐멘터리를 시청하다 '지다'와 '되다'가 수십여 분에 걸쳐 연달아 나오는 걸 도저히 더 듣기 괴로워 알찬 내용에도 꺼버렸다.

전형적인 번역체인 '-로부터', '-에 의해', '- 안에서' 등도 고질적이다. 빼버려도 무방하다. 만약 '-'가 부자나 권력자, 유명인, 기업이나 단체, 국가라면 비굴하다. 무의식적으로 '-'의 힘 앞에 굴복하고 있다. 다른 사람한테도 그러라고 암묵적으로 강요하고 있다.

낱말 자체에서 오는 혼란은 어찌할까. 1996년에 국민학교를 초등학교로 명칭을 바꾼 이유는 '국민(國民)'이라는 낱말이 일제강점기 잔재였기 때문이다. 일제는 1937년부터 조선을 대륙침공 기지로 삼으려고 황국신민화 정책을 벌였는데 황국신민(皇國臣民)은 '천황이 다스리는 나라의 신하와 백성'이라는 뜻으로 일제가 자기 나라 사람들한테 적용한 말이다. '국민'은 바로 이 황국신민에서 나왔다. 조선의 백성이 일제의 국민이 된 것이다.

바로 이런 배경에서 국민학교를 초등학교로 명칭을 변경한 것인데 당시에 나를 비롯해 많은 사람이 의문을 가졌다. 국민학교는 안 되는데 국민과 국가, 국어 등의 낱말은 그대로 써도 되는지 의심스러워서였다. 사실상 모순이기도 하다. 이에 대해 국립국어원은 아래와 같이 답변했다.

"국민학교라는 명칭이 '황국신민'의 준말인 '국민'을 쓴 용어였기 때문에 이 명칭을 '초등학교'로 바꾼 바가 있습니다. 그러나 '국민'이라는 단어는 이것과는 좀 다른 차원으로 보는 것이 좋습니다. 지금 사용하고 있는 '국민'은 '황국신민'의 준말이 아니라, '국가를 구성하는 사람, 또는 그 나라의 국적을 가진 사람'이라는 뜻으로 사용되는 단어라고 보는 것이 적절합니다."

같은 '국민'이지만 각각 차원을 달리 해 보라는 말인데 나는 국민을 대체할 용어를 진작[90] 만들지 못해 벌어진 일이라고

---

90 진작: 부사 좀 더 일찍이. 주로 기대나 생각대로 잘되지 않은 지나간 사실에 대하여 뉘우침이나 원망의 뜻을 나타내는 문장

의심한다. '국민'은 일제강점기의 잔재라는 이유 말고도 '국가를 구성하는 사람'이라는 뜻이라 국가의 지배를 받고 명령을 수용해야 한다는 맥락을 가졌다. 적합한 낱말은 '국가를 구성하는 자연인[91]'이라는 뜻을 가진 '인민(人民)'이나 우리가 다 아는 이유로 도저히 쓸 수 없다.

급변의 시기에 넋 놓고 있다 마구잡이로 들어앉은 낱말들이 이뿐일까. 요즘 같은 시절에 자고 나면 신조어가 생겨나는 게 당연하다. 왜 없는 말을 자꾸 만들어내냐 하지만 없던 사물과 현상이 잇달아 쏟아지는데 있는 말로 담는 데 한계가 있다. 신조어가 잘못이 아니라 제대로 된 신조어를 만들어내지 못하는 게 잘못이다.

오늘 나온 신조어가 곧 잊힐 유행어일 수도 있지만 표제어가 될 수 있다. 습관이 그렇듯 낱말도 새로 만들기보다 바꾸거나 고치는 게 훨씬 힘들다. 해방 50년이 넘도록 우리를 혼란스럽게 하는 일본말 잔재가 대표적 물상이다. 앞으로 50년 후에 후손들은 온갖 사물과 대상에 붙은 영어 명칭을 두고 지금 우리와 같은 말을 할지도 모르겠다.

에 쓴다.

91 자연인: 명사 1_ 사회나 문화 등 무엇에 구속되지 않는 원래의 사람. 2_ (법률) 법이 권리의 주체가 될 수 있는 자격을 인정하는 자연적 생활체로서의 인간이라는 뜻.

독심술보다

말의 힘을 믿어라

한 공간에서 일하는 상사나 동료 표정이 좋지 않으면 혹시 내가 뭘 잘못 했나 겸허히 스스로를 돌아본다. 혹시 무슨 안 좋은 일 있느냐 물으면 실례 될까 봐 묻지도 못 한다. 소심하기로 개복치가 따로 없다.

한때 SNS 스타였던 개복치는 모바일 게임에서 바다거북에게 충돌할 것을 예감하면 너무 무서운 나머지 호흡법을 잊어버려서 죽고, 시력이 나빠 비닐봉지를 해파리로 착각해서 잘못 먹어 죽고, 눈에 수중 거품이 들어가도 죽는다. 피부가 약해서 사람이 너무 만지면 고름이 생겨서 죽고, 아침 햇살이 너무 강렬해도 물이 차가워도 죽는다. 대체 왜 이렇게 예민하고 연약할까 궁금했다. 개복치의 학명은 'Mola Mola', 라틴어로 '맷돌'이라는 뜻이지만 발음은 '몰라 몰라'다.

개복치 같은 나라서, 극도의 스트레스인 시절이 있었다. 우연히 읽은 책에서 '변비에 걸렸나 보다'라는 구절을 읽었다. 표정이 안 좋은 상사를 보면 변비에 걸린 모양이라 여기고 신경 쓰지 말라는 내용이었는데 그럴 듯했다. 언제까지 '몰라 몰라' 할 수 없으니 실행에 옮겨봤다. 비현실적이었다. 아무리 봐도 변비에 걸려 저런 표정을 짓는 거 같지 않았다.

나는 독심술가가 되고 싶었다. '독심술(讀心術)', 생각과 마음을 읽어내는 기술이다. 독심술을 익히면 상대의 표정과 주변 공기의 긴장감을 감지해 무엇을 생각하고 어떻게 느끼는지 단박에 알아차릴 수 있다. 무슨 말이 필요하겠는가. 표정을 보면 알 수 있는데. 본인도 모르게 지었다가 순식간에 바뀌거나 사라지는 표정을 포착하는 게 제일 중요하다. 완벽하게 표정을 숨길 수 있는 사람은 없다. 오래 지켜볼 필요도 없다. 척 보면 안다. 당신이 좋은 사람인지, 나쁜 사람인지. 내가 당신과 친구가 될 수 있을지, 사랑에 빠질 수 있을지. 독심술을 익히면 어디부터 어디까지 참이고 거짓인지 나를 깐보는[92]지 야로[93]가 있는지 말을 곱씹고 뜻을 재는 데 힘을 허비하지 않아도 된다. 대부분의 운명이 인연에서 비롯되니 독심술을 익히면 굽이굽이 돌아가는 수고를 하지 않아도 된다. 더 이상 사람 때문에 상처받지 않을 것이다.

'겉볼안'이라는 우리말이 있다. '겉을 보면 속을 안 보아도 짐작할 수 있다'는 뜻을 가진 명사로 줄임말이다. 신조어 같지만 국어사전에 올라 있는 표제어다. 경험치가 늘면 겉볼안이 맞을 때가 있기는 하다. 그러나 지금까지 겉볼안이 다 맞았다고 다음에 맞힐 확률이 높아지는 것이 아니고, 지금까지 다 틀렸다고 다음에도 틀릴 확률이 높아지는 게 아니다.[94]

---

92 깐보다: [통사] 어떤 형편이나 기회에 대하여 마음속으로 가늠하다. 또는 속을 떠보다.

93 야로: [명사] 남에게 드러내지 아니하고 우물쭈물하는 속셈이나 수작을 속되게 이르는 말.

94 도박사의 오류: 확률에서는 앞 사건의 결과와 뒤 사건의 결과가 서로 독립적이다. 도박사의 오류는 이를 이해하지 못하고 줄곧 잃기만 했으니 다음엔 꼭 딸 거라고 생각하는 데서 일어난다. 하지만 이기고 질 확률은 언제나 50:50이다.
└뜨거운 손 현상: 도박사의 오류와 반대로 스포츠 경기에서 슛과 홈런 등이 이번에 성공했으니 다음에도 성공할 확률이 높을 거라 생각하는 현상이다.

마흔 넘으면 얼굴에서 지금까지 살아온 인생이 보인다는 말도 믿지 말자. 그런 사람도 있지만 안 그런 사람도 많다. 웃음 머금은 선한 인상이지만 굴퉁이[95]거나 망종[96]인 자도 있고 무뚝뚝하고 까끄름한[97] 인상으로 보여도 칠칠하고 다정한 이들이 적지 않다. 아버지는 사기꾼치고 인상 나쁜 사람 없다고 하셨다. "인상이 험악하면 사람들이 속겠냐? 인상이 좋으니까 사람들이 끔뻑 속지!" 하시면서. 하기는 '사이비(似而非)'라는 말도 진짜같이 보여도 가짜라는 뜻 아닌가.

그래도 많은 사람이 말보다 인상을 더 신뢰하는 듯 보인다. '생긴 대로 논다'고 했다 '겉만 보고 모른다' 했다 오락가락한다. 뜻은 반대지만 인상과 외모를 일정한 범주에 집어넣고 판단한다는 점에서 서로 다르지 않다. 나는 표정이나 인상을 이목구비처럼 외모의 일부로 볼 뿐 그 너머에 무엇이 있는지 보지 않으려 한다. 보여도 보이는 대로 판단하지 않으려 노력한다는 말이 정확하겠다.

이런 태도를 갖게 된 결정적 계기가 있다. 1986년 1월 28일 11시 38분에 발사한 우주왕복선 챌린저호 폭발사고 때문이다. 미국에서 우주선 쏘아올린다고 하면 덩달아 우리나라 사람들까

---

95 굴퉁이: 명사 1_ 겉모양은 그럴듯하나 속은 보잘 것 없는 물건이나 사람. 2_ 씨가 여물지 아니한 늙은 호박.

96 망종: 명사 아주 몹쓸 종자라는 뜻으로 행실이 아주 못된 사람을 낮잡아 이르는 말.

97 까끄름하다: 형용사 편안하지 못하고 불편한 데가 있다.
└ 께끄름하다: 형용사 께적지근하고 꺼림하여 마음이 내키지 않다.
└ 꺼림칙하다: 형용사 마음에 걸려서 언짢고 싫은 느낌이 있다.

지 설렌 시절이었다. 더구나 챌린저호는 발사장면을 세계에 TV 생중계한 최초의 우주선이었다. 7명 우주비행사들 중 크리스타 매콜리프가 연일 화제였다. 교사이자 두 아이의 엄마인 그는 우주비행 사상 비전문인으로 두 번째, 여성으로서 최초였다. 그를 보며 전 세계 많은 이들이 평범한 사람도 머잖은 미래에 우주여행 할 수 있으리라는 꿈을 꾸었다. 그러나 73초 만에 산산이 부서졌다. 챌린저호는 발사 73초 만에 1만 4,020미터 상공에서 공중폭발하고 말았다.

처음에 나는, 우주선은 원래 저렇게 요란하게 지구를 떠나는가 보다 건너짚었다. 실제로 현장에서도 우주 쇼가 펼쳐지는 걸로 착각한 이들이 많았고 파편이 떨어지는 모습을 보고서야 경악했다고 한다. 이튿날 조간신문에 일제히 관련기사가 1면에 실렸다.

여러 컷의 보도사진 중 유독 내 눈길을 붙잡는 한 장이 있었다. 크리스타 매콜리프 가족의 사진이었다. 젊은 여성이 불에 덴 듯 울음을 터트리고 어머니는 손으로 입을 가린 채 애타게 상공을 올려보고 있다. 아버지는 멍한 얼굴로 울고 있는 젊은 여성의 손을 잡고 있다. AP통신이 현장에서 촬영한 이 사진은 매콜리프 가족이 받은 충격을 고스란히 전하고 있었다. 뇌리에 박혀 쉽게 떠나지 않았다.

반년 후 정정기사가 실렸다. 사진이 챌린저호 폭발 직후가 아니라 폭발 직전에 찍혔다는 것이다. 즉 가족이 지은 표정은 발사 73초 후 공중 폭발한 '충격'에 휩싸여서가 아니라 가족이 탑승한 챌린저호가 우주를 향해 발사되는 역사적인 순간을 생생하게 지켜보는 '감격'에 겨워서였다. 어떻게 이럴 수 있을까! 폭발 직전과 직후는 극과 극으로 다른 상황이 아닌가. 그런데 이 한장의 사진에 들어 있는 세 사람의 표정은 우주선 발사 직후의 감격이라 해도 폭발 직후의 오열과 충격이라 해도 말이 된다.

이 오보를 계기로 나는 사람의 표정에서 생각과 감정을 알아낼 수 있다는 믿음을 버렸다. 표정을 읽는다는 게 자신의 기분이나 감정의 투사에 지나지 않을 가능성이 훨씬 크다 여겨서다. 특히 어른이 가진 표정의 대부분은 언어와 더불어 대표적인 학습화와 사회화의 소산이다. 피카소와 고갱, 클레 등 서구의 내로라하는 미술가들이 유별나게 원시 부족민과 어린이, 정신질환자를 주목한 것은 인간의 외양에서 인위를 벗겨낸 모습을 보고 싶어서였다.

122

겉모습으로 판단하지 않기 위한
최선의 방법

같은 감정을 느끼는데 서로 다른 표정을 짓는다면 소통에 혼란이 생길 테니 어느 정도 맞출 필요가 있기는 하다. 그러나 이 역시 한계가 있어 사람이 얼굴 근육으로 지을 수 있는 표정이 7천가지가 넘는다 해도 기쁨과 슬픔 두 가지 말고는 정확히 맞추기어렵다. 문득 서양 사람들의 표정이 활달하고 제스처가 큰 것이서로 멀리서 보고도 "안심해, 난 너와 같은 편이야!" 같은 신호를 알리기 위한 의도가 아니었을까 하고 추정해본다. 끊임없이 크고 작은 전투를 치러야 하는 것이 생활인 자들이 터득한 생존법 같은 것 말이다.

　　스트레스 대부분이 인간관계에서 발생하니 상대의 진심을 바로 알 수 있다면 참 좋을 것이다. 그럴 수 있는 최선의 방법은 대화다. 오랜 세월 알고 지냈어도 내밀한 대화를 나눈 시간이 길지 않다면 속내[98]를 짚어내기 힘들다.

　　'퉁맞다'는 말이 있다. 핀잔은 핀잔이되 퉁명스러운 핀잔이거나 "내가 제안했는데 퉁맞았어" 할 때처럼 매몰찬 거절이다. 이 말이 나온 배경이 서글프다. '퉁'은 '퉁바리'의 줄임말로 '품질이 낮은 놋쇠로 만든 바리, 여자가 쓰는 밥그릇'을 일컫는다. 참고로 남자가 쓰는 밥그릇은 '주발'이라 한다. 그러니 '퉁맞다'를 풀면 '여자가 쓰는 밥그릇에 맞다'라는 뜻인데 그 밥그릇을 던진 자가 누구겠는가? 부부가 밥상을 사이에 두고 마주 앉아 아내가 말하는데 듣고 있던 남편이 뭐가 못마땅했는지 퉁바리를 집어던져 말을 끊은 데서 유래한다. (옛날 남자들은 왜 그렇게 밥 먹다가 밥상 뒤엎고 밥그릇 집어 던지고 그랬는지 모르겠다. 혹시 부부가 대화 나눌 기회가 밥 때밖에 없어서가 아니었을까.) 내 귀에 껄끄럽다고 밥그릇 집어던져 끊는 식이면 10년이 아니라 100년을 같이 살아도 서로의 속을 헤아릴 수 없다.

　　아무리 봐도 변비에 걸린 것 같아 보이지 않는 그에게 물었다. 일에 집중하기 힘들 정도로 마음이 불편해서 저질러보

98　속내: 명사 겉으로 드러나지 아니한 속마음이나 일의 내막.

는 쪽을 선택했다. "무슨 일 있으세요?" 그는 바빠 죽겠는데 무슨 자다가 봉창 두드리는 소릴 하냐는 표정으로 날 보더니 말했다. "아니, 아무 일 없는데? 왜?" 조심스레 다시 물었다. "얼굴이 안 좋아 보여서요." 그가 당황하며 답했다. "내 얼굴이 그렇게 보여? 이상하다? 왜 그렇게 보이지?"

그에겐 정말로 아무 일도 없었다. 그냥 그렇게 생겼을 뿐이었다. 이럴 줄 알았으면 진즉 물을 걸 그랬다고 후회했다. 다시 고민에 빠졌다. 왜 나는 다른 사람들 표정을 살피며 눈치를 볼까.

발밑에 떨어져 나뒹구는 자존감이 보였다. 깨달았다. 그것부터 주워 올리는 게 시급함을. 그 일이 있고 나서 괜스레 눈치가 보일 때면 상대 기분을 알려고 애쓰기 전에 내 기분부터 살핀다. 좋지 않으면 내 것부터 챙겨 추스르고 멀쩡한데도 상대 표정이 좋지 않아 보이면 상상하는 대신 직접 묻는다.

안 좋아 보이지만 안부를 묻고 싶지 않은 상대도 간혹 있다. 이럴 땐 최선을 다해 눈치 안 보려고 버틴다. 얽힌 업무에만 집중한다. 어쩌겠는가. 내가 상상해봐야 왜 저러는지 알 길 없고 당사자에게 묻기도 싫으니 그러는 수밖에. 이런 사이는 가히 최악이라 오래 지속하기 힘들다. 나도 상대를 싫어하지만 상대도 곧 자신을 싫어하는 나를 싫어하기 마련이다.

사람의 속내는 그 자체로 하나의 세계이며 무엇보다 살아 있는 생명체이기에 변화한다. 그 무한함을 간편하게 맥락 지어 일정한 몇 개의 범주에 집어넣으려 한다면 어리석다. 우리를 힘들게 하는 '나를 잘 알지도 못하면서 하는 말들'이 여기에서 나온다.

앞으로도 그런 말들은 끊임없이 주변을 유령처럼 떠돌 것이다. 그러나 내가 유령을 만들지는 말자. 누군가의 생각이나 마음을 알고 싶다면 갖지도 않은 독심술을 부리지 말고 말(글)을 건네자. 그 말(글)이 가진 힘을 믿자. 우리가 어휘력을 키우고 싶은 궁극적인 목적도 결국 소통에 있지 않던가.

내 말이 타인의 감정에

영향을 끼친다는 걸 인지하라

현존하는 가장 오랜 그림은 라스코 동굴 벽화다. 1940년 발견 당시 색채는 물론 정교함과 입체감이 뛰어나 가까운 시대에 그렸을 것으로 예상했으나 첨단장비를 동원한 정밀검사 결과 B.C. 15000년경, 지금으로부터 무려 1만 7천 년 전에 그려진 사실이 밝혀지면서 유인원과 인류의 중간쯤으로 여긴 호모 사피엔스에 대한 인식이 일시에 뒤집혔다.

여러 점의 벽화들 중 내게 가장 인상적인 그림은 〈들소와 새 머리의 인물〉이다. 커다란 들소가 ─ 정확히는 오록스로 멸종했다 ─ 내장을 떨어뜨리고 '있다'. 평면적인 그림이라 죽었는지 쓰러졌는지 내장을 떨어뜨린 채 서 있는지 구체적으로 파악하기 힘들지만 인과관계를 유추할 수 있다. 옆에 남자가 누워 있다. (남자라는 사실은 그려 넣은 성기를 통해 알 수 있다.) 들소는 이 남자에게 공격 받았을 것이다. 들소의 생사가 불투명한 것과 달리 남자가 죽었다는 사실은 쉽게 알아볼 수 있다. 남자의 머리가 새 머리다.

1만 7천 년 전에 햇빛 한 줄기 들지 않는 깊숙하고 어두컴컴한 동굴에서 그림 그리기 쉽지 않았을 것이다. 한 치 앞이나 분간할 만한 희미한 불빛으로 벽을 더듬어가며 그렸을 것이다. 전문가들은 입에 물감을 머금어 내뿜는 방식이었으리라 추정한다. 안 해도 될 수고다. 밖에 나가 들소를 사냥하거나 하다못해 걸어 다니는 새를 잡든지, 그도 아니면 잠이라도 자는 게 현실적으로 더 쓸모 있다. 그런데도 그렸다. 왜?

죽은 자를 추모하는 방식이었으리라. 죽은 자의 얼굴과 머리를 새로 그린 것은 들소의 공격을 받았을 때 '네가 새였다면 훌쩍 날아올라 죽지 않았을 텐데……' 하는 비탄일 수 있고 죽은 후에 새가 된다는 믿음, 새가 되길 바라는 소망이었을지 모른다. 분명한 사실은 1만 7천 년 전에 살았던 호모 사피엔스가, 현생 인류의 조상이 타인의 고통에 공감하는 존재였다는 점이다.

타인의 상처와 아픔, 고통에 얼마나 공감할 수 있는지는 선(善)과 윤리를 가늠하는 주요한 기준이다. "한 사람이 다른 사람의 아픔에 대해 생각한다는 것은 진정한 사랑의 표시다. 왜냐하면 그 사람 역시 아파하는 한 명의 가여운 사람이기 때문이다."[99]

인근에 산 호모 사피엔스들은 다 함께 이 벽화를 보며 죽은 자를 추모하는 한편 무시무시한 들소에 대한 두려움에 공감하고 그래도 사냥해야 한다는 등의 결의를 다졌을 것이다.

만약 죽은 자의 머리를 새 머리가 아닌 사람 얼굴로 그렸으면 어땠을까. 당시 솜씨로 얼굴을 전신(傳神)[100]하기 불가능했을 테니 영 다르게 생긴 얼굴을 보고 공감하기 어렵지 않았을까. 이 새 머리를 한 남자는 위대한 전사이자 영웅이었으며 훗날 신화나 전설 속 주인공으로 수천 년 넘게 입에서 입으로 전해졌을지 모른다. 단지 우리가 알지 못할 뿐이다.

A.D. 2020년 호모 사피엔스 사피엔스는 과연 B.C. 15000

99   레이 몽크, 《비트겐슈타인 평전》에서.
100 전신(傳神): (미술) 초상화에서, 그려진 사람의 얼과 마음을 느끼도록 그리는 일.

년경 호모 사피엔스보다 공감능력이 뛰어날까. 연약한 몸뚱이를 가진 호모 사피엔스에게 공감에 기초한 협력은 개인이 원하든 않든 생존에 절대적 조건이었다. 국어사전에서는 공감을 '남의 감정, 의견, 주장 따위에 대하여 자기도 그렇다고 느낌. 또는 그렇게 느끼는 기분.'이라고 풀이한다. 이에 따르면 공감할 수도 있지만 자기는 그렇지 않다고 느껴 공감하지 못할 수도 있다. 무엇보다 공감을 강요할 수는 없는 노릇이다. 즉, 공감한다와 공감하지 못한다는 타인의 감정이나 관점에 대해 알고는 있다는 것을 전제한다.

문제는 '공감능력이 없다'이다. 이 말의 정확한 의미는 타인의 감정이나 말, 행동을 해석하는 능력이 없다는 뜻이다. 이렇게 되면 남대문에서 할 말을 동대문에서 말하거나 혼사(婚事) 말하는데 상사(喪事) 말하는 식으로 흘러가니 살아가는 데 상당한 곤란을 겪을 수밖에 없을 뿐 아니라 심리적 위축으로 이어진다.

반면에 타인의 감정이나 말, 행동을 잘 해석하는 사람은 자신의 감정이나 말, 행동 또한 주변 사람의 감정에 영향을 끼칠 수 있음을 인지한다. 남의 감정, 의견, 주장 따위에 자기도 그렇다고 (혹은 아니라고) 느낄 수 있지만 자신의 감정, 의견, 주장 따위에 남도 그렇다고 (혹은 아니라고) 느낄 수 있다는 사실을 아는 것이다.

따라서 공감능력을 갖춘 이들은 어휘 선택과 태도에 신중하다. 남의 감정을 자극하는 '이분법적이고 극단적이며 제한적이고 시종 감정적인 어휘' 따위는 이용하지 않을 것이다. 이런 습관은 인격을 형성하는 데 주효한[101] 거름이 될 수 있다.

공감이나 인격이라는 어휘 없이도 호모 사피엔스는 매일 저녁 모닥불 앞에 둘러앉아 자연스럽게 타인의 감정과 말, 행동, 상황 등을 해석하는 능력을 습득[102]했을 것이다. 더불어 자신의 감정이나 관점을 어떻게 표현해야 타인의 도움을 얻을 수 있을지 터득[103]했을 것이다. 깨친 요령과 지혜를 다음 대에 물려주고 싶었을 것이다. 그러나 경험과 지식, 지혜의 맹점은 DNA에 담을 수 없다는 데 있다.

한 사람이 평생에 걸쳐 가까스로 얻은 그것들은 죽음과 함께 사라지며 후대는 같은 것을 다시 겪고 새로 습득해야 한다. 나는 이것이야말로 인류 역사가 쳇바퀴 돌 듯 하는 큰 원인이 아닐까 싶은데 인류의 조상도 크게 염려했던 모양이다. 상상력을 발휘해 자신들의 경험과 지식, 지혜에 동물이나 식물, 신 등의 형태를 부여해 말과 그림으로 지어냈다. 그렇게 만든 우화와 신화를 말에서 말로 전했다. 문자가 태어나고 글과 책 등으로 발전했다.

불과 백여 년 전까지 인류는 같은 방식으로 느리게 꾸준히 버텨왔다. 현재 우리가 사용하는 언어는 인류가 버티며 축적해온 공감과 소통, 사회적 교류의 수단인 동시에 그 발전의 결과물이

---

101 주효하다: [동사] 효력이 나타나다.

  ㄴ주요하다: [형용사] 주되고 중요하다.

102 습득하다: [동사] 학문이나 기술 따위를 배워서 자기 것으로 하다.

103 터득하다: [동사] 깊이 생각하여 이치를 깨달아 알아내다.

다. 그렇다면 반대도 뜻이 통할 수 있을까? 말과 글이 넘쳐나는 것은 공감과 소통이 잘 이뤄지는 방증[104]이라고 말이다.

---

104 방증: [명사] 사실을 직접 증명할 증거가 되지는 않지만 주변의 상황을 밝힘으로써 간접적으로 증명에 도움을 줌. 또는 그 증거.

└ 반증: [명사] 1_ 어떤 사실이나 주장이 옳지 아니함을 그에 반대되는 근거를 들어 증명함. 또는 그런 증거. 2_ 어떤 사실과 모순되는 것 같지만 오히려 그것을 증명한다고 볼 수 있는 사실.

공감,

어휘력을 키우는 으뜸 조건

요즘처럼 말과 글이 넘치는 시절은 인류 역사에서 처음 아닐까. TV를 켜면 수십 개가 넘는 채널에서 패널 여럿을 앉혀놓고 '말'하는 갖가지 구성의 토크쇼가 번갈아 방영된다. 유튜브(YouTube)는 '너의 텔레비전'이라는 명칭대로 전 세계 사용자들이 자신의 텔레비전(미디어)를 가지고 동영상 콘텐츠를 제작하며 '말'을 한다. 이들을 일컫는 '유튜버', '크리에이터', '스트리머', 'BJ' 등의 명칭도 생겼다.

본의 아니게 미디어의 흥망성쇠를 목격한 첫 세대로 살고 있다. 라디오 방송과 지상파 방송, 신문, 잡지, 전화는 내 10~20대 때 최고 전성기였다. 1990년대 중반 486 컴퓨터로 PC 통신에 접속해 정보 검색할 때마다 의심했다. '나야 직업상 필요하다 쳐도 과연 전 국민이 사용할 날이 올까? 전국에 인터넷 케이블이 깔릴 수 있을까? 그렇다 해도 싸지 않은 월정액을 내고 이용할 사람이 얼마나 될까?'

포털 사이트가 서비스를 개시했을 때도 스마트폰이 출시됐을 때도 SNS, 동영상 플랫폼, OTT[105]를 처음 접했을 때도 생각은 크게 다르지 않았다. 인터넷에 대한 의심이 깨지는 데는 10여 년 걸렸지만 그 후의 것은 갈수록 주기가 짧아져 넷플릭스의 경우 채 3년도 걸리지 않았다. 매스 미디어[106]가 레거시 미디어(Legacy Media)[107]로 조롱받을 줄 상상조차 못했다.

---

105 OTT: Over The Top, 전파나 케이블이 아닌 인터넷을 통해 제공하는 영상 콘텐츠.

106 매스(mass)는 '대량의, 대규모의, 대중적인'이라는 뜻이다.

107 레거시(Legacy)는 (죽은 사람이 남긴) 유산, (과거의) 유산이라는

하늘 아래 새로운 미디어가 등장한들 변치 않는 사실이 있다. 바로 '말'과 '글'이다. 콘텐츠 형태가 어떻든 말과 글이 빠지지 않는다. 아이러니하게도 가장 책을 읽지 않으면서 가장 많이 말과 글을 '소비'하는 시대가 된 것이다. 이런 현상이 이른바 '혼족'이라 불리는 1인 가구의 급증과 같은 시대에 놓인 것이 과연 우연일까.

만나서 얼굴 보며 대화 나누는 일은 드물다. 온라인에서 다른 사람이 '말을' 하는 것을 습관적으로 '본다'. 심리는 먹방 보는 것과 크게 다르지 않다. 사람에게는 식욕 못지않게 말(듣고 싶고 하고 싶은) 욕구가 있다. 매일이다시피 얼굴 마주하고 말을 듣다 보니 랜선 친구, 랜선 애인이라는 말이 딱 맞을 정도로 정든다.

애초부터 깊이 있는 관계를 바라지도 않았다. 깊이 알아봐야 심사만 어지러워진다. 많은 온라인 커뮤니티에서 전화번호와 메일, SNS 등의 연락처 주고받기 금지, 친목 도모 금지, 오프 만남 금지 등을 필수조항으로 공지하는 것은 현명하다. 우리가 두려워하는 건 실체를 아는 것, 환상이 깨지는 것이다. "어떻게 하면 정신적인 마약 거래에서 벗어나 환상의 장소를 경험의 장소로 만들 수 있을까?"[108] 여기는 정신적인 마약 거래가 이뤄지는 곳일까, 환상의 장소를 경험의 장소로 만드는 곳일까.

랜선 친구는 현대인의 인간관계를 상징적으로 보여준다. 상처 받고 싶지 않고 손해 보고 싶지 않고 골치 아파서 거두어

뜻이다.

108 베르톨트 브레히트.

들인 다른 사람에 대한 관심, 진정한 공감이나 소통보다 자신의 우울감이나 불안감을 덮어줄 도구로써 기능해주기를 바라는 관계, 알고 싶은 것만 더 많이 알고 싶고 알고 싶지 않은 것은 계속 알고 싶지 않다. 이 모든 걸 충족할 수 있는 관계가 온라인에 있으니 현실에서 사람을 만나 관계를 맺는 시간은 자연히 줄어든다. 가끔 필요하다고 생각하지만 도저히 다른 사람을 참아주고 노력할 자신이 없다. 다른 사람은 자꾸만 나를 내가 아니게 만들어 불쾌하고 불편하다.

이런 심리적 환경에서 공감능력을 익히거나 인간관계를 배우기는 점점 더 어려워질 수밖에 없다. 인간관계의 작은 스트레스에도 극도로 예민해지고 말귀 못 알아듣는, 언어적 직관이 떨어지는 사람들이 늘어난다. 역사상 가장 많이 말과 글을 소비하는 시대에 살고 있지만 백날 그 소리가 그 소리다. (이것은 어휘력의 평등일까.) "그중에서도 가장 끔찍한 것은 내 말에 귀를 기울여보면 나 역시 끊임없이 똑같은 말을 한다는 사실이다. 이 말들은 소름이 끼치도록 낡았고 평범하며 수백만 번 사용하여 닳고 닳은 것들이다."[109]

어휘력은 감정과 말, 행동을 해석하고 싶은 욕구만큼, 그래야 할 필요성을 느끼는 만큼 는다. 그 필요가 인간을 좋아해서든 이용하려는 목적에서든 상관없이 말이다. 우리는 개별자[110]

---

109 파스칼 메르시어, 《리스본행 야간열차》에서.
110 개별자: (철학) 자연과 사회에 존재하는 개개의 사물이나 현상 또는 과정을 통틀어 이르는 말. 반대되는 개념이 보편자이다.
ㄴ보편자: (철학) 개별 사물들이 공통적으로 지니고 있는 본질

로서 세상을 살아가지만 비슷한 궤도에 놓인다. 통과하는 시간과 공간만 다를 뿐이다. 그래서 아무도 나와 무관하지 않다. '생명의 정교한 그물망', 환경운동가 레이첼 카슨이 생태계를 두고 쓴 은유적 표현이다. 그물망 어느 지점에서든 교란이 벌어지면 그 울림이 그물망 전체로 퍼진다는 의미였고 나는 이 표현에서 '미러 터치 공감각'[111]과 화엄경에 나오는 '인다라망(因陀羅網)'을 떠올렸다.

"인다라의 하늘에는 구슬로 된 그물이 걸려 있는데 구슬 하나하나는 다른 구슬 모두를 비추고 있어 어떤 구슬 하나라도 소리를 내면 그물에 달린 구슬 모두에 그 울림이 연달아 퍼진다." 여기서 나온 화엄종의 주요 사상이 '일즉일체다즉일(一卽一切多卽一)', '개별자는 전체이고 전체는 곧 개별자'이다. 그물에 엮여 있는 단 한 개의 구슬이라도 문제가 발생하면 울림이 그물망 전체로 퍼진다.[112] 이 단순하고 당연한 진리를 현대인은 쉽게 체

적 특성을 이르는 말.
  └특수자: (철학) 일반자와 개별자를 연결하여 주는 것. 구체적인 사물이나 과정 따위에 대하여서는 일반자이나 그보다 더 일반적인 것에 대하여서는 개별자이다.

111 미러 터치 공감각(mirror-touch synesthesia): 다른 사람이 느끼는 감각을 마치 자신의 감각인 양 뇌에서 즉각적으로 공감하는 현상. 미러 터치 공감각을 가진 사람들은 공감 수치가 매우 높아 타인의 감정을 빠르고 직관적으로 이해하나 정도가 심각할 경우 정서를 담당하는 뇌부위인 '전측 뇌섬엽'의 질환을 의심해볼 수 있다.

112 이 진실을 최근 한국에서 보여준 것이 코로나-19와 같은 전염병, 유니클로 불매운동과 같은 '사회감염(Social Contagion)'이다.

감하지 못한다.

그동안 공감을 저절로 생겨나는 감정쯤으로 쉽게 여겼으나 이제는 인정해야 할 거 같다. 공감은 인간의 타고난 능력이 아닐 수 있다고. 사람을 헤아리고 공감하는 일은 생각보다 상당히 어렵고 오랜 훈련과 철학적 경험을 필요로 한다. 공들여 쌓아야 할 과정을 건너뛰고 그저 표피적으로 좋다, 싫다 등의 반응 주고받기를 공감이라 착각하고 상대 마음도 나 같으려니 추측하는 걸 이해라 오해하는 건 아닐까. '좋아요'나 '♥'는 공감의 표시가 아니라 반응의 표시며 많이 누른다고 공감능력은 늘지 않는다. 물론 어휘력도 늘지 않는다.

영혼을

일으킬 수 있는 말

전깃불 하나 들어오지 않는 어둡고 추운 텅 빈 방 같은 영혼에 프로메테우스의 축복을 받은 것처럼 환하게 불이 밝혀져 따뜻해지고 생기 도는 순간이 있다. 거기엔 늘 사람의 '말'이 있었다.

흔히 이십대가 인생에 가장 좋을 때라고 하지만 내게는 가장 고통스러웠다. 그때 할 수 있는 최선이자 최후의 선택은 누구 눈에도 띄지 않을 만큼 작게 웅크려 처맞을 면적을 최대한 줄이는 것뿐이었다. 나중에 친구가 말했다. "날씨가 별로 춥지도 않은데 옷을 잔뜩 껴입고 와서 더운밥을 먹는데도 덜덜 떨고 있더라. 무슨 일이 있구나 했지."

그때 친구는 무슨 일이냐고 묻지 않았다. 별로 춥지도 않은데 왜 춥다 하냐고 핀잔하지도 않았다. 따뜻한 국물을 내 앞으로 밀며 이 말만 했을 뿐이다. "집이 많이 추운가 보다. 안에서 춥게 지내면 밖에 나와서도 계속 춥더라. 어쩌냐, 그렇게 추워서⋯⋯." 나는 그 시절의 추위를 아직도 완전히 극복하지 못했다. 그래도 그때만큼 두렵지는 않다.

그리고 며칠 후였다. 동네를 걷는데 뒤에서 누가 내 이름을 부르는 거다. 돌아보니 예전에 한 팀에서 일한 적 있던 C였다. 다짜고짜 지금 기도원 가는 길인데 함께 가자며 차에 타라고 했다. 마뜩잖았지만 나를 걱정하는 그의 눈빛을 외면할 수 없어 따라갔다. 지명은 기억나지 않는다. 서울 근교의 무슨 산이었고 C가 기도하러 들어간 사이 바깥 벤치에 가만히 앉아 있었다. 풍채가 단단하고 매서운 눈매를 가진 육십대 여성 한 분이 다가와 옆에 앉더니 내 얼굴을 찬찬히 들여다 보았다. 아무것도 묻지 않왔다. 그리곤 바람처럼 들려준 말을 나는 20년이 훨씬 지난 지금까지 또렷이 기억한다. "많이 힘들지요? 그래도 지금만큼 힘든 시절은 다시 없을 거예요. 나중에 큰 사람이 되면 지금을 잊지 말고 꼭 다른 사람에게 도움을 주세요."

기적은 예상치 못한 순간에 찾아온다. 이날의 지극히 우연한 만남이 내게 그러했다. 나는 그 말이 나를 죽음에서 건졌다 믿는다. 다른 사람을 도울 수 있는 사람이 되는 것은 어렸을 적부터 꿈이었다. 나 살 궁리조차 못 하는 당시엔 언감생심이었다. 그런데 콕 짚어 그런 말을 들은 것이다. 쓰레기처럼 버려진 이 시절이 앞으로 남은 인생에 지렛대가 될 수 있을 것 같았고 계속 살아봐도 괜찮을 것처럼 느껴졌다. 그리고 신기하게도 다시는 그때만큼 힘들지 않았는데 물리적인 조건이 나아져서가 아니라 단단히 받은 면역처방 덕분이었을 것이다.

사람의 영혼을
환하게 밝히는 말

대도시의 불빛이 일제히 환해지는 것처럼 사람의 영혼을 암흑에서 빛으로 환하게 밝혀주는 말이 있다. 그런 말은 그 시절의 나처럼 죽음에서 삶으로 건져 올릴 수 있다. 어떤 말이 그런 말일까.

힘내라는 격려나 잘한다는 칭찬이 떠오를 것이다. 좋은 말이다. '좋다'고 하는 것들은 대체로 무난하다. 아무나, 아무에게나 할 수 있고 아무 때나 통용된다는 뜻이다. 고래까지 춤추게 할지는 몰라도 죽음에서 삶으로 건져 올릴 만큼의 힘은 부족하다.

언제부터인가 "힘내!"라는 말을 들으면 '뭐지? 지금 내가 힘을 안 내고 있단 말인가?', '지금도 최대치 힘을 내고 있는데 여기서 더 힘을 내라고?' 싶다. '잘한다'는 말도 어금지금하다[113]. 지금처럼 최선을 다해 앞으로도 계속 잘해야 한다는 말로 들린다. 좋은 말이지만 좋게만 들리지 않는다. 인정을 갈구하면서도 막상 들으면 압박감을 느끼고 마는 것이다.

내가 어쩌다 이런 비극적 사태를 맞았는지 생각해본 적 있다. 평가 대상이 되는 데서 오는 두려움 때문이었다. '강한 자가 살아남는 게 아니라 살아남은 자가 강하다'는 말이 상징하는 결과중심주의는 원칙에 충실하고 최선을 다한 과정을 열등한 것으로 만들어 버린다. 자신을 입증하는 것은 오로지 '결과'뿐이다. 잘해야 살아남는 게 아니라 잘한다는 평가를 받아야 살아남을 수 있다.

잘한다는 평가 말고 다른 말, 충고[114], 조언[115], 주의[116], 지적

---

113 어금지금하다: 형용사 서로 엇비슷하여 정도나 수준에 큰 차이가 없다. = 어금버금하다.

114 충고: 명사 남의 결함이나 잘못을 진심으로 타이름. 또는 그런 말.

115 조언: 명사 말로 거들거나 깨우쳐 주어서 도움. 또는 그 말.

116 주의: 명사 경고나 훈계의 뜻으로 일깨움.

[117], 불평[118] 따위를 들으면 고슴도치처럼 가시를 세우거나 의기소침해진다. 나를 깎아내리거나 공격하려는 의도가 아니라 그들의 의견일 뿐이며 서로의 생각이 다를 수 있다고 이해하면 좋으련만, 이미 결과중심주의에 단련된 두뇌회로는 평가로 받아들인다.

잘하는 것에는 기준도 한계도 없다. 누군가의 영혼을 죽이고 싶다면 오늘의 너보다 어제의 네가 훨씬 나았다고 매일 속삭여주면 된다는 글귀를 본 적 있다. 그러나 나는 어제의 나보다 매일 나아질 자신이 없다. 그런 무모한 레이스에 남은 인생을 걸 만큼 더 이상 어리석지 않다. 사는 동안 비교나 평가를 피할 수 없다 해도 거기에 인생이 달린 것처럼 매달리면 평생이 노예살이다. 못하는 것이 잘못이 아닌데 같은 말인 줄 속아 살았다.

친구가 옷 잔뜩 껴입고 더운밥 먹으면서도 덜덜 떠는 나의 처지를 미루어 헤아리지 않았다면, 우연히 만난 어르신이 죽고 싶을 만큼 힘든 나를 보아주지 않았다면, 그래도 그들이 한 말이 나를 일으킬 수 있었을까. 나는 '잘한다'는 평가보다 '고맙다', '기쁘다'고 하는 말을 들을 때 감동했고, 새로운 선택을 했을 때 '너라면 잘 할 수 있을 것'이라는 설익은 격려보다 '나는 너의 앞날이 참 기대된다'고 하는 말을 들을 때 기운이 났다. 사람은 자신이 타인에게 기쁨을 줄 수 있는 존재이길 바란다. 그래서 '내

---

117 지적: [명사] 1_ 콕 집어서 가리킴. 2_ 허물 따위를 드러내어 폭로함.

118 불평: [명사] 마음에 들지 아니하여 못마땅하게 여김. 또는 못마땅한 것을 말이나 행동으로 드러냄.

가 네 덕분에 기쁘다'는 내용을 가진 말이야말로 최고의 칭찬이다. '네가 참 잘했다'는 말보다 영혼을 크게 일으킬 수 있다.

인생은 단순치 않아 오늘의 내가 어제의 나보다 못하다고 계속 못하라는 법 없고 반대로 낫다 해서 계속 나아지라는 법도 없다. 반세기를 사는 동안 깨우친 게 있다면 누군가의 오늘을 보고 함부로 내일을 예측하지 말자는 것이다. 고작 한두 개 잣대로 사람을 평가하는 것은 능력이 아니라 못된 습관이다. 결과가 중요하다는 사실을 누군들 모르나. 몰라서 못 하는 줄 아나. 비교해서 평가하거나 문제를 찾아 비난하는 말은 누구나 할 수 있는 쉬운 말이다.

쉽게 하는 말은 쉽게 타인의 영혼을 짓누른다. 과정에 공감하고 노력에 감동하는 말을 하기는 쉽지 않지만 프로메테우스의 불처럼 듣는 이의 영혼을 환하게 밝혀 새로운 세상을 살 수 있게 해준다. 손익계산서만 들여다보는 악덕기업주처럼 주제넘게 말하지 말자. 누구도 남의 인생에 대해 평가할 권리가 없다. 서로를 축하하고 축복할 구실을 찾자. 오늘이 크리스마스 아침인 것처럼.

사투리인 줄 알았는데

말맛 나는 우리말

열 살에 서울로 전학 왔다. 새로 사귄 서울 친구가 내 뒤통수를 보며 "미장원 갔다 왔니?" – 서울 어린이들의 '~니?'가 어찌나 생경하고 낯간지럽던지 – 묻길래 "나 머리 끊었어" 답했을 뿐인데 그 자리에 있던 어린이들이 와다그르르[119] 웃어댔다. 영문을 몰라 어리둥절했다. 한 어린이가 손가락으로 나를 가리키며 "얘, 머리 끊었대. 머리를 끊다니!" 하며 배꼽 빠져 실성한 것처럼 웃었다. 직감했다. 엇! 사투린가? 주눅 들어 물었다. "서울말로 뭐라고 해?" 친구가 알려줬다. "머리를 잘랐다고 해야지!"

세상에, 머리를 자른다고? 기겁했다. 그때 내가 느낀 경악은 외국인이 우리나라에서 '할머니 뼈 해장국'이나 '손 칼국수' 등의 음식점 간판을 볼 때와 크게 다르지 않았을 것이다. 설마 할머니 뼈로 국을 끓이고 사람 손을 식재료로 국수 만들 리 없지만 표현이 너무 무시무시하다!

몇 년 전, 라디오에서 우주정거장에서 우주인들이 서로의 머리를 잘랐다는 뉴스를 들을 때도 머릿속에 계속 기괴한 장면이 떠올랐다. 리포터가 진지하게 A는 B의 머리를 자르고 B는 C의 머리를 잘랐다는 식의 멘트를 반복했는데 하필이면 그 즈음이 IS가 공개 참수형을 집행해 세계를 충격에 빠트렸을 때였다.

안다. 우리나라에서 머리를 자른다는 말은 머리털을 잘랐다는 뜻이다. 내가 연상한 참수형은 머리를 자르는 게 아니라 목

---

119 와다그르르: 부사 작고 단단한 물건들이 서로 함부로 부딪치면
   서 굴러가는 소리. 또는 그 모양.
   └ 워더그르르: 부사 크고 단단한 물건들이 서로 함부로 부딪치
     면서 굴러가는 소리. 또는 그 모양.

을 벤다고 해야 옳은 풀이다. 우리와 반대로 목을 베면서 머리카락 자른다고 표현한 이들이 있다. 프랑스 혁명 시절에 혁명지지자들은 기요틴을 작동해 귀족들의 목을 베는 사형집행자를 '국민이발사'라 불렀다.

머리 자른다는 말이나 다르지 않게 섬뜩한 어감을 주는 표현이 또 있는데 '손이 까졌다'이다. 불의의 사고나 형벌이 아니고서야 손이 다 벗어지는 일은 드무니 '제키다'라는 표현이 바르다. '조금 다쳐서 살갗이 벗어지다'라는 뜻이다.

무엇이 올바른 용법인지와 관계없이 '머리 끊었다'는 내가 하는 말이 놀림감이 될 수 있다는 사실을 인지한 최초의 사건이었고 그 후로 사투리와 표준어의 충돌은 상당히 잦았다. 글 쓸 때 더 적나라하게 드러나 선생님이 내가 쓴 일기 끝에 '……는 사투리예요. 표준어를 쓰도록 하세요' 적바림[120]하실 때가 잦았다. 딱하게도 뭐가 사투리고 표준언지 분간하지 못했고 부모님은 나보다 사투리가 심해 답을 듣는다 한들 미덥잖아 별수없이 사전을 들춰 확인하는 수밖에 없었다. 그리고 이 과정에서 놀라운 사실을 발견했다. 사투리 같아 사전에서 찾은 낱말 대부분은 바로 순우리말이었다.

---

120 적바림: 명사 나중에 참고하기 위하여 글로 간단히 적어둠.
또는 그런 기록.

어휘의 축복,

순우리말

"엄벙해서는 깜냥에 뭘 한다고."
엄벙하다: (자동사) 일을 건성으로 하여 남의 눈을 속이는 태도
를 보이다. (형용사) 말이나 하는 짓이 착실하지 못하고 실속 없
이 과장 되어 있다.
깜냥: (명사) 스스로 일을 헤아림, 또는 헤아릴 수 있는 능력.

아버지는 사람에 대해 얘기할 때 '엄벙하다', '깜냥에'라는
말을 자주 쓰셨는데 엄벙하다는 애초부터 남의 눈을 속인다거
나 의도적으로 손해를 끼치려는 목적이 있다기보다 일을 건성
으로 하는 태도에 초점이 맞춰져 있고, 깜냥은 제 분수를 모른다
는 은근한 질타가 들어 있다. 어렸을 적에 나는 아버지가 하시는
엄벙, 깜냥의 입소리를 재밌게 들었는데 마침 길창덕의 명랑만
화 〈꺼벙이〉를 한참 읽을 때라 그랬을 것이다.

꺼벙이(명사): 성격이 야무지지 못하고 조금 모자란 듯한 사람
을 낮잡아 이르는 말.

엄벙(덤벙), 깜냥, 꺼벙이. 발음만 들으면 친척 같다. '까꿍'
이나 '알나리깔나리'처럼 외국인은 좀체 발음하기 힘들고 한국
어가 모어인 사람이 정확하고 자연스럽게 발음할 수 있는 낱말
들이다. 까부는 동생을 단속하실 때면 이런 말씀도 하셨다.

"사람이 자발없으면 남세스럽다."

자발없다: (형용사) 행동이 가볍고 참을성이 없다.

남세스럽다: (형용사) 남에게 놀림과 비웃음을 받을 듯하다.

TV에서 연예인이나 정치인을 보면 이런 소감을 남기셨다.

"엔간히 번죽 좋지 않고는 못 할 일이야. 도나캐나 할 수 있는 게 아니라니까."

엔간히: (부사) 대중으로 보아 정도가 표준에 꽤 가깝게.

(언죽)번죽: 조금도 부끄러워하는 기색이 없고 비위가 좋아 뻔뻔한 모양.

도나캐나: (부사) 하찮은 아무나. 또는 무엇이나.

비슷한 발음으로 변죽이 있지만 뜻은 완전히 다르다. 내가 동생과 자그락대면 **"왜 변죽 울려서 부아 나게 만드냐"** 꾸짖으셨고 당신이 물으시는 말에 괜한 성미를 내면 **"오늘은 뭣 때문에 불뚝거리냐?"** 물으셨다.

변죽: (명사) 그릇이나 세간, 과녁 따위의 가장자리. 변죽을 울리다(관용구): (사람이) 직접 말을 하지 않고 둘러서 말을 하여 짐작하게 하다.

부아: (명사) 분한 마음.

불뚝거리다: (동사) 무뚝뚝한 성미로 갑자기 자꾸 성을 내다.

자식들이 무르기보다 단단하길 바라셨고 간간이 이런 평을 하셨다. **"애가 아망스러운 걸 보니 야무지게 클 거야."**

아망스럽다: (형용사) 아이가 오기를 부리는 태도가 있다.

"겉으론 물러 보여도 깡치 있다니까." 깡치는 '고갱이'의 전라도 사투리다. 나는 깡치를 찾다 고갱이라는 낱말을 새로 알았다.

고갱이: (명사) 풀이나 나무의 줄기 한가운데에 있는 연한 심. 사물의 중심이 되는 부분을 비유적으로 이르는 말.

옥수수 알갱이를 다 먹고 남은 하모니카, 그게 고갱이다. 평생 사람이든 주변이든 **깨끔하고 태깔** 고운 걸 예뻐하셨고 **까끄름한** 걸 못 견뎌 하셨는데 특히 말에 예민하셨다. **"말을 습벅습벅하면 사람 성질 무지무지 나게 만드니까 조심해라."**

깨끔하다: (형용사) 깨끗하고 아담하다.
태깔: (명사) 모양과 빛깔.
까끄름하다: (형용사) 편안하지 못하고 불편한 데가 있다.
습벅습벅: (부사) 눈이나 살 속이 찌르듯이 자꾸 시근시근한 모양.
무지무지: (부사) : 몹시 놀랄 만큼 대단히, 몹시 거칠고 우악스럽게.

어머니는 계절이 바뀌어 지난해 입은 옷을 꺼내 입히실 적마다 말씀하셨다. **"작년에 산 옷도 덜름하네."**

덜름하다: (형용사) 입은 옷이 몸에 비하여 길이가 짧다.

그래서인지 어렸을 적에 옷 입은 기억을 떠올리면 몸통이 째거나 하기보다 소매나 바짓단 아래로 팔목, 발목이 쑥 나와 있을 때가 많아 찬바람 불기 시작하면 꽤 시렸다.

어머니는 외출하실 때 **"동생들 잡도리 잘 하고 있어"**라고 당부하셨고 심부름 시킬 땐 이리 못 박으셨다. **"해찰하지 말고 바로 와. 안 그럼 외수없이 혼나!"**

잡도리: (부사) (잘못되지 않도록) 엄중하게 단속함.

해찰하다: (동사) 일에는 마음을 두지 아니하고 쓸데없이 다른 짓을 하다.

외수(外數)없다 : 예외 없거나 틀림없다.

동생이 밥을 정신없이 입에 몰아넣으면 말씀으로는 **"누가 보면 허천난 줄 알겠다! 뱃구레도 어지간히 커야지"** 하시면서도 그 큰 뱃구레 든든히 채우지 못하는 걸 안쓰러워하셨다.

허천나다: (자동사) (사람이) 몹시 굶주리어 지나치게 음식을 탐하다.

뱃구레: 사람이나 짐승의 배 또는 배 속을 속되게 이르는 말.

내가 밥 안 먹는다고 하면 **"군입정하니까 밥을 안 먹지!"** 야단치셨는데 걱정의 다른 표현이셨으리라.

군입정: (명사) 때 없이 군음식으로 입을 다심.

밥을 좋아하진 않아도 **눌은밥**은 좋아했는데 서울 사람들이 누룽지라 하고 눌은밥은 모른다고 해서 누룽지가 표준어고 눌은밥이 사투리인줄 알았더니 웬걸!

눌은밥: (명사) 솥 바닥에 눌어붙은 밥에 물을 부어 불려서 긁은 밥.
누룽지: 눌은밥의 비표준어.

하지만 밥이 타면 눌은밥에서도 **냇내** 나 먹기 힘들다.

냇내: (명사) 연기의 냄새.

내가 밥보다 군입정을 좋아하는 건 순전히 어머니 물림이다. 어머니는 자부심을 가지고 말씀하신다. **"우리가 잘 살진 못했어도 과일은 하루도 안 떨어지고 쟁여 놓고 살았어."**

쟁이다: (동사) 물건을 차곡차곡 포개어 쌓아두다.

그래서 이럴 때 **흐무뭇하신** 모양이다. **"길에서 감 한 봉지**

3천 원에 사왔는데 보기보다 아주 옹골지다."

흐무뭇하다: (형용사) 매우 흐뭇하다.

옹골지다: (형용사) 실속이 있게 속이 꽉 차 있다.

해마다 봄이면 우리 모녀 화제에서 쑥이 빠지지 않는다.
"쑥 캐려면 지금 가야지 더 지나면 쇠서 못 먹어."

쇠다: (동사) 채소가 너무 자라서 줄기나 잎이 뻣뻣하고 억세게
되다.

반대의 경우도 있다. 상추나 깻잎 따위의 채소를 건네며 하
시는 말씀이다. **"금방 슬어버리니까 빨리 먹어."**

슬다: (동사) 식물이 습기로 물러서 썩거나 진딧물 같은 것이 붙
어서 시들어 죽어가다. '슬다'는 이 외에도 많은 뜻을 가지고 있
다. '쇠붙이에 녹이 생기다', '벌레나 물고기 따위가 알을 깔기어
놓다' 등.

집안 형편이 어려웠을 때 한복 바느질을 하신 적 있는데 옷
다 짓고 남은 천 조각 하나도 아깝다며 다 모아두셨다. **"지스러
기도 모아두면 나중에 다 쓸데가 생겨."**

지스러기: (명사) 골라내거나 잘라 내고 남은 나머지.

그런데 엄마, **째마리**는 어쩔 수 없이 째마리더라고요. 당장은 아까워도 버릴 건 버려야 심간[121] 편합니다.

째마리: (명사) 사람이나 물건 가운데서 가장 못된 찌꺼기.

굵은 글자로 표시한 낱말들은 다 순우리말이다. 책으로 배운 게 아니라 아버지와 어머니의 입을 통해 익혔다. 당연히 사투리일 거라 어림했고 무엇보다 서울 사람들이 쓰는 걸 들은 적 없었다. 책에서도 본 적 없는데 그 즈음에 읽은 책이 주로 세계명작소설로 번역본인 것과 무관하지 않을 것이다.

글자로 본 적 없고 말로만 들어 맞춤법도 정확히 알지 못한, 영락없이 사투린 줄 안 어휘들이 순우리말이라는 사실을 알았을 때 충격은 대단히 신선했다. 놀라웠다. 궁금했다. 촌에서 나고 자랐으며 문학과 담 쌓은 부모님이 순우리말을 풍부하게 아신 비결은 무엇이었을까.

많은 형제자매가 있고 너나들이하는 친척과 이웃들에 둘러싸여 있었다. 노는 방법은 주로 '말'이었고 – 그거 밖에 없기도 했고 – 대화는 위아래 폭넓은 연령대를 아울렀다. 웬만한 거리는 양발로 땅을 꾹꾹 밟고 다니며 자연이 만들어내는 현상과 사람이 만든 사물을 체험했고 그것들에 대한 설명과 감정을 말로 나누려면 많은 어휘가 필요했을 것이다.

나는 그런 시대의 끄트머리에 태어나 자랐다. 사전이나 책

121 심간: 1_ 심장과 간장을 아울러 이르는 말. 2_ 깊은 마음속.

등에서 말을 보기 전에 사람에게서 들었다. 너무 어렸을 때라 귓등만 치고 멀리 가버린 줄 알았는데 들추니[122] 곱다시[123] 쌓여 있다. 이 시대에 닿고 보니 어휘의 축복이었다. 이제 일상에서 풍부하고 다양하게 우리말을 구사하는 사람들이 숭덩 사라진 거 같아 서운하다. 사람과 사람 사이를 나비처럼 날다 누군가의 가슴에 꽃처럼 내려앉아 새로운 열매를 맺게 하는 것이 말의 본성인데 날개를 잃은 것 같다고나 할까.

부모님이 자주 쓰셨고 또한 내가 좋아하는 우리말이 있다. '한갓지다', 한가하고 조용하다는 뜻을 가진 형용사다. 방에서 뒹굴뒹굴하며 책을 읽거나 음악을 듣고 있으면 아버지가 슬며시 문을 여시고는 함빡 미소 지은 얼굴만 내미신 채 물으셨다. "오랜만에 한갓지니 **해낙낙해**서는 네 세월이구나." 지네발에 신 신기는 듯 일하다 모처럼 찾아온 한갓진 시간은 천하 없이도 혼자 있고 싶다. 나는 한갓진 게 좋고 **잠포록한** 날씨를 좋아하고 **어둑발** 내려앉는 시간을 좋아하며 **새물내**를 좋아하고 **얄은맛**을 좋아한다.

해낙낙하다: (형용사) 마음이 흐뭇하여 기쁜 기색이 있다.

잠포록하다: (형용사) 날이 흐리고 바람기가 없다.

154

---

122 들추다: 동사 1_ 속이 드러나게 들어 올리다. 2_ 무엇을 찾으려고 자꾸 뒤지다. 3_ 숨은 일, 지난 일, 잊은 일 따위를 끄집어 내어 드러나게 하다.
└들치다: 동사 물건의 한쪽 끝을 쳐들다.
123 곱다시: 부사 1_무던히 곱게. 2_그대로 고스란히.

어둑발: (명사) 사물을 뚜렷이 분간할 수 없을 만큼 어두운 빛살.

새물내: (명사) 빨래하여 이제 막 입은 옷에서 나는 냄새.

얕은맛: (명사) 진하지 않으면서 산뜻하고 부드러운 맛. 산뜻하고 싹싹하며 부드러운 맛.

3장

어휘력을 키우는

방법들

말맛을 파악하라

① 예닐곱 살 무렵 할아버지가 "문 닫고 나가라" 하셨다. 어리둥절해하며 "할아버지, 문 닫고 어떻게 나가요?" 여쭈니 당신도 당황하셨다. 그때 나는 문 닫고 나가는 방법이 따로 있는 줄 기대했다 적잖이 실망했다. 15년 후, 닫힌 문으로 들어오고 나가는 사람을 보았는데 그 이름은 바로, T-1000[124]이었다.

② 열 한두 살 땐가 어머니가 저녁 준비 하시다 "쌀 팔아 오는 걸 잊어버렸네" 하셨다. 하다하다 인제 쌀까지 내다 팔아야 할 정도로 집안 형편이 기울었나 싶어 싱숭생숭한데 내게 시키셨다. "얼른 슈퍼에 가서 쌀 한 되 팔아 와라." 덜컥 겁이 났다. "내가 어떻게 쌀을 팔아 와?" 어머니가 야단치셨다. "지금 네가 아니면 누가 하냐? 다 커서 이 간단한 심부름을 왜 못 해?"

③ 승객 여러분은 안전선 밖으로 / 물러서 주시길 바랍니다…… / 아무도 안전선을 침범해 들어간 / 사람도 없는데 / (중략) / 어두운 지하철 역에서 / 나의 발은 확고하게 안전선 밖에 / 서 있으며 / (중략) / 이윽고 전동차가 들어오면 / 나의 발은 잽싸게 안전선을 뛰어넘어 / 훌쩍 객실 의

---

124 영화 〈터미네이터 2〉에 등장하는 캐릭터. 액체금속으로 제작됐다.

자로 삼켜지네.[125]

④ 성순이가 바나나와 사과 2개를 샀다.[126]

① 문을 닫고 나가지 않을 수는 있어도 – 두문불출(杜門不
出) – 문을 닫고 나갈 순 없다. 나가고 문 닫으라 해야 올바른
표현이다. "문 닫고 나가라", "나가고 문 닫아라" 글자 수가 별 차
이 나지도 않는데 사람들은 나가고 문 닫으라는 뜻으로 문 닫고
나가라 한다. 이 잘못된 표현을 한국어를 모어로 쓰는 이들은 찰
떡같이 알아듣는다.

비슷한 경우로 '엉터리다'와 '주책이다'가 있다. 엉터리가
대강의 윤곽이나 테두리를 가리키니 '엉터리없다'고 해야 '정도
나 내용이 전혀 이치에 맞지 않다'는 뜻이 된다. 그런데 언제부
터인가 '엉터리없다'를 '엉터리다'라고 해서 '엉터리없다'와 '엉
터리다'가 같은 뜻으로 혼용되더니 현재는 둘 다 사전적으로도
바른 표현이 됐다.

'주책'은 일정하게 자리 잡은 주장이나 판단력이다. '일정한
줏대가 없이 되는 대로 하는 짓'을 말하려면 '주책(이) 없다'고
해야 맞지만, 으레 '주책이다'라 하고 '주책없다'와 '주책이다'가
같은 뜻으로 함께 인정받고 있다. 사용자들이 의미를 바꾼 대표

125 김승희의 시 〈안전선 밖으로〉에서.
126 드라마 〈블랙 독〉에 등장한 시험 문제.

적 사례다.[127]

　이 낱말들의 본디 의미를 알고 곧이곧대로 구사하는 사람과 그렇지 않은 사람이 만나 대화를 나눈다고 가정해보자. '없다'와 '있다'는 엄연히 정반대다. 그런데 같은 뜻이라니 말귀를 알아들으려면 사전적 뜻은 융통성 있게 미뤄두고 말하는 사람의 기분이나 취향, 상황과 문맥의 뉘앙스를 간파해야 한다. 이것이 낱말이 주는 의미(意味)의 미(味)다.

　"문 닫고 나가라" 하시는 할아버지에게 문 닫고 어떻게 나가냐고 한 예닐곱 살의 나는 말의 의(意: 뜻)는 알았을지 몰라도 미(味: 맛, 기분, 취향, 느낌)는 알아차리지 못했다. 어휘력은 말뜻뿐 아니라 말맛도 파악하는 능력이다.

　문득 방송국 안내 데스크에서 직원이 "어디에서 오셨습니까?"라고 묻자 "집에서 왔는데요"라고 답하던 출연자가 떠오른다. 하기는 어떻게 왔냐고 물었을 때 버스 타고 왔노라 해맑게 밝힌 이도 있었다. 혹시나 해서 덧붙인다. 공적인 자리에서 어디에서, 어떻게는 말 그대로 장소나 수단이 아닌 신분이나 소속을 의미하는 경우가 많다. 집에서 왔다거나 버스를 타고 왔다는 건 너무 사적이지 않은가. 요즘 하는 말마따나 'TMI'다.

　② 지금도 어머니는 다른 건 다 사시면서 쌀만큼은 파신다. 해마다 가을이면 "쌀 팔았어? 안 팔았으면 내가 팔았으니까

127　"어떤 낱말의 의미는 주체가 주관적으로 정의하는 게 아니라 타인들에 의해 그 의미가 규정된다." – 루트비히 비트겐슈타인.

노느자[128]" 하시는데 난생처음 이런 표현을 접한 당신 며느리는 "어머니, 쌀을 사야지, 왜 판다고 하세요?"라 물었고, 나는 "엄마가 진짜 쌀 파셨어? 사셨잖아. 사놓고 왜 팔았다고 거짓말 하셔?" 지긋이 농했다. 어머니는 "너희들이 몰라서 그래, 쌀은 원래 판다고 하는 거야" 하셨는데 사라지는 말이 너무 많은 세상이라서일까. 당신이 하시는 '쌀 팔러 간다', '쌀 팔아 왔다'는 말이 애틋하다. 어머니는 그 말을 입말로 구사한 사실상 마지막 세대다. 어머니 가시면 지상 어디에서 입말로 들을 수 있을까.

'쌀을 돈 주고 산다'는 의미를 가진 '쌀 판다'는 농경사회에서 나왔다. 쌀을 장에 내다 팔아 필요한 물품을 샀으니 쌀이 돈 대신이었다. 쌀로 필요한 물품을 사거나 교환한 세대가 있다. 시장이나 슈퍼 등에 직접 가 현찰이나 외상으로 산 세대가 있다. 인터넷에서 카드 결제나 통장 입금 등의 방식으로 사들이는 세대가 있다. 블록체인에 기반한 암호화폐로 거래하는 세대가 등장할 기미가 보인다. (샌프란시스코와 도쿄에는 이미 등장했다.) 변화는 급격하게 이루어져 이 다양한 세대가 한 시대에 공존한다.

물품 구하는 방식이 다른 만큼이나 매일 사용하는 수단과 도구가 다르고 그에 따른 어휘력과 가치관도 차이 난다. 이것은 마치 서로 다른 잣대를 손에 들고선 누구는 한 자라고, 누구는 11.8인치라고, 또 다른 누군가는 30센티미터라면서 서로 자기가 들

---

128 노느다: 동사 여러 몫으로 갈라 나누다.
└ 나누다: 동사 1_ 하나를 둘 이상으로 가르다. 2_ 여러 가지
　 가 섞인 것을 구분하여 분류하다.

고 있는 도구로 잰 게 맞다 주장하는 거나 비슷한데 뭐라 부르건 정작 대상의 길이는 같다. 상대가 가진 잣대가 무엇인지 알지 못한 채 내가 가진 잣대만 믿으면 세상과 사람이 미워진다. 시대가 달라지면 자신이 들고 있는 도구를 점검할 필요가 있다. 바꿔 들기 싫으면 최소한 상대가 들고 있는 도구가 무엇인지 정도는 알아야 싸우지 않는다.

앞으로든 뒤로든 자신과 다른 세대의 언어를 아는 것도 어휘력이다. 케케묵어 필요 없는 말이라거나 알아듣지 못할 언어 파괴라는 등의 낙인을 찍어 사회 방언[129]으로 만드는 것은 그 세대와 그 세대가 사는 세상에 대해 알고 싶지 않다는, 적나라하게 말하면 무시하거나 거부하는 것이다. 그 결과가 갈등과 다툼이라는 예측 정도는 신내림 없이도 할 수 있다.

③ 기차나 지하철역 승강장 안내방송인 '안전선 밖으로'를 두고 말이 많았다. "안전선 밖으로 나가면 철로로 떨어지는 거 아니냐." "열차 기준에서 안전선 밖이지 승객 기준에서는 안전선 안이다." "열차가 강자, 승객이 약자가 되는 고정관념을 심어준다." 이에 대해 승객이 안전선을 앞에 두고 선 것을 기준으로 했을 때 뒤로 물러서는 것이 되니 '안전선 밖으로'가 맞다는 – 안으로 물러선다는 말은 성립되지 않으므로 – 논리적 반박이 있었으나, 나는 용법이나 문법의 문제가 아니라 말이 가진 의미에서 미(味)의 문제라 본다.

129 사회 방언: 한 언어에서 계층적으로 분화되어 직업, 연령, 성별 따위에 따라 특징적으로 쓰는 말.

문 닫고 나가라는 말처럼 안전선 밖으로 물러서라는 말도 무슨 뜻인지 다 안다. 그런데 말이라는 게 뜻이 옳다고 통한다고 다가 아니다. 말맛이 영 껄끄러워 튕겨내고 싶은 말이 있다. 텍스트(text)[130]가 문법에 맞다 해도 콘텍스트(context)[131]에 결함이 있을 때다. '밖으로 물러서라'는 부정적이고 위압적이다. '안으로 들어오라', '안에(서) 머물러라'와 비교하면 얼마나 심리를 위축시키는지 알 수 있다. 더구나 '안전선'이다. 졸지에 나를 안전선 밖에 있어야 하는 사람으로 만들어버린다. 안전선이 무엇인지 김승희 시인은 다음 시구에서 이리 읊조린다. "안전선은 생명선이오 또한 안정선이니." 그런데 밖으로 물러서라니 내 생명과 안정은 어쩌고? 들어오는 열차 따위에 양보하란 소린가?

김승희 시인의 〈안전선 밖으로〉는 승강장 안내방송에 빗대 안전선 밖에 확고하게 서 있어 생명과 안정을 보호받지 못하는, 사회적 안전망에 취약한 한국 사회를 자조적으로 그렸다. "별을 바라보면 감전된다는 소문이 있어 / 우리는 얼른 수면 마스크를 쓰고 / 고이 눈동자를 감추어야 하네."

---

130 텍스트: 라틴어 'Textum(엮다)'에서 유래. 구어 혹은 문어 등 언어로 이루어진 복합체.

131 콘텍스트: 일반적으로 맥락 또는 문맥을 뜻한다. 텍스트와 관련해 사회와 문화, 상황, 환경 등을 가리킨다. 요즘처럼 콘텐츠가 넘쳐나는 시대에는 콘텍스트의 중요성이 강조되며 "콘텐츠가 왕이라면 콘텍스트는 신이다."라고 한 게리 바이너척의 말은 유명하다.
    └콘텐츠: 본디 내용이나 목차를 뜻했으나 컴퓨터와 인터넷의 등장으로 그를 통해 제공되는 각종 정보와 그 내용물을 가리키는 어휘가 되었다.

모어 사용자들은 모어를 귀나 눈으로만 아니라 온몸으로 흡수한다. 말맛을 알기 때문이다. 콘텍스트에 기대지 않는 텍스트란 존재할 수 없으니 콘텍스트가 먼저다. 문 닫고 나가라는 등의 맥락 닿지 않는 소리가 통할 수 있는 것도 그래서다. 말뜻과 말맛 중 하나만 택해야 한다면 말맛이 우선이다. 사람은 말의 뜻보다 맛에, 텍스트보다 콘텍스트에 본능적으로 반응한다. 메시지 전달에 급급해 뜻이 맛에 앞서는 경우가 많아 말인즉슨 맞는데 말이 안 되는 것 같은 혐의를 가진 문구들이 등장하는데 관공서 등에서 배포하는 보도자료 등이 대표적이다.

콘텍스트를 파악하는 것도, 그럴 수 있게 말맛을 조종하는 것도 어휘력이다. 아무리 생각해도 '안전선'이라는 낱말과 '밖으로'라는 낱말을 한 문장에 들여놓은 사람(조직)은 말맛에 둔감했다. 수정한 '안전선 뒤로'라는 말 역시 둔감하기로 도긴개긴이다.

④ '성순이가 바나나와 사과 2개를 샀다.'는 문장이 고3 시험에 출제됐다. 드라마 〈블랙 독〉에서다. 지극히 단순한 이 문장은 '희대의 바나나 사건'으로 비화된다.

나는 앞서의 문장을 이렇게 알아들었다. '성순이가 바나나 1개와 사과 2개를 샀다.' 그리고 의심치 않았다. 내가 이렇게 이해했으니까 다른 사람들도 당연히 같은 뜻으로 이해하려니 했다. 인간이 대표적으로 저지르는 착각, '잘못된 합의 효과'[132]

---

132 잘못된 합의 효과(false-consensus effect): 자신의 의견을 일반적으로 통용되는 사회 가치로 간주하고 근거 없이 다른 사람들도 자기처럼 생각할 것이라고 여기는 경향을 이르는 말.

다. 누군가는 '성순이가 바나나 1개와 사과 1개, 합해서 2개를 샀다.'로, 다른 누군가는 '성순이가 바나나 2개, 사과 2개, 각각 2개씩 샀다.'로 이해할 수 있다. 그러니까 이 문제는 문장의 중의성, '구조적 중의성'[133]에 대한 것이다.

복병이 등장한다. 성적 최상위권 학생들이 바나나가 과일 이름뿐 아니라 사람 이름도 될 수 있다고 주장한다. '어휘적 중의성'[134]에 근거한 것으로 이에 따르면 '성순이가 바나나와 사과 2개를 샀다.'는 '성순이가 바나나와 함께 사과 2개를 샀다.'로 풀이해도 맞는 답이 된다. 바나나가 상식적으로 어떻게 사람 이름일 수 있느냐, 상황이 과장됐다는 시청자 의견이 적지 않았지만 뭐, 일본 작가 요시모토 바나나도 있고…….

나는 그보다 같은 말이라도 얼마나 제각각 다른 뜻이 될 수 있는지 새삼 깨우쳤다. 구조적 중의성, 어휘적 중의성에 더해 같은 말이라도 상황에 따라 해석이 달라질 수 있는 영향권 중의성[135]까지 감안하면 언어는 기호를 넘어 가히 암호에 이른다. 부디 말을 암호화해 투척하지 말기 바란다. 말까지 보태지 않아도 풀어야 할 게 세상에 너무 많아 피로하다.

133 구조적 중의성: 한 문장이 성분들의 통사적 구조의 차이로 인하여 두 가지 이상의 뜻으로 해석되는 성질.

134 어휘적 중의성: 동음이의어 때문에 문장이 두 가지 이상의 의미로 해석되는 성질.

135 영향권 중의성: 특정한 단어의 작용역이 달라짐으로써 발생하는 중의성. 일반적으로 양화사나 부정사에 의해 발생한다.

말맛을 이해하지 못하면
언어는 그저 암호일 뿐

사람은 체력뿐 아니라 언어에서도 효율성[136]을 추구한다. 그런데 순전히 자기 본위[137]의 효율성이라면 모양만 우리말일 뿐 암호에 가깝다. 혼자만 이해하는 말이란 존재하지 않는다. 말의 목적이 타자에 내용과 뜻을 전하는 데 있고 보면 비효율적이다. 불필요한 오해를 불러일으켜 거듭 문답을 주고받아야 하니 말이다.

모든 어휘와 문장구조는 중의성[138]과 모호성[139]을 띨 수 있다. 최대한 걷어내기 위해 적확한[140] 낱말을 선택할 수 있는 어휘력과 적절히[141] 나열할 수 있는 문법 지식이 필요하다. 그렇다고 풍부한 어휘력과 바른 문법을 갖춘 말과 글이 늘 바람직하다는 소리는 아니다.

몇 안 되는 어휘로 앞뒤 안 맞는 소리를 하는데 마음을 움직이는 말과 글이 있다. 뜨뜻한 손바닥으로 아픈 곳을 지그시 누르듯 인간의 속성을 짚어낼 때다. 정확히 설명하기 어렵고 섣불

---

136 효율성: 들인 노력과 얻은 결과의 비율이 높은 특성.

137 자기 본위: 자기의 감정이나 이해관계를 기준으로 생각하고 행동하는 일.

138 중의성: 한 단어나 문장이 두 가지 이상의 뜻으로 해석될 수 있는 현상이나 특성.

139 모호성: 여러 뜻이 뒤섞여 있어서 정확하게 무엇을 나타내는지 알기 어려운 말의 성질.

140 적확하다: 형용사 정확하게 맞아 조금도 틀리지 아니하다.

141 적절하다: 형용사 꼭 알맞다.

리 판단하기 힘든 것을 정확히[142] 옮기려 들면 도리어 허상을 만들 수 있다. 중의적이고 모호한 표현이 울림을 준다. 이때 수신자는 자신의 마음이 가는 대로 따라가는 자유를 누리면 된다.

모든 어휘와 문장구조는 중의성과 모호성을 지녔다.
모든 인간은 정확히 설명하기 어려운 복잡 미묘한 속성을 가졌다.

'콤플렉스(complex)'는 '함께'를 뜻하는 'com'과 '엮다'를 뜻하는 'plex'를 합친 말로 '복잡한', '복합적인' 등의 형용사나 '복합건물, 단지', '집합체' 등의 명사로 쓰였다. 이랬던 콤플렉스를 심리학 용어로 처음 도입한 이는 정신분석학자 칼 융이다. 콤플렉스는 융이 정의한 마음의 영역에 들어가며 도저히 떨쳐낼 수 없는 그림자(무의식적인 인격의 일부)이기도 하다. 내가 등진 빛의 각도에 따라 턱없이 왜소해지거나 터무니없이 거대해지거나 때로는 있다가 없다가 하는 그림자 말이다.

그런 그림자를 보고 저것이 진짜라 믿는다면 누가 봐도 어리석다. 무엇보다 불행의 원인이 된다. 그러나 인간은 누구라도 예외일 수 없다. "나는 콤플렉스라고는 전혀 없어"라고 하는 사람이 있다면 스스로를 모르거나 거짓말 하는 것이다. 복잡할 수밖에 없어 불안정할 수밖에 없는 인간의 마음을 헤아리면 문장 구성과 어휘 선택에 좀 더 친절하고 신중한 태도를 지니고 싶어진다.

---

142 정확하다: 형용사 바르고 확실하다.

글을 쉽게 쓰는

기초 요령

메인 작가가 하는 일 중 하나가 서브 작가나 막내 작가의 원고를 검토하는 것이다. 문법의 오류일 뿐이라면 비교적 잘 쓴 원고다. 간혹 문법적으로 틀리지 않았는데 어색한 문장이 있다. 어디를 어떻게 수정해야 하는지 입으로 소리 내 읽으면 쉽게 찾을 수 있다.

한 호흡에 읽기 어려운 문장은 분리하고 입에 붙지 않는 어색한 조사는 수정하거나 삭제한다. 문장과 문장 사이에 접속사가 필요하다는 선입견을 버리면 간결해지고 힘이 붙는다. 선문답 같은 대명사, 읽는 사람 보고 어쩌라는 건지 알 수 없는 쉼표나 말줄임표 등의 부호는 없앤다. 그 자리를 무엇으로 대신할지 고민할 필요는 있다. 문장은 완결하는 것을 원칙으로 한다. 가끔 쓰다 만 듯한 문장으로 멋부리는 경우가 있는데 고수들만 실현할 수 있는 멋이다. 쓰다 만 것처럼 보여도 다 쓴 문장으로 말이다.

구조가 같은 문장이 연달아 반복되는 것도 피할 수 있다면 좋다. 같은 구조의 문장이 이어지면 지루하다. 메시지를 강조하기 위해 의도적으로 같은 구조의 문장을 점층적으로 쌓는 경우는 예외다. 입말을 쓰는 방송 원고라도 구어체가 능사는 아니다. 의도적으로 문어체를 쓸 때가 있는데 권위를 부여하기 위해서다.

입말 전체가 문어체라면 어떨까. 공식석상에서 발표하는 연설문이나 담화문 등이 어색하고 형식적으로 들리는 이유다. 들을 때마다 "지금 읽고 있는 연설문이나 담화문에 평소에 입말로 쓰는 낱말이 얼마나 되나요?" 딴지 걸고 싶어 입이 근질거린다. 요약하면 소리 내 읽을 때 입에 착 감기고 매끄러운 원고가 바람직하다는 소린데 방송 원고뿐 아니라 발표나 프레젠테이션 등에도 적용할 수 있을 것이다.

문제는 문장 자체는 번듯한데 무슨 말을 하려는지 종잡을 수 없는 글이다. 한두 군데 수정해 해결할 수 있는 성질이 아니다. 전체를 갈아엎어야 한다. 이럴 때 내가 하는 방식은 원고를 쓴 이에게 무슨 이야기를 하고 싶었냐고 묻는 것이다. 말하면서 생각났는지 생각해서 말하는지 몰라도 한결 명확한 내용으로 들려준다.

내 처방은 간단하다. "좋네. 지금 말한 그대로 원고로 쓰면 되겠어." 내용을 간략하게 줄이고 압축할 수 있는 것도 어휘력이다. 써놓은 글이 어딘지 모르게 뒤엉켜 있을 때 누군가에게 설명하듯 입 내어 말하면 의도와 요지가 분명해지며 불필요한 어휘와 문장을 정리할 수 있다.

비슷하게 다른 경우도 있다. 시작은 A와 관련한 문장이다. A를 풍부하게 표현하려고 사례나 비유 등을 끌어왔는데 A′가 아니라 B다. 읽다 보면 A를 말하려는 건지 B를 말하려는 건지 혼란스럽다. 연상이 뒤죽박죽인 것이다.

이런 점을 지적할 때 초보 작가가 한 번에 수긍하는 경우는 상당히 드물다. A든 A′든 B든 알파벳이라는 카테고리에 있다고 주장하는 식이면 더 이상 해줄 말이 없다. 이럴 땐 시원하게 대중의 평가에 맡기는 것도 방법이다. 먼지 나게 두들겨 맞는다. 상처받고 밤 잠 못 이루지만 빠른 속도로 깨친다. 나도 그 과정을 반복하며 많이 배웠고 지금도 배우고 있다. 이런 실수는 충분히 알지 못해 생긴다. 원고를 수정하는 차원이 아니라 원점으로 돌아가 자신이 다루고 싶은 소재나 주제에 대해 다시 생각하고 공부해야 한다. 파고들 자신도 시간도 없으면 폐기하고 다른 아이템을 찾는 것이 효율적이다.

말과 글은 머릿속에 있을 땐 천천히 공 굴러가듯 해도 발화하는 순간부터 직선으로 날아간다. 시간이라는 제약도 있다. 주어진 시간에 상대의 관심을 끌어야 하고 이해할 수 있게 해야 한다. 강하고 인상적인 첫 문장으로 시선을 집중시킨 후에 낯선 소재라면 익숙한 비유로, 익숙한 소재라면 신선한 표현으로 이야기를 만든다. [143]

마지막에는 메시지를 담거나 여운을 남긴다. 이러한 대략의 구조는 10분짜리든 100분짜리든 공통으로 적용된다. 초보자가 저지르기 쉬운 감상적인 미사여구가 낄 겨를이 없다. 미사여구가 나쁜 것이 아니다. 때로 필요하다. 그러나 잘 쓴 것처럼 보이고 싶어 힘 줘 만든 미사여구는 낯간지러울 뿐 아니라 흐름을 방해한다. 달을 봐야 하는데 손가락에 낀 반지만 한껏 쳐다보는 글이 나온다.

그러나 지금까지 말한 전부를 합쳐도 이것 하나보다 덜 중요하다. 내 이야기를 들어주는 상대를 존중하는 것이다. 혼자 쓰거나 말하고 있어도 교감해야 한다. 상대의 눈을 바라보고 건네

---

143 '끝없는 푸른 하늘 / 구름이 일고 비가 오네 / 빈산에 사람도 없는데 / 물이 흐르고 꽃이 피네.' 송나라 시인 황산곡이 지은 이 시는 얼핏 산수를 묘사한 것으로 보이나 홀로 마시는 차 한 잔에 대한 비유다.

는 느낌이라면 좋겠다. 강력한 지지를 호소하느라 이글거리는 눈빛이든, 안부를 염려하며 은은히 바라보는 눈길이든, 호기심과 상상을 자극시키는 개구쟁이 같은 눈길이든, 나와 당신 사이에 마음의 길을 내야 한다. 길을 내고 싶은 욕심이 앞서 억지를 부리거나 무리하면 안 된다. 그래서 글을 쓰거나 말을 할 때는 힘을 주어야 하면서도 힘을 빼야 하는 모순이 늘 발생하며 이 모순을 어떻게 다루느냐는 경험과 훈련에 달려 있다.

라디오에서 편지 쇼 형식의 프로그램을 맡은 적이 있다. 인터넷이 활성화되지 않은 1990년대 말이라 손으로 쓴 편지가 대부분이었다. 네댓 장 분량 되는 편지를 하루에 수십 통씩 읽다 보면 멀미가 났다. 휘갈겨 쓴 글씨도 난관이지만 '누가 언제 어디서 무엇을 어떻게 하였나'를 파악하는 게 여간 고역이 아니었다. 흠잡을 데 없이 매끄러운 사연은 상품을 노리는 소위 '꾼'일 가능성을 의심해야 한다. 믿거니 하고 방송했다가 다른 방송에서 같은 사연이 나왔는데 그것도 모르냐며 청취자들에게 호되게 지적받을 수 있다.

도무지 매끄럽지 않은 사연의 대략은 이러하다. '나'로 시작한다. 누군가 등장해 어떤 일이 벌어진다. 절정을 향하면서 행동이나 감정의 주체인 주어가 빠지고 시점도 과거와 현재를 분방하게 넘나든다. 벌어진 일에 과잉 몰입한 나머지 '누가, 언제, 어디서, 무엇을, 왜, 어떻게'라는 6하 원칙에서 '무엇을', '어떻게' 하였다만 남는 것이다. 열심히 읽는 게 누가 언제 어디서를 알아내는 비방일 리 없다. 놀라운 사실은 이런 험난한 소통의 난관을 뚫고 진솔한 감동과 화제성을 전달하는 사연들이 있다는 것이다. 이럴 땐 따로 전화를 걸어 인터뷰하고 새로 얻은 정보를 바탕으로 재구성해 다시 써 방송했다.

　　이런 작업을 반복하면서 발견한 사실은 의외로 많은 사람이 말하기와 글쓰기를 분리한다는 점과 주어와 시점을 챙기는 데 서투르다는 것이다. 글을 가장 쉽게 쓰는 방법은 말을 받아쓰는 것이다. 여기에 주어와 시점만 잘 챙겨도 웬만한 문장은 완성할 수 있다. 한 문장이 길면 또 주어와 시점이 헷갈리니 짧게 쓰는 것이 낫다. 그렇다고 무작정 문장을 자르려 하면 그거 고심하느라 영감이 날아가 버릴 수 있으니 일단 떠오르는 대로 쓰고 수정하면서 분리하는 것도 방법이다.

　　주어는 문장의 주인이다. 다음 문장 주인이 앞문장과 같은 주인이면 거듭 챙기지 않아도 된다. 대신 일의 순서가 어떻게 되어 가는지 동사와 형용사 등의 용언에 시제 변화를 줄 필요가 있다. 여기까지가 내가 생각하는 기초적인 글쓰기다.

수식어를

용언으로 돌려라

리모컨으로 채널을 바꾸다 '쭈니형' 박준형이 출연한 TV 프로그램에 멈췄다. 그가 이런다. "그거를 이러케 하면 되는 거야. 치즈 케이크 미국에서 많이 해 먹는데 냉장고에 너서 그거를 이러케 하면 되는 거야. 어차피 같은 맛이야." 다른 출연자가 어리둥절한 표정으로 묻는다. "무슨 말이에요?" 박준형은 머쓱해 했고 나는 웃었다.

한국계 미국인이자 재한 미국인인 박준형은 대명사를 자주 언급하고 이를 넘어 "빼앰" 같은 감탄사와 제스처 같은 비언어를 동원하다 "먼지 알지? (뭔지 알지?)"로 상대에게 동의를 구하는 것으로 마무리한다. 구체적 명사 대신 '그거는 저기다 하고 저거는 이리 놓고' 하는 식의 지시대명사로 채운 문장을 구사하면서 자신이 하는 말이 무슨 뜻인지 상대가 알아주기 바라는 것은 어휘력이 부족한 사람들의 공통점이다.

지도를 보고 운전하던 시절에 PD와 함께 국내 오지 여러 군데를 취재하러 다닌 적 있다. 일일이 길 물어 찾는 게 큰일이었다. 그날도 차에서 내려 동네 주민에게 길을 묻는데 손가락을 들어 허공을 휘휘 저으며 알려주었다. "저어만치 가서 저짝으로 돌아서 쪼오끔만 가믄 돼요." 다시 물었다. "조금만? 얼마나요?" 사람 좋은 웃음을 지어 보이며 친절히 가르쳐주었다. "쪼오끔만 가믄 돼요. 하나도 안 멀어요."

차에 올라 운전석에 앉은 PD에게 들은 대로 전했다. 그가 핸들을 잡은 채 한숨을 폭 쉬며 말했다. "시골 사람한테 길 물어 보면 만날[144] 저쪽하고 조금이래. 지난번에도 조금이라고 해놓고 차 타고 20분 갔다고. 저쪽이 왼쪽이야, 오른쪽이야? 조금은 도대체 얼마나가 조금인 거야."

난들 알까마는 이리 아는 체했다. "조금이 아니라 쪼오끔이라고 하는 걸 보니까 거리가 좀 되나 보네. 그래도 마아니가 아니고 쪼오끔이라는 걸 보니 멀진 않겠지." 그날의 쪼오끔은 2킬로미터 이상 되었다. 10리 길도 걸어서 학교 다니고 읍내 다니는 게 일상이라면 5리도 되지 않는 2킬로미터쯤이야 쪼오끔일지 모르나 도시 사람에게 걸어서 2킬로미터는 결코 쪼오끔 가면 되는 거리가 아니다.

비슷한 상황으로 어머니들은 음식 만드는 방법을 대체로 이런 식으로 설명하신다. "○○○ 조금 넣고 달달 볶다가 ○○○ 적당히 넣고 ○○○ 넉넉히 넣고 ○○ 충분히 넣어." 얼마 동안 끓이느냐 물어도 셋 중 하나다. 적당히, 넉넉히, 충분히. 간혹 이런 어휘도 덧붙여진다. 보글보글, 자작자작, 달달, 팔팔……

'마닐마닐하다'라는 우리말이 있다. '음식이 씹어 먹기에 알맞도록 부드럽고 말랑말랑하다'는 뜻이다. '고슬고슬하다'라는 말도 있다. 되지도 질지도 않아 딱 알맞은 상태를 일컫는다. 여기서 물기가 적어 된밥이 되면 '구들구들하다'가 된다. 밥 먹는 한국인은 앞서의 어휘들이 생소해도 뜻을 설명하면 알아듣는다. 밥을 먹어본 적 없는 사람은 이해하기 어렵다. '알맞다'의 기준

177

---

144 만날: 부사 매일같이 계속하여서.

이 미궁에 빠져서다.

대부분의 부사와 형용사는 상대적이다. 상대적이기 때문에 해석의 여지가 커 오해를 유발한다. 결혼식에 다녀온 부모님이 신부의 키를 두고 어머니는 작다, 아버지는 크다 하시며 가벼운 말다툼을 하신 적 있다. 내가 여쭸다. "같이 가신 거는 맞아요?"

내가 해석하기 힘든 형용사는 '이상하다'이다. 누가 다짜고짜 어떤 대상이나 사물을 두고 이상하다고 하면 대체로 공감하지 못하는 편이다. 자기와 달라서 이상하다는 건지, 몰라서 이상하다는 건지, 관습에서 벗어나 이상하다는 건지, 뭐가 이상하다고 하는지 잘 모르겠다. 나는 대부분의 대상이나 사물은 알고 보면 다 다르다고 여기는 편이라 오히려 뭐가 정상적인 상태인지 모르겠다. 쓰고 보니 결국 나는 이상한 것도 모르고 정상적인 상태도 모르는 사람이다.

승자독식의 어휘에서
벗어나는 연습

우리는 서로의 경험이 크게 다르지 않다는 것을 전제로 어휘를 선택한다. 내 눈대중이 네 눈대중이려니, 내 입맛이 네 입맛이려니. 그러나 현대인은 같은 시대, 같은 공간에 살아도 같은 문화권에 살고 있지 않다. 저마다 경험이나 생각이 다양하기 때문이다. 이 시대의 부사와 형용사는 정확한 뜻을 전달한다기보다 서로 느낌이 통하는지 확인하는 용도로 쓰는 듯 보인다.

이러한 이유로 글을 잘 쓰려면 "문장에서 부사와 형용사를 걷어내라"는 조언을 하는데 무슨 뜻인지 알겠으나 영어 등 서양 언어에 해당하는 조언이다. 우리말에서는 "수식어를 남발하지 마라"고 해야 정확하다. 우리말에서 부사는 용언 또는 다른 말 앞에 놓여 그 뜻을 분명하게 하는 품사지만 형용사는 사물의 성질이나 상태를 나타내는 품사로 동사와 함께 용언[145]이다. 형용사를 쓰지 않으면 아예 문장 자체가 성립되지 않는 경우가 많다.

문제는 형용사를 용언이 아니라 수식의 용도로 사용할 때다. 딱 맞는 명사를 찾지 못했거나 잘 쓰는 것처럼 떨뜨리고[146] 싶을 때 수식어로 꾸미려 드는 경향이 많다. 남발하면 어떤 어휘를 꾸미는지 찾느라 어지럽고 요란하면 배보다 배꼽이 더 큰 격이라 말과 글을 미심쩍게[147] 만든다.

안 붙이면 허전해 습관적으로 붙이는 경우도 많은데 수식어 없이 의미를 전달할 수 있는 어휘를 찾는 게 우선이고, 형용사를 본래의 용언으로 쓰면 문장이 간결해지고 뜻이 분명해진다. 예를 들어 '맛있는 음식을 먹었다'보다 '음식이 맛있었다', '즐거운 하루를 보냈다'보다 '오늘 즐거웠다'는 식으로 말이다.

179

---

145 문장에서 서술어의 기능을 하는 동사, 형용사를 통틀어 이르는 말. 문장 안에서의 쓰임에 따라 본용언과 보조용언으로 나눈다.

146 떨뜨리다: 동사 젠체하며 위세를 드러내며 뽐내다. 늑 떨트리다.

147 미심쩍다: 형용사 분명하지 못하여 마음이 놓이지 않는 데가 있다.
ㄴ 의심쩍다 늑 의심스럽다: 형용사 확실히 알 수 없어서 믿지 못할 만한 데가 있다.

뭘 먹어서 맛있었는지, 어떻게 보내서 즐거웠는지, 구체적인 어휘와 함께 쓰면 글이 생생해진다. 이런 수고를 생략하고 '맛있는', '즐거운' 등의 형용사를 동원해 문장을 뭉뚱그리면 대명사처럼 모호해진다.

무턱대고 짧은 문장이나 구어체를 좋은 글이라 할 수 없는 것처럼 부사와 형용사를 모조리 걷어내는 게 글쓰기나 말하기의 필수 조건일 수 없다. 부사와 형용사는 글과 말에 재미와 생동감을 부여한다. 우리말의 백미는 부사와 형용사에 있다. 특히 형용사의 경우 잘 골라 쓰면 따로 수식어가 필요 없을 정도로 풍부하게 어휘가 발달했다. 언어의 세계에도 승자독식이 있어 일정한 뜻을 전달할 때 같은 어휘만 주구장창[148] 쓰는 경향이 있는데 비슷한 뜻을 가진 다양한 어휘를 활용하면 말과 글의 맛이 살아난다.

예를 들어 본다. '두 개의 대상이 크기, 모양, 상태, 성질 따위가 똑같지는 않지만 전체적 또는 부분적으로 일치하는 점이 많은 상태에 있다'는 뜻으로 '비슷하다'가 독식하고 있다. 문장의 뜻에 맞게 '가깝다', '근사하다', '대등하다', '비스름하다', '유사하다', '비등하다', '그만그만하다' 등으로 변화를 주면 말과 글이 지루하지 않다.

또 '비교가 되는 두 대상이 서로 같지 아니하다'라는 뜻으로 주로 '다르다'를 구사하지만 '남다르다', '별나다', '특별나다',

---

148 주구장창: 부사 쉼 없이 줄곧, '주야장천'이 변한 말이다.
└주야장천(晝夜長川): 부사 밤낮으로 쉬지 않고 계속하여.

'판이하다', '뜨다', '멀다' 등을 넣어도 된다. '붉다' 대신 '발갛다', '벌겋다', '빨갛다', '발개', '발가니' 등을 쓰면 말맛이 살고, '작다'보다 '자그맣다', '조그맣다', '자그매', '자그마니' 역시 그러하다.

문장의 적재적소에 형용사를 다채롭게 구사하면 문장이 특별해 보인다. 어휘를 몰라서 못 쓴다고? 우리에겐 인터넷이 있다. 온라인 국어사전을 이용해 손쉽게 찾을 수 있다. 머릿속에 떠오른 승자독식의 어휘를 온라인 국어사전에서 검색한다. 유의어/반대어가 나온다. 유의어로 나오는 어휘들을 돌려가며 문장에 끼워보자. 어떤 어휘가 뜻과 맛을 분명히 살리는가.

어떤 글이 잘 쓴 글인지 딱 부러지게 말할 수 없으나 어떤 글이 못 쓴 글인지는 말할 수 있다. 수식어를 남발하거나 요란한 글은 못쓴 글이다. 생각이 정리되지 않았고 줏대가[149] 없는데 있는 척해서다.

---

149 줏대: 명사 1_ 사물의 가장 중요한 부분. 2_ 자기의 처지나 생각을 꿋꿋이 지키고 내세우는 기질이나 기풍.

생각이 충만한 게

먼저다

글을 쓸 때 속도가 가장 중요한 요건은 아니지만 의식한다. 라디오 방송에서 내레이션 코너는 대부분 3분 전후, 2백 자 원고지 6매가량이다. 이 정도 분량은 40분에 걸쳐 완성할 때 가장 상쾌하다. 집중해서 한 번에 끝까지 쓰는 방식을 지향하는데 만약 그렇게 되어가지 않으면 잘못하고 있다는 신호로 판단하고 일단 중단한다. 그 신호란 '잘 알지 못하면서 억지로 만들어내고 있다'이다.

40분 내에 2백 자 원고지 6매, A4로 1매가량 쓰는 속도는 받아쓰기 수준이다. 글감에 관련한 정보나 지식 등의 자료를 원고 분량 대비 최소 다섯 배 이상 확보하고 검토를 마쳤으며 생각을 정리해 전체 흐름과 방향을 결정했을 때 달성할 수 있다. 지식과 사유, 판단. 셋 중 하나만 부족해도 문장에 갇혀 뭉그적거린다. 운동선수가 워밍업도 안 하고 경기에 나선 격이니 행운의 여신이 적극적으로 편들어준다면 모를까, 패배하거나 부상당할 게 뻔하다. 원점으로 돌아가거나 폐기할 수밖에 없다. 그러나 초고에 한한 얘기다. 나는 지금 원고지 9백 매가량의 원고를 아홉 달째 매만지고 있다.

작가는 무에서 유를 만들어내는 사람인데 무슨 자료가 그리 많이 필요하냐고 묻는 이들을 많이 보았다. 우선 자료의 성질에 대해 정리할 필요가 있을 것 같다. 자료란 빵 만들 때 필요한 밀가루와 이스트, 물 같은 게 아니다. 재료가 없으면 빵을 만들 수 없지만 자료가 없어도 글을 쓸 수 있다.

글을 쓸 때 가장 중요한 재료는 당연히 자기 자신이다. 내가 없으면, 구체적으로 나의 생각과 느낌이 없다면 글을 쓸 수 없다. 그런데 만약 세상에서 가장 소중한 내가 세상에서 가장 특별한 내 이야기를 들려주고 싶은 것이 목적이라면 일기 쓰기를 권한다. 이런 글쓰기는 분명 자기치유에 탁월한 효과가 있다. 그게 아니고서야 글 쓸 때 나는 이런 나이기를 바란다. "내가 '나'라고 할 때는 당신들 모두를 가리키는 거요."[150]

자료를 찾는 이유는 당신들 모두를 대변할 수 있는 자격을 갖추고 싶어서다. 그럴 만한 타당성과 객관성을 확보하고 싶어서다. 찾은 자료는 정작 10분의 1도 원고에 활용하지 않는다. 그래도 자격을 갖추지 못한 채 모니터 앞에 앉으면 문장을 밀고 나가는 힘이 떨어지면서 스스로 부끄러워진다. 그 감지기가 내게는 속도다.

요점은 자료나 속도가 아니라 자격이다. 당신들 모두를 대변할 수 있는 자격을 가졌노라는 자신감 없이 – 설령 그것이 착각일지라도 – 글을 완성하기 힘들다. 그리고 그 자격은 남이 내게 줄 수 있는 성질이 아니라 나만이 내게 부여할 수 있는 것이다.

"아들아, 역시 너는 계획이 다 있구나!" 영화 〈기생충〉에 나오는 대사다. 천여 년 전에 비슷한 말이 있었다. '흉유성죽(胸有成竹)', 글자대로 풀면 마음속에 완성된 대나무가 있다는 소리로 '일을 처리할 때 이미 계산이 모두 서 있음을 비유하는 말'이다. 11세기 북송에 조보지라는 시인이 있었다. 그의 친구 문동은 묵죽(墨竹: 수묵으로 그린 대나무 그림)으로 시대를 풍미했다. 한 청년이 조보지를 찾아와 문동이 천하제일의 묵죽을 그릴 수 있는

빅토르 위고가 한 말이다.

비결이 무엇이냐고 물었을 때 들려준 말이다. '흉유성죽'은 같은 시대를 산 다른 시인 소동파에 이르러 예술론으로 꽃피운다.

"대나무를 그릴 때에는 반드시 '먼저 마음속에 대나무를 완성하고 나서(成竹於胸中)' 붓을 들고 자세히 바라보아야 그리고자 하는 것이 보일 것이니 그때에 급히 서둘러서 붓을 휘둘러 곧바로 그려내어 보인 것을 따라잡아야 한다." [151] 그리고 강조한다. "마음속 생각이 충분하면 글은 저절로 써진다."

영화 〈기생충〉에서 "너는 계획이 다 있구나!"라며 아들에게 감탄했던 기택은 나중에 "완전한 계획은 무계획이지. 계획을 짜도 소용없어. 계획대로 되지 않거든"이라며 전에 한 말을 뒤집는다. 글을 쓸 때 또한 그러하다. 계획대로 되지 않아 더 나은 발상으로 이어지는 경우도 있기는 하다. 그렇다고 마냥 운수에 맡길 노릇은 아니라 쓰다 막히고 늘어지면 소동파의 말을 경계로 삼는다. '아직 마음속 생각이 충분하지 않구나.'

생각하기도 요령이 있다. 앉은 자리에서 골똘히 한다고 나아지지 않는다. 공간을 옮기면 발상이 달라지니 서재에서 거실로, 주방으로 왔다 갔다 해본다. 외출하지는 않는다. 생각의 흐름이 끊기기 때문이다. 어떻게 해도 진전 없으면 묵혀두기로 결정한다. 그리곤 운동하러 가거나 산책하러 나간다.

공간을 크게 바꾸고 몸을 크게 움직이면 생각도 바뀐다. 그렇게 하지 않으면 끝을 보지 못한 생각을 계속 붙잡고 늘어지다 잠을 이루지 못한다. 그러니 되도록 내가 가장 잘 생각할 수 있는

---

151 소동파,《마음속의 대나무》에서.

생각으로 생각을 옮긴다. 생각에 패배해 의기소침해진 기운을 스스로 북돋으려는 의도도 있다. 이런 식으로 다람쥐가 도토리 여기저기 묻어두듯 생각을 묵혀둔다.

　이동하는 지하철이나 버스 안에서, 약속 시간보다 미리 도착한 카페에서, 재미없는 소리만 하는 모임 등에서 참나무로 자랄 소지[152]가 있는지 어떻게 하면 참나무로 키울 수 있을지 곰곰이 내 도토리들을 들여다보곤 한다. 바로 몇 시간 전부터 묵히기 시작한 도토리도 있지만 10년도 훌쩍 넘긴 도토리들도 많다. 그쯤 되면 썩은 거 아니냐고 할지 모르지만 연의 씨는 천년 후에도 꽃을 피우지 않던가.

152　소지(素地): 명사 본래의 바탕.

를 만드는 연습

클로징 멘트 마치고 부스에서 나온 D가 대뜸 이런다. "책 읽고 좋은 글만 모아놓은 파일 가지고 있죠?" 내놓고[153] 이리 묻는 DJ는 처음이다. 내가 뭐라 답할 새도 없이 이런다. "그거 나한테 주면 해달라는 거 다 해줄게요."

벙긋이 웃으며 그를 다시 보았다. 좋은 글이 탐나는 것도 자질[154]이다. 제출물로[155] 문장 수집하는 게 바람직하겠으나 책도 안 읽고 좋은 글에도 관심 없어 자기가 하는 말이 아름다운지 평범한지 해로운지에 대한 안목조차 없는 이들보다 성장할 가능성이 크다.

나와 일할 당시 무명의 아나운서였던 그는 대한민국에서 손꼽히는 MC가 되었고 당시에 내가 본 그는 노력파였다. 롤 모델인 예능인이 출연하는 프로그램을 VCR로 녹화해 틈틈이 돌려본다고 했다. 가만히 시청만 하는 게 아니다. 자기가 그 프로그램의 출연자가 된다. 한 사람이 멘트하면 일시정지 버튼을 누르고 그 멘트에 대한 멘트를 친다. 그리고 재생 버튼을 눌러 출연자들의 멘트와 자신의 멘트를 비교한다. 그렇게 수없이 돌려본다고 했다. 그는 이러한 훈련을 통해 예능 감각을 상당히 키울 수 있었을 것이다.

---

153 동사 '내놓다'는 여러 뜻을 가졌으나 '내놓고' 꼴로 쓰일 때는 '사실이나 행위를 공개적으로 드러내다'라는 뜻이다. '대놓고'는 '사람을 앞에 놓고 거리낌 없이 함부로'라는 뜻이다.

154 자질: [명사] 1_ 타고난 성품이나 소질. 2_ 어떤 분야의 일에 대한 능력이나 실력의 정도.

155 제출물로: [부사] 1_ 남의 시킴을 받지 아니하고 제 생각대로. 2_ 남의 힘을 빌리지 않고 제힘으로.

그가 한 훈련 방식은 내게 생소하지 않았다. 나 역시 작가 초년에 비슷한 방식으로 글쓰기 연습을 했기 때문이다. 영화 비디오를 보면서 A가 대사를 하면 일시정지 버튼을 누르고 B의 예상 대사를 쓴다. 다 쓴 후에 재생 버튼을 눌러 실제 B의 대사와 비교하면서 혼자 웃고 아쉬워하고 그랬다.

이런 훈련은 어휘의 양을 획기적으로 늘리진 않지만 상황에 따른 어휘에 민감해질 수 있게 한다. '같은 상황에서 나는 이렇게 말하는데 저 사람은 저렇게 말하네? 아, 그걸 이렇게 표현할 수도 있구나' 등으로 표현의 다양성에 눈 뜰 수 있다. 일시정지 버튼이 풀리기 전에 완성하고 싶은 승부욕을 갖는다면 순발력을 기르는 데도 도움 된다.

영화를 한 번 본 후에는 볼륨을 완전히 줄여놓고 영상만 보면서 대사를 쓰기도 했다. 기억력 테스트가 아니다. 내 마음대로 새로 쓰는 것이다. 이때 지켜야 할 것은 한 편을 처음부터 끝까지 해야 한다는 것이다. 서사의 구성과 흐름을 익히는 데 목적이 있기 때문에 하다 말면 의미 없다.

D와 내가 한 트레이닝은 일종의 틀을 확보하기 위해서였다. 전체 흐름을 어떻게 끌고 가야 하는지에 대한 감을 익히는 것이다. TV 프로그램이나 영화를 교재로 삼은 이유는 문학작품보다 흐름이 분명하며 무엇보다 피드백[156]을 즉각적으로 확인할 수 있기 때문이었다. 이런 방식 등으로 주제와 상황, 대상에

---

156 피드백: (언론) 어떠한 행동을 마친 뒤 그 결과의 반응을 보아
행동을 변화시키는 일.

따라 다른 다양한 틀을 익힌 후에는 어떤 요소를 어디에 배치할지 계산하는데, 이를 구성[157]이라 한다.

구성이 잘못된 글은 있어도 구성이 없는 글은 존재하지 않는다. 사람들은 글 쓸 때, 하다못해 문자메시지를 보내거나 SNS에 글을 올릴 때조차 무의식적으로든 의식적으로든 구성에 신경 쓴다. 어휘를 고르는 것보다 구성을 선택하고 결정하는 데 더 공들일 때가 많다. 같은 어휘나 문장이라도 구성에 따라 글이 주는 느낌이 달라진다는 사실을 알기 때문이다. 우리가 언제나 환호하는 '반전'도 그 구성의 힘이다.

최근에 내가 본 가장 짜릿한 반전은 이 글이다.

나는 돌덩이
뜨겁게 지져봐라.
나는 움직이지 않는 돌덩이.

거세게 때려봐라.
나는 단단한 돌덩이.

깊은 어둠에 가둬봐라.
나는 홀로 빛나는 돌덩이.

---

157 구성: 명사 1_ 몇 가지 부분이나 요소들을 모아서 일정한 전체를 짜 이룸. 또는 그 이룬 결과. 2_(문학) 문학 작품에서 형상화를 위한 여러 요소들을 유기적으로 배열하거나 서술하는 일.

부서지고 재가 되고 썩어 버리는
섭리마저 거부하리.

살아남은 나……
나는 다이아.

– 광진, 웹툰&드라마 〈이태원 클라쓰〉에서.

마지막 한 줄이 없다면 이 글은 그저 그랬을 것이다. 사람이 돌덩이가 됐다면 세상이 그리 요구했기 때문이다. 뜨겁게 지져도 움직이지 말고, 거세게 때려도 단단하라고. 매정한 말이지만 그리 버텨봐야 돌덩이는 돌덩이일 뿐이다. 돌덩이를 귀하게 취급하는 세상은 어디에도 없다. 이런 상황에서 저 혼자 '나는 홀로 빛나는 돌덩이, 부서지고 재가 되고 썩어버리는 섭리마저 거부하리'라고 해봐야 정신승리에 지나지 않는다.

그런데 '나는 다이아'라는 다섯 글자, 마지막 문장이 이제까지의 생각을 전복시킨다. 돌덩이가 다이아가 된 게 아니다. 그 모든 시련을 견뎌 이겨냈기에 성공한 게 아니다. 처음부터 다이아였다. 세상에서 가장 단단한 돌, 다이아였기 때문에 깨지지 않을 수 있었던 것이다. 작가는 존재의 존엄에 대해 이야기하기 위해 돌덩이의 성질과 다이아몬드를 채굴하는 과정을 틀로 가져왔고 마지막 반전을 향해 차근차근 나아가 불꽃처럼 쏘아 올렸다.

기본 문장 쓰기부터

능숙하게 익혀라

구성의 힘은 한 줄의 문장에서도 어김없이 발휘된다. 문장의 기본 구성은 '누가, 언제, 어디서, 무엇을, 왜, 어떻게'라는 6하 원칙이다. 기사를 쓰는 게 아닌데 6하 원칙에 맞춰 쓸 필요가 있냐고, 그러면 문장이 무미건조하지 않느냐 할 수 있겠다. 그러나 6하 원칙에 맞춘 기본적인 문장 쓰기에 익숙하지 않으면 다른 글을 능란하게 쓸 수 없다는 것이 나의 확고한 믿음이다.

이 단계를 건너뛰고 감각적인 문장을 쓰려 하는 이들이 적지 않은데 어림없다. 기본적인 문장 쓰기에 능숙해야 멋을 부리든, 맛을 내든 가능하다. 그리고 그 변주의 범위조차 6하 원칙에서 벗어날 수 없다. 문장을 구성하는 요소이기 전에 글 쓸 때 꼭 필요한 사고력의 요소이기 때문이다. '누가, 언제, 어디서, 무엇을, 왜, 어떻게'라는 요건을 모두 충족시키는 사고를 해야 의미가 통하는 글을 쓸 수 있다.

예를 들어 초등학교 저학년의 경우, 대부분의 문장이 '누가 언제 무엇을 했다' 식으로 구성된다. "나는 어제 밥 먹었다."는 식인데 어디서, 어떻게, 왜를 섬세하게 표현하기엔 아직 어휘력이 부족하다. 학년이 올라가면서 어디서, 어떻게, 왜 순으로 추가된다. "나는 어제 집에서 엄마가 만들어주신 카레를 먹었다. 맛이 이상하다고 했더니 엄마는 카레 맛이 원래 그런 거라고 했다." 자신에게 일어나는 현상과 의미, 이유를 설명하고 싶어지는 것이다. 동시에 자기가 쓴 글을 읽는 대상을 의식하기 시작했다는 신호이기도 하다.

'누가, 언제, 어디서, 무엇을, 왜, 어떻게'라는 여섯 가지 요소를 각각 꼼꼼히 챙겨 사고하면 쓸 거리가 풍부해진다. 각각의 요소를 스핀오프처럼 이야기로 파생할 수 있다. 과감하고 파격적인 어휘 선택이나 기발한 표현력은 그 후에 나온다. 많이 알고 잘 알기 때문에 할 수 있다.

6하 원칙은 우리에게 가장 안정적인 문장의 형태다. 사물이나 상황을 이해하고 이해시키는 데 필요한 정보를 모두 담고 있다. 문장이 아닌 심리로 돌려 미덥지 않거나 불안할 때를 떠올려보자. '누가, 언제, 어디서, 무엇을, 왜, 어떻게' 중에 파악하지 못한 요소가 있기 때문이 아닌가.

이 얘기를 뒤집으면 이 여섯 가지 요소를 어떻게 활용하고 어디에 배치하는지에 따라 수신자의 심리를 쥐락펴락할 수 있다는 얘기도 된다. 예를 들어 "내가 집에 왔을 때 아내는 없었다."고 하면 듣는 사람 입장에서는 반사적으로 궁금해한다. "왜 없어? 어디 갔는데?" "나는 사랑에 빠졌다."고 하면 상대가 누구일지 궁금하고 "사랑의 슬픔을 잊기 위해 샌프란시스코에 가려 한다."고 하면 언제일지 궁금하다. 보통 글을 시작하는 첫 문장은 여섯 개 요소 중 한두 개를 고의적으로 빠뜨릴 때가 많다. 듣는 이의 호기심을 도발하거나 주의를 환기시키기 위해서다.

그러나 기본적인 글쓰기가 능숙하지 않은 상태에서 섣불리 기술을 쓰면 우스워질 수 있다. '내가 집에 왔을 때 마트에 가고 없었다.'라는 문장은 궁금증을 유발시키기보다 갸웃하게 만든다. '나는 그와 함께 빠졌다.'라는 문장은 도통 매력적이지 않다. '다음 달에 사랑의 슬픔을 잊기 위해 떠나려 한다.'라는 문장은 아무런 호기심을 유발하지 않는다. 6하 원칙 중 어느 요소를 남기고 뺄지, 어느 것을 먼저 터트리고 나중으로 미룰지, 혹은 끝까지 숨길지 등을 선택하는 감각은 기본적인 문장 쓰기 연습으로 체득[158]할 수 있다.

6하 원칙은 기본적인 문장의 요소이자 구성인 동시에 글 전체의 구성이 된다. 모든 글은 하나의 명제로 시작해 여섯 가지 요소를, 혹은 그중 특정한 요소의 실체를 규명하기 위해 전개되기 때문이다. 틀과 구성을 만들면 어휘를 선택하고 결정하기 한결 수월하다. 어휘의 수준은 말과 글의 수준을 결정한다. 그러니 책에서 발췌한 좋은 글을 모아놓은 파일을 탐낸 D가 어찌 영리하지 않을 수 있을까. 틀과 구성은 이미 머릿속에 갖췄으니 맞춰 넣을 수준 높고 풍부한 어휘가 필요했던 것이다.

---

158 체득하다: 동사 1_ 몸소 체험하여 알다. 2_ 뜻을 깊이 이해하여 실천으로 본뜨다.

└체화하다: 동사 1_ 물체로 변화하다. 또는 물체로 변화하게 하다. 2_ 생각, 사상, 이론 따위가 몸에 배어서 자기 것이 되다. 또는 그렇게 만들다.

문장 수집과 필사

D가 넘겨짚은[159] 대로 '책 읽고 좋은 글만 모아놓은 파일'을 가지고 있다. 열아홉 살 적부터 쓰기 시작해 30년이 넘었고 10포인트로 1,500매 분량이다. 파일에 옮기지 못한 노트도 꽤 된다. 이렇게 말하니까 무슨 비밀병기라도 가진 양 득의양양해 보일지 모르나 나한테나 소중하지 다른 사람들에겐 활용 가치가 없다.

파일 맨 처음에 놓인 이 문장만 봐도 알아챌 것이다. "그는 신비론자가 다 그렇듯이 자기의 절대는 오로지 순간 속에서만 파악될 수 있으리라는 걸 느끼고 있었다. 아마도 그가 아찔한 순간 속에서 절대를 자기 자신과 빈틈없이 연결해주는 그런 순간을 지향하지 않는 모든 것을 경멸하는 것도 그런 데서 비롯된 것이리라." 앙드레 말로가 쓴 《인간조건》에 나오는 문장이다.

다음에 나오는 "그것을 위하여 죽음이라도 받아들일 만한 인생이 아니라면 대체 그런 인생이 무슨 가치가 있을 것인가?"라는 문장은 열아홉이라서 필사했지, 쉰에 읽었다면 결코 옮겨 적지 않았을 것이다.

나의 파일은 일반적인 기준에서 좋은 글 모음이 아니다. 세

---

159 넘겨짚다: 동사 남의 생각이나 행동에 대하여 뚜렷한 근거 없이 짐작으로 판단하다.
└짐작하다: 동사 사정이나 형편 따위를 어림잡아 헤아리다.
└예상하다: 동사 어떤 일을 직접 당하기 전에 미리 생각하여 두다.
└추측하다: 동사 미루어 생각하여 헤아리다.
└어림잡다: 동사 대강 짐작으로 헤아려 보다.
└헤아리다: 동사 짐작하여 가늠하거나 미루어 생각하다.
└떠보다: 동사 남의 속뜻을 넌지시 알아보다.

상은 아름답고 가족과 친구들은 따뜻하고 동료는 믿음직스럽고 꿈과 희망은 소중하고 우리는 서로를 배려하며 더불어 살아야 한다, 운운하는 글이 좋은 글이라고 한다면 여기에 좋은 글은 없다. 그런 글은 너무 뻔해 내게 도통 흥미롭지 않다. 누가 읽어도 고개를 끄덕일 글이라기보다 개별자로서의 나를 정신적으로, 감성적으로 환기시킨 글 모음이다.

읽고 싶은 책이 오지게[160] 많아 같은 책을 여러 번 정독할 시간이 없을 것 같았고, 읽은 책을 기억할 자신이 없었다. 나는 인간의 뇌가 가진 한계, 망각에 대한 대항으로 생겨난 문자를 활용해 기억을 무제한으로 늘리기로 했다. 그래서 시작한 필사였다. 그러는 동안 깨우친[161] 진실은 자신에게 익숙한 사고를 버리지 않으면 새로운 사고를 하는 것도, 사고력을 확장하는 것도 불가능하다는 것이었다. 책을 읽지 않았다면 내가 어떤 사고에 익숙한 사람인지조차 깨치지[162] 못했을 것이다.

나는 '전형적'인 '주입식', '세뇌' 교육을 받으며 성장한 '여성'이다. 태어나면서부터 대학 입학 때까지 이 나라는 군부독재였고, 초중고교 내내 한 반에 학생이 70명이 넘었으며 왜 하는지 모르는 학습을 무작정 머리에 쑤셔 넣었다. 도처에 폭력이 산재했고 학교에서나 집안에서나 편애의 피해자였으며 아침에 택

---

160 오지다: 형용사 1_ 마음에 흡족하게 흐뭇하다. 2_ 허술한 데
가 없이 알차다.

161 깨우치다: 동사 깨달아 알게 하다.

162 깨치다: 동사 일의 이치 따위를 깨달아 알다.

시 타면 운전기사에게 마수걸이[163]가 여자라 재수없다는 소리
나 들었다.

　무엇도 당연하지 않은데 어른들은 원래 그런 거라며 주입
시켰고 열아홉 살 때 병원에서 화병 진단을 받았다. 나를 3중 4
중으로 덧씌운 구속복[164]의 실체를 파악하기까지 오랜 세월이
걸렸다. 나의 사물과 세상을 보는 사고는 그 구속복 아래 가두어
져 있었다. 내가 필사한 문장은 구속복을 찢고 나오는 데 필요한
칼이었다.

　필사하면서 아주 느리게 지워나갈 수 있었다. 전형적, 주입
식, 세뇌……. 힘센 어른들이 젠체하며 한 모든 말들, 힘없는 어
른들이 비겁해서 한 모든 말들. 그리고 아주 천천히 배웠다. 그
렇게 생각하지 않아도 되는 것에 대해서. 그렇게 행동하지 않아
도 되는 것에 대해서. 내가 책임지지 않아도 되는 것에 대해서.
내 잘못이 아닌 것에 대해서. 내가 맘껏 탓하고 욕해도 되는 것
에 대해서. 나는 조금씩 후련해졌고 덜 외로워졌다.

　무엇이 목적이었든 오랜 세월 꾸준히 반복한 독서와 필사
는 글눈을 뜨게 하고 좋은 글과 나쁜 글을 가려내는 안목을 길
러줬을 것이다. 곰비임비[165] 모인 글을 보면 그 글을 쓴 작가와

---

163 마수걸이: 명사 1_ 맨 처음으로 물건을 파는 일. 또는 거기서 얻
　　은 소득. 2_ 맨 처음으로 부딪는 일.

164 구속복: 명사 행동을 제한하거나 진정시키기 위하여 미치광
　　이나 난폭한 죄수 등에게 입히는 옷.

165 곰비임비: 부사 물건이 거듭 쌓이거나 일이 계속 일어남을 나
　　타내는 말.

작품보다 그 글을 거울 들여다보듯 한 스무 살의 나, 서른 살의 나, 마흔 살의 나, 가 보인다. 그런 나들이 모여 지금의 나를 만들었을 것이다.

자료와 근거

제대로 활용하기

신문과 잡지의 도움을 적잖이 받았기에 '기레기'[166]라는 신조어를 낳고 만 사정을 생각하면 심경이 복잡하다. 하기는 예전에도 '어용'[167]으로 불리는 언론사가 적지 않기는 했다. 취재의 중요성은 사실관계 확인에 있다. 취재하지 않은 기사를 기사라고, 취재 없이 기사 쓰는 자를 기자라고, 또 취재 없이 기사를 쓰도록 지시하는 조직을 언론기관이라고 칭해야 하는지에 대한 의구심을 가진 사람이 나만은 아닐 것이다. 그들을 일컫는 새로운 낱말이 없는 이상 내놓고 말하면, 그런 언론사에서 그런 기자들이 쓴 그런 기사들을 어휘력과 문장력, 서사와 구성을 배우는 교재로 선택하지 말라는 소리다.

기자: (명사) 1. 신문, 잡지, 방송 따위에 실을 기사를 **취재**하여 쓰거나 편집하는 사람.

언론기관: 1. 세상에서 일어나는 여러 가지 사건이나 현상에 관한 뉴스와 정보를 **취재**하여 기사로 작성하고 때로는 의견을 첨가하여 대중에게 제공하는 공적 기관. 신문사, 잡지사, 방송국, 통신사 따위가 있다.

취재: (명사) 1. 작품이나 기사에 필요한 재료나 제재를 조

---

166 기레기: '기자'와 '쓰레기'의 합성어로 대한민국에서 허위사실과 과장된 부풀린 기사로 저널리즘의 수준을 현저하게 떨어뜨리고 기자로서의 전문성이 상당히 떨어지는 사람과 그 사회적 현상을 지칭한다. - 위키백과 참조.

167 어용(御用): 자신의 이익을 위하여 권력자나 권력 기관에 영합하여 줏대 없이 행동하는 것을 낮잡아 이르는 말.

사하여 얻음.

이 책의 원고를 쓰면서 칼럼과 기사를 스크랩하고 필사해
둔 노트를 오랜만에 꺼내 훑어봤다. 1995년에 손글씨로 필사한
일간지 칼럼 중 일부를 소개하고 싶다.

형태가 없으니 만져지지 않고 빛깔이 없으니 보이지도 않
는다. 냄새가 없으니 맡아지지 않고 중량이 없으니 손에 얹
혀지지 않는다. 한데도 분명히 있는 이것은 무엇일까. 우리
한국 사람의 한국 사람다운 심정의 공통분모요, 없는 것 같
으면서 실제로 있는 바로 응어리인 것이다. 한국 사람의 역
사의식 가운데 특이한 것으로 이 응어리를 들 수 있다. 역
사에서 정치적 불의 때문에 희생당한 사람의 못다 한 원한
은 예외 없이 응어리라는 존재 형태로 만인의 공감 속에서
영생하면서 당세나 후세의 위정자들에게 경세를 하게 마련
이었다. (중략) 우리 조상들은 관권에 억눌리고 세도에 억
눌리고 삼강오륜에 억눌리고 가난에 억눌리고 조상에게 억
눌리고. 너무나 많은 억눌림 속에서 참고 살아오다 보니 응
어리가 고리고리 맺힐 수밖에 없었다. (이하 생략)
　　　　　－조선일보, 1995년 7월 20일자 〈이규태 코너〉에서.

쉽게 쓰는 '한' 대신 '응어리'[168]라는 어휘를 써 직관적이

168　응어리: 명사 1_ 근육이 뭉쳐서 된 덩어리. 2_ 가슴속에 쌓여

다. 한국인의 응어리를 이해하지 못하면서 무슨 정치를 한답시고! 하는 일갈이 바투[169] 닿는다. 〈이규태 코너〉는 조선일보에 1983년 3월부터 2006년 2월까지 23년 동안 6,702호까지 실려 대한민국 언론사상 최장기 칼럼 기록을 세웠고 중학교 국어교과서에도 실린 적 있다.

당시 조선일보에는 〈이규태 코너〉 말고도 〈만물상〉이 있었고, 동아일보는 〈횡설수설〉, 한국일보는 〈지평선〉, 중앙일보는 〈분수대〉, 서울신문은 〈외언내언〉, 한겨레는 〈아침햇발〉이라는 제목으로 각각 칼럼이 게재됐는데[170] 매일 비교해 읽는 흥분이 컸다. 신문사나 논설위원의 정치적 성향이 나와 달라도 읽으면 유익했다. 양질의 인문서적이 귀했던 시절이라 다른 어디서 얻기 힘든 지식과 정보를 취할 수 있었기 때문이다.

자료와 근거가 8할을 차지하고 주장은 2할 내외다. 그 2할을 주장하기 위해 8할을 총동원했고 읽는 이들이 승복하게끔 순서를 배치한다. 여기서 유의할 사항은 그 8할이 질적으로 편향돼 있거나 양적으로 지나치게 적은 표본을 취해 일반화의 오류를 범하면 유치해진다는 거다.

질적으로 균형 잡혀 있고 양적으로 충분한 자료와 근거를 걸맞은 어휘로 압축해 뒷받침하는 주장은 설령 수신자의 성향

있는 한이나 불만 따위의 감정. 3_ 사물 속에 깊이 박힌 것.

169 바투: 부사 1_ 두 대상이나 물체의 사이가 썩 가깝게. 2_ 시간이나 길이가 아주 짧게.

170 현재도 동일한 제목으로 칼럼이 실리고 있다.

이나 믿음과 달라 끝까지 수긍할 수는 없다 해도 증오심은 생기지 않는다. 적의 의견이지만 존중한다는 마음은 이럴 때 생길 것이다.

누군가의 말에 반감을 넘어 증오심까지 생기는 이유는 질적으로 편향돼 있고 양적으로 적은 표본을 취해 자료나 근거랍시고 들이대며 앞뒤 안 맞는 논리와 저질의 어휘력으로 자기가 옳다고 우기기 때문이다. 이렇게 나오면 감정을 자극해서 옳고 그름을 떠나 절대 승복하고 싶지 않다는 강다짐[171]만 하게 만든다.

일찍이 문자가 미디어이자 클라우드가 될 수 있으며 권력과 부로 맞바꿀 수 있음을 알아차린 사람들이 있었다. 그들은 문자를, 지식과 정보를, 권력과 부를 독점했다. 사실을 왜곡하고 진실(이라 불리는 것)을 창조[172]했다. 문자는 오랫동안 위치재[173]의 속성을 지니고 있었다. 누구나 읽고 쓸 수 있는 문자의 민주화는 불과 백여 년 사이에 벌어진 일로 저절로 열린 것이 아니라 쟁취된 것이다.

이제 웬만한 지식과 정보는 인터넷 검색으로 찾을 수 있다.

---

171 강다짐: 명사 이미 한 일이나 앞으로 할 일에 틀림이 없음을 매우 단단히 강조하여 확인함. 이 외에 '밥을 국이나 물 없이, 또는 반찬 없이 그냥 먹음.', '남을 보수도 주지 아니하고 억지로 부림.'이라는 다른 뜻도 있다.

172 신, 국가, 돈, 기업(상표), 이데올로기 등이 대표적이다.

173 '위치재란 잠재적 소비자 중 극소수만 구매할 수 있다는 사실 때문에 가치가 상승하는 재화를 말한다. 필수품보다 고급품이나 사치품이 위치재가 된다.' 장하준, 《장하준의 경제학 강의》에서.

이러한 환경에서 자료와 근거가 빈약한 주장은 글쓴이의 게으름을 대변할 뿐이다. 그래서인지 반대로 부지런함과 유식함을 입증해보일 요량으로 방대한 자료와 근거를 취합해 나열하는 경우도 있다. 전자는 일기에 가깝고 후자는 글이 아니다.

한겨레 1995년 5월 3일자 〈아침햇발〉에 김금수 논설위원이 '메이데이'와 관련해 쓴 칼럼과 2020년 온라인 백과사전 위키백과에 노동절이라는 검색어로 찾은 텍스트를 비교해보려 한다. 1995년에 내가 이 칼럼을 스크랩한 이유는 2020년에 인터넷으로 검색하는 이유와 다르지 않다. '메이데이'가 궁금했기 때문이다. 1년 전부터 가정의 달 5월에, 그것도 첫날이 난데없이 '근로자의 날'로 지정됐는데 부르는 명칭이 노동절, 노동자의 날 등으로 제각각이고 왜 기념해야 하는지 알고 싶었다. 이 칼럼은 나의 궁금증을 많지 않은 분량으로 명쾌하게 풀어주었다.

5월 초하루, 메이데이는 세계 노동자들이 함께 기념하는 축제일이자 자신들의 단결과 투쟁을 다짐하는 날이다. 노동자들이 '만국 노동자의 단결'과 '모든 착취와 억압의 철폐'라는 일치된 목표를 내걸고 세계 노동절을 기념하는 것은 노동자들의 인간다운 삶을 이루고자 하는 소망을 실현하기 위해서다. 메이데이의 유래가 그런 사실을 말해주고 있다.

두루 알려진 대로 메이데이는 1889년 프랑스 혁명 100돌을 맞아 세계 여러 나라 노동 단체 대표들이 파리에 모여 국제조직인 제2인터내셔널을 만들고 거기서 5월 1일을 세계 노동절로 정한 데서 비롯되었다. 그 다음 해인 1890년 5월 1일부터 치르게 된 메이데이는 올해로 106번째 기념일을 맞는다. 5월 1일을 세계 노동절로 삼게 된 것은 1886년 5월 1일에 벌어졌던 미국 노동자들의 8시간 노동제 쟁취를 위한 대규모 파업과 피로 얼룩진 시위 투쟁을 기리기 위한 뜻에서였다.

메이데이는 어느 나라에서나 초기에는 가혹한 탄압을 받는 가운데 치르는 수난을 겪어야만 했다. 우리나라의 경우는 더한층 기구한 편이었다. 일제통치 아래서는 1920년대 초기 몇 년을 빼고 메이데이는 '금기'의 대상이었다. 일제 패망 이후 부활된 메이데이는 1959년부터 이승만의 지시에 따라 대한노총 결성일인 3월 10일로 바뀌게 됨으로써 제자리를 잃었다. 그러다가 5.16 쿠데타 이후 1963년 4월 '근로자의 날 제정에 관한 법률'이 만들어져 노동절이란 형식마저 빼앗기고 말았다.

87년 노동자 대투쟁 이후, 89년부터는 5월 1일을 기해 전국 각지에서 메이데이 행사가 해마다 치러졌다. 이런 추세에 밀려 지난해 3월 국회에서 5월 1일을 '근로자의 날'로 한 법률 개정안이 통과됨으로써 메이데이는 되살아난 것이다. 법률상으로 '근로자의 날'이란 더께가 남아 있지만 메이데이는 무려 35년 만에 제 날짜를 찾은 셈이다.

메이데이가 세계 노동절로 정해진 지 백 년이 넘는 아득한 세월이 흘렀다. 그동안 세상은 많이도 변했다. 노동자들의 처지나 의식 그리고 투쟁방식까지도 엄청나게 바뀌었다. 그런데도 어두운 노동 현실은 도처에서 목격되고 있다. 메이데이에 비친 노동 현실은 나라 안팎을 막론하고 노동자들의 굳건한 단결과 끈질긴 투쟁을 촉구하고 있는 형편이다. 가까운 데서부터 짚어보기로 하자. 지난 한 해 동안 산업재해로 목숨을 잃은 사람이 2천6백78명이었다. (이하 생략)

— 한겨레, 1995년 5월 3일자 〈아침햇발〉에서.

2020년에 1995년의 칼럼을 읽으니 무엇보다 '노동'이라는 어휘가 주는 맛이 많이 변화했음을 실감한다. 당시에 '노동'은 사회주의자의 용어이거나 머슴이 하는 일을 낮잡아 이르는 말이라는 부정적인 어감이 상당했다. 이런 사회적 분위기에서 필자의 논지는 분명하다. 메이데이는 근로자의 날이 아니라 노동자의 날이다. 이를 피력하기 위해 시종 근로자 대신 노동자라는 어휘를 썼고 제 날짜를 찾은 것을 자축하면서도 "법률상으로 '근로자의 날'이라는 더께가 남아 있지만"이라는 문장으로 '노동자의 날'임을 재차 강조한다.

'노동'이라는 어휘를 사전에서 찾으면 어디에도 사회주의자의 용어라거나 신분 사회에서 머슴이 하는 일을 낮잡아 이르는 말이라는 풀이가 없다. 표준국어대사전은 '노동'을 다음과 같이 풀이한다.

노동: (명사) 1. 몸을 움직여 일을 함. 2. (경제) 사람이 생활에 필요한 물자를 얻기 위하여 육체적 노력이나 정신적 노력을 들이는 행위.

새마을운동과 함께 유년을 보낸 나에게는 '근로'라는 어휘 역시 좋은 어감이 아니다. 초록색 작업복을 단체로 챙겨 입고 땀 흘려 일해야 할 것 같은 압박을 주기 때문이다. 표준국어대사전 에서 '근로'를 찾으면 그런 어감이 전혀 없지 않다.

근로: (명사) 부지런히 일함.

사전적 풀이만 놓고 보면 노동이 근로보다 도리어 온건하 다. 그런데도 노동자의 날이 아닌 근로자의 날로 할 수밖에 없었 던 이유, 대한민국에서 사회주의자들이 쓰는 어휘를 쓸 수 없었 기 때문이다. 이런 사례가 적지 않은 걸 보면 어휘도 선점이 중 요한 모양이다.

어휘로서 '노동'은 비교적 자유로워졌다. 무엇보다 행정부 처명이 '고용노동부'다. 동시에 '근로복지공단'이라든가 '근로기 준법'처럼 '근로'도 함께 활발히 쓰인다. 이런 사실은 우리 사회 의 가치관의 변화를 시사한다. 노동이라는 어휘를 쓰기 싫은 계 층과 노동이라고 칭하는 것이 취지에 맞는다는 계층 간 대립은 끝나지 않았지만 이런 대립이 무색하게 '노동'이든 '근로'든 반 대말은 모두 '휴식'이다.

이번에는 2020년의 온라인 백과사전 위키백과에서 '노동 절'을 검색해본다. '근로자의 날'로 검색해도 같은 내용이 뜬다.

노동절(勞動節, 로동절, 국제로동절, 메데절, Labour Day, Labor Day) 또는 메이데이(May Day)는 노동자의 권익과 복지를 향상하고 안정된 삶을 도모하기 위하여 제정한 날이다. 전 세계적으로 노동자의 연대와 단결을 과시한다. 1886년 5월 1일 미국의 총파업을 노동절의 시초로 본다. 1889년에 제2 인터내셔널은 5월 1일을 노동자 운동을 기념하는 날로 정하였고, 이후 전 세계로 확산되었다.

1886년 5월 1일 미국 시카고에서는 8만 명의 노동자들과 그들의 가족들이 미시간 거리에서 파업 집회를 열었다. 이들이 집회를 연 이유는 장시간 노동에 대항하여 8시간 노동을 보장받기 위해서였지만, 경찰과 군대의 발포로 유혈 사태가 발생하였고, 결국은 자본가들은 단결투쟁하는 노동자들의 요구를 들어주었다. (중략) 8시간 노동이라는 노동 인권을 단결투쟁으로써 쟁취했다는 의미가 있는 노동운동 역사에서 중요한 사건이다. 20세기 초부터 미국 정부가 매년 5월 1일이 사회주의의 냄새를 풍긴다는 이유로, 노동절을 9월 첫 번째 월요일로 바꿔 놓았다.

한국에서는 일제강점기 조선 시기인 1923년부터 노동절 행사가 조선노동총동맹의 주도로 시작되었다. 독립 직후에는 2차 세계대전이 끝난 시점인 1945년 결성된 전평과 1946년 결성된 대한노총이 1946년에 각각 노동절 행사를 치르게 되었다.

대한민국에서는 근로자의 날이라고 부른다. 역사적으로는 1958년 이후, 대한노총 창립일인 3월 10일을 '노동절'로 정했으며, 1963년 4월 17일에는 '근로자의 날'로 이름을 바꾸었다. 이것이 1973년 3월 30일에 제정·공포되었으며, 1994

년 다시 5월 1일로 바뀌었다. 노동절은 노동자의 날로서 노동자의 휴일로 지정되어 있으며, 유급휴가로 인정된다. 하지만, 이주공동행동은 대한민국에서 일하는 이주노동자들이 노동절에도 쉬지 못하고 일을 한다고 밝혔다.

– 위키백과, '노동절' 문서 참조.

위키피디아는 2001년, 한글 위키백과는 2002년 10월에 온라인 서비스를 시작했다. 앞서 예시로 든 칼럼이 7~8년 먼저 나왔지만 취한 자료와 순서가 거의 동일하다. 같은 틀과 구성을 썼다는 사실을 알 수 있다.

의의[174]를 간략히 소개하는 것을 시작으로 유래, 극적인 전환점, 현재의 사례와 문제점을 짚고 이에 따른 개선사항 등을 제시하는 순이다. 그런데 같은 틀과 구성이라도 예를 들어 논술이나 프레젠테이션에서 둘 중 어떤 글을 택하고 싶냐 묻는다면 대부분의 사람이 위키가 아니라 논설을 택할 것이다. 자료를 아무리 잘 구성해도 자료일 뿐 글이 아니다. 그 차이는 논지[175]와 어휘력에 있다.

---

174 의의(意義): 명사 1_ 말이나 글의 속뜻. 2_ 어떤 사실이나 행위 따위가 갖는 중요성이나 가치. 3_ (언어) 하나의 말이 가리키는 대상.

175 논지(論旨): 명사 논하는 말이나 글의 취지.

논지를 만드는 힘 키우기

아무리 귀한 자료라도 논지 없이 나열해놓기만 하면 자료일 뿐이다. 논지란 자료를 내 열거하다 마지막에 반공 포스터 문구마냥 힘줘서 되는 게 아니라 글 전체에 모세혈관처럼 흘러야 한다. 그럴 수 있는 힘은 어휘력에 달려 있다. 각각의 첫 문장만 놓고 보자. 모든 말과 글의 첫 문장은 손뼉을 쳐 좌중의 흐트러진 시선을 모으는 것과 같은 효과를 줄 수 있어야 한다.

A: 5월 초하루, 메이데이는 세계 노동자들이 함께 기념하는 축제일이다.
B: 노동자의 권익과 복지를 향상하고 안정된 삶을 도모하기 위하여 제정된 날이다.

어휘의 양은 B가 풍부하지만 현실감 있게 머리에 들어오는 문장은 A다. '축제일'이라는, 누구나 아는 친숙한 어휘 덕이다. 앞으로 어떤 논지를 펼칠지 암시하는 어휘기도 하다. 반면에 B에 나오는 권익, 복지, 향상, 안정, 도모, 제정 등은 알기는 알아도 사실은 정확히 모르는 어휘들이다. 내 입으로 자주 쓰지 않기 때문이다. 법률가라면 B를 구체적으로 이해할 것이다. 어떤 어휘가 친숙하냐의 기준은 상대적일 수 있다.

이제 A 뒤에 이어지는 문장을 보자. 단결, 철폐, 인간다운 삶, 소망, 실현 등이 등장하는데 첫 문장에 나온 '축제일'의 다른 말이다. 클래식이라면 축제일을 주제선율에, 단결 등을 주제선율의 변주에 비유할 수 있다. 대중음악으로 가져오면 '후크(hook)'라고 할 수 있다. 8마디 내외의 짤막한 음악 구절을 뜻하는 대중음악 용어로 주로 후렴구에서 반복돼 청자에게 각인시키는 기법이다. 어떤 리듬이나 선율이라도 반복적으로 자꾸 들으면 '한 번 보고 두 번 보고 자꾸만 보고 싶네'[176]가 되는데 처음부터 한 번 보여주고 두 번 보여줘서 자꾸만 보고 싶게 만드는 '에펠탑 효과'[177]를 의도한 데 따른 것이다.

심지어 후크송[178]은 노래 전체가 후크로 이루어져 있다. 곡을 단순화한 탓에 장기적으로 음악의 질을 떨어뜨린다는 부정적인 의미가 있지만 사실상 후크 없는 음악이나 글은 없다. 글에서 후크는 주제어의 범주에 있으나 수신자를 사로잡는 효과가 있어야 한다는 점에서 주제어와 차별된다. 후크에 쓰일 어휘는 후크답게 수신자를 사로잡을 수 있어야 하는데 앞의 칼럼에서는 축제일, 인간다운 삶, 소망, 실현 등의 어휘가 이용됐다. 이 어휘들은 주제어인 메이데이의 개념을 이미지화하는 데 중요한 역할을 하면서 수신자를 바짝 끌어당긴다. 이것이 후크의 효과다.

후크의 또 다른 효과는 발신자 입장에서 논지를 쉽게 설파할 수 있고, 수신자 입장에서 발신자의 의도를 예상할 수 있다는 것이다. 말은 끝까지 들어봐야 알 수 있기는 하지만 스릴러 서스

---

176 신중현이 쓰고 노래한 〈미인〉의 가사 일부.

177 에펠탑 효과: 폴란드 출신의 미국 사회심리학자 로버트 자이언스가 제창한 심리학 용어. 처음에는 비호감이었지만 자주 보게 되면서 점점 호감으로 변하는 현상을 일컫는다. 프랑스 파리의 상징 에펠탑의 건립과정과 관련이 있다. 비슷한 용어로 '단순노출 효과'가 있다.

178 후크송은 한국에만 있는 신조어다. 부정적인 뉘앙스가 있다.

펜스도 아니고 하염없이 날큰해[179] 끝이 어디에 다다를지 당최 오리무중인 말을 계속 듣고 있기란 여간 답답한 게 아니다. 수신자를 배려해서라도 어떤 어휘를 후크로 삼을지 주제어와 관련 있는 범위에서 잡는 것이 바람직한데 이것은 생각해서 나온다기보다 초고를 쓰면서 나오는 경우가 많다. 당신도 당신이 무슨 생각을 하는지 잘 모른다. 써봐야 안다. 글쓰기가 우리에게 주는 탁월한 효과 중 하나는 생각을 완성할 수 있다는 것이다.

위키백과에는 논지나 후크가 없다. 그에 따른 어휘의 다양한 맛도 없다. 오로지 검색어인 노동절을 충실히 설명할 뿐이다. 자료이기 때문이다. 모든 백과사전은 되도록 자료로서 가장 순수한 단계, 객관적 서술을 지향한다. '되도록'이라는 단서를 단 이유는 많은 자료가 객관적 서술인 척하는 사실상 주관적 서술인 경우가 많아서다.

편향된 자료만 참고하면 편향된 주장이 나올 수밖에 없다. 편향된 자료까지도 자료로서 가치 있다. 그러나 자료의 성질을 알고 참고하는 것과 모르고 참고하는 것은 논지에 큰 영향을 끼친다. 이를 반대로 이용하면 내가 정한 논지에 부합하는 자료만 취해서 객관성을 인증받은 양 포장하는 식의 나쁜 글을 쓰는 것도 가능하다는 소리다.

주요 어휘는 논지를 상징하는 주제어로부터 뻗어나가며 무엇보다 수신자에게 의미가 닿아야 한다. 의미의 한자를 각각 풀

---

179 날큰하다: 통사 물러서 조금씩 늘어지게 되다. 형용사 물러서 조금씩 늘어질 듯하다.

면 의는 '뜻'이나 '생각'을, 미는 '맛', '기분', '취향' 등을 칭한다. 의미는 뜻이나 생각뿐 아니라 느낌, 기분까지 내포한다. 어휘를 선택할 때 뜻과 함께 느낌도 고려해야 한다. 수신자가 어떻게 느낄지에 대한 어감을 헤아려야 하는 것이다. 저 멀리 사는 남 얘기하듯 서술하는 방식은 피해야 한다. 상대를 바짝 끌어당겨야 하고 내가 바짝 다가가야 한다. 이러고 싶어 쉽게 사용하는 방법이 '너무' 같은 부사를 겹쳐 '너무너무' 같은 식으로 쓰는 것인데 단조로운 부사의 남발은 문장을 호들갑스럽게 만든다.

발신자와 수신자의 심리적 거리를 조절하는 주도권은 주어가 쥐고 있다. 수신자는 문장의 주어가 자신과 어떤 상관인지에 따라 무의식적으로 거리를 조절하고 결정한다. 발신자가 쓰는 문장의 주어가 자신과 상관없고 흥미 없으면 귓등 너머로 흘려버린다. 반대로 수신자와 상관있고 흥미로워할 주어가 문장을 차지하면 글쓰기나 말하기가 한결 수월하다.

대표적 예가 날씨와 음식으로, 우리와 밀접할 뿐 아니라 변화무쌍하고 무궁무진해서 매일 말해도 '거리'가 떨어지지 않는다는 장점을 가지고 있다. 할 말 없으니까 하는 소리로 들릴 위험이 있기는 하다. 특히 봄과 가을에 집중적으로 날씨 얘기가 쏟아지는데 한번은 함께 일하는 DJ가 방송에서 며칠째 계속 날씨 얘기를 하기에 나도 모르게 "날씨 얘기 좀 그만하세요. 청취자들이 날씨밖에 할 말 없는 줄 알겠어요. 여기는 맑아도 저기는 비 오는 게 날씨라고요" 하는 마음의 소리가 이성이 말릴 새도 없이 입 밖으로 튀어나온 적 있다. 그래도 청취자 게시판이나 SNS는 날씨와 음식 얘기에 가장 생기를 띤다.

모든 소재가 다 날씨나 음식 같을 수 없다. 발신자의 고민은 수신자에게 친숙하지 않은 것을 주어로 삼아야 할 때 깊어진다. 이럴 때 많이 쓰는 기법이 수수께끼 형식의 문장이다. 주어의 정체성을 숨기고 호기심을 유발하는 효과를 노리는 것이다.

"형태가 없으니 만져지지 않고 빛깔이 없으니 보이지도 않는다. 냄새가 없으니 맡아지지 않고 중량이 없으니 손에 얹혀지지 않는다. 한데도 분명히 있는 이것은 무엇일까."라고 앞서 소개한 문장이 좋은 예다. 이런 수수께끼 형식의 문장은 친숙한 것을 낯설게도 만들고, 낯선 것을 친숙하게도 만드는 효과를 준다. 자칫 난해할 수 있는 주어의 정체를 곧바로 드러내지 않고 친숙한 어휘와 문장으로 풀어 소개하는 방식으로 수신자에게 바짝 다가가는 것이다. 재미있는 속담이나 유행어, 명언 등을 인용하는 것도 방법이 될 수 있다. 이 경우, 서로 다른 두 가지를 말이 되게 연관 지을 수 있는 통합적 사고가 필요하다.

사람들은 자신과 상관없는 얘기에 구태여 귀 기울일 필요를 느끼지 못한다. 문장의 주인인 주어가 수신자와 관계 맺을 수 있다고 확신하고 쓰는 글은 문장에 실제 등장하는 주어가 나이든 너이든, 돌덩이든 다이아든, 메이데이든 근로자의 날이든, 꽃이든 구름이든 의미가 가 닿는다. 이것은 네가 나에게 들려주고 싶은 이야기구나, 그런데 나의 이야기일 수도 있겠구나. 혹은 내가 모르는 나의 이야기일 수도 있겠구나 하고.

글 쓰는 이의 사람과 사물을 보는 마음 자세가 어휘를 결정한다. 바꿔 말하면 사용하는 어휘를 보면 글 쓴 이의 마음 자세를 알 수 있다. 그러나 여기에 옳고 그름의 잣대를 댈 수는 없다.

변칙을 배울 수 있는   텍스트, 노랫말

노랫말을 통해 처음 안 낱말은 '웨딩 케익'[180]이었다. 초등학교 저학년 때였다. 라디오에서 슬프지 않게 부르는 슬픈 노래가 흘러나왔다. '남겨진 웨딩 케익만 바라보며 하염없이 눈물 흘리네'라고 하니까 '웨딩 케익' 때문에 슬프다는 거 같은데 그게 뭔지 감조차 잡을 수 없었다. 나중에 먹는 거라는 걸 알고 깜짝 놀랐다.

사실은 '웨딩 케익'뿐 아니라 텍스트와 콘텍스트 모두 이해하지 못했지만 – 평생이라곤 10년도 안 되는 어린이로서는 이해할 수 없는 스토리를 가진 노랫말이기도 했지만 – 기타 연주와 절묘하게 맞물려 또랑또랑하게 발음되는 웨, 딩, 케, 익, 이 트라이앵글 소리처럼 귓가에 울려 신기하게 들린 기억이 난다.

말 그대로 믿으면 안 된다는 사실을 알려준 것도 노래였다. 조용필의 〈미워 미워 미워〉였다. 평생 산 세월이 10년은 넘었고 '미워'라는 낱말의 뜻도 알았지만 TV와 라디오에서 매일이다시피 나오는 이 노래 속 '미워'는 그 미워가 아닌 게 분명했다. 미워가 미워가 아니면 뭘까. 선생님이 알려주셨다. "미워! 한 번만 말하면 진짜로 미운 거야. 미워, 미워! 부정에 부정은 강한 긍정이야. 그런데 이 노래는 세 번이나 말했네? 무슨 뜻일까?" 글쎄요, 뭘까요. 내가 답하지 못하자 선생님이 말씀하셨다. "사랑한다는 거지. 너무 사랑해서 못 잊겠다는 거야." 아마 선생님이 연애 중이셨던 모양이다.

---

180 〈웨딩 케익〉, 1969년에 발표된 트윈폴리오 노래, 코니 프란시스 원곡에 윤형주가 노랫말을 붙였다.

말이 안 돼도 말이 될 수 있는 진실 역시 노래가 알려주었다. 심수봉의 〈남자는 배, 여자는 항구〉였다. '언제나 찾아오는 부두의 이별이 아쉬워 두 손을 꼭 잡았나. 눈앞에 바다를 핑계로 헤어지나.' 특이하게도 주어가 없다. 생략된 주어는 1인칭인 것도 같지만 3인칭인 것도 같다. 시제도 분명치 않다. 과거에 벌어진 일 같은데 현재형으로 말한다.

'남자는 다 모두가 그렇게 다 아~.' 어떻게가 그렇게 '다아~'라는 건지, '남자는 다 그래' 뭐가 다 그래라는 건지 끝까지 밝히지 않는다. '뱃고동 소리도 울리지 마세요'는 대체 누구한테 하는 말일까. '누가, 언제, 어디서, 무엇을, 어떻게, 왜'라는 6하 원칙을 해체한다. 이 하다 만 노랫말을 사람들은 다 알아듣는다. 알아듣기만 하는 게 아니라 공감한다. 내 심정이 네 심정이고 네 심정이 내 심정인 – 그래서 주어가 따로 필요 없는 – 보편적 공감대 위에 언어적 직관으로 썼기 때문이다.

써야 할 말을 아는 것이 중요하지만 쓰지 않아도 될 말을 아는 것은 더 중요하다. 더불어 전하고 싶은 감정을 전달하기 위해 자기검열을 뛰어넘어 과감하게 변칙과 파격을 시도하는 모험이 필요하다. 그렇게 자신의 스타일을 발견하고 창조해간다. 한국 대중가요계에서 심수봉은 자기 스타일을 가진 몇 안 되는 싱어송라이터다.

생략에도
어휘력이 필요하다

신문이나 잡지의 기사와 칼럼 등이 문장의 기본기를 보여준다면 노랫말은 문장의 변칙을 들려준다. 내가 노랫말에서 배운 미덕은 '생략'이다. 없어도 되는 말은 쓰지 않는다는 헤밍웨이의 하드보일드 식[181] 글쓰기와 다른 개념이다. 의도적으로 생략해서 상상할 수 있고 생각할 수 있는 여백을 수신자의 몫으로 남겨두는 것이다.

나는 이 과정이 보컬과 보컬, 보컬과 악기, 악기와 악기가 서로 호응하는 형태로 연주하는 '콜 앤드 리스폰스(Call and Response)'와 많이 닮았다고 생각한다. 다 말하려 하지 않아도 된다. 심지어 결정적인 말을 생략해도 그게 무엇인지 수신자들은 알아차린다. 생략을 통해 메시지를 극대화할 수 있는 문장을 찾아야 하는 숙제가 있기는 하지만 이렇게 이루어지는 발신자와 수신자 간 '콜 앤드 리스폰스'는 기적 같은 기쁨이다. 글과 말의 완성은 발신자가 아니라 수신자가 하는 것인지 모른다.

최근 내가 수신자로서 콜 앤드 리스폰스를 하게 만든 노래가 있다.

'자기야 자유롭게 / 쉽잖은 세상이지만 / 알잖아 나는 / 언

---

181 "쓰고 싶은 만큼 써라. 잘 썼다고 생각하는 문장들을 다 빼라. 그래도 되는지 보라." 어니스트 헤밍웨이.

제나 네 편인 걸 / 그러니 자유롭게 / 네가 되고 싶던 모습이 / 되면 돼. 천천히.'[182]

노래를 듣는 동안 나도 모르게 속말을 하고 있었다. 나는 자유로운가, 아닌가. 자유란 뭘까. 내가 되고 싶던 모습이 되면 자유로워지는 건가. 그래, 쉽지 않은 세상이지. 그런데 너한텐 뭐가 그렇게 쉽지 않았니. 천천히……, 그래 끝까지 가려면 '천천히'가 중요하지.

생략했는데도 공감할 수 있는 문장은 앞서 썼듯 내 심정이 네 심정이고 네 심정이 내 심정인 보편적 공감대, 내 심정과 네 심정의 보폭이 맞을 때 나온다. 간혹 내 심정이 네 심정보다 앞서 나가는 바람에 뒤에 남은 네 심정이 내 심정의 뒤통수를 멀거니[183] 쳐다보게 만들면 곤란하다.

필요한 말까지 생략하면 선문답처럼 난해해진다. 어떤 어휘를 끝까지 남기고, 어떤 어휘를 과감하게 생략해 수신자의 세계로 모험을 떠나보내야 할지 선택해야 한다. 어휘의 뜻과 맛을 파악하고 있다면 취사 선택하기가 보다 수월할 것이다.

흡사 주문 같은 '달이 진다'는 혼잣말로 시작하는 '그녀는 나에게 말했어. 탐스럽고 이쁜 달이 좋아. 그녀가 좋아하던 저 달이. 그녀가 사랑하던 저 달이. 지네 달이 몰락하고 있네.' 하는

---

182 〈자유롭게〉, 곽진언 노래, 작사.
183 멀거니: 부사 정신없이 물끄러미 보고 있는 모양.

〈달의 몰락〉[184]은 1993년 발표 당시에 센세이션을 일으켰다. 감히 달에 '몰락'이라는 어휘를 붙인 발상은 발칙했다.

달은 전통적으로 여성을 상징하는데 여기서는 '내가 사랑하는 그녀가 사랑하는 그'이다. 달이 몰락하고 있다고 하지만 달은 몰락할 수 없다. 바람일 뿐이다. 삼각관계를 말하는 노래는 수없으나 이리 예쁘게 질투하는 노랫말이 또 있을까. 1993년의 '달'은 2012년에 '그 새끼'[185]가 된다.

2000년에 캐나다에 머물 때 우연히 이 노래를 듣고 귀가 번쩍 뜨여 한국에 있는 친구에게 앨범을 부쳐달라고 부탁했다. 이 소절에 꽂혀 수없이 반복해 들었고 들을 때마다 속이 시원했다.

'난 너를 원해 냉면보다 더 / 난 네가 좋아 야구보다 더 (중략) 넌 너무 예뻐 하늘보다 더 / 난 네가 좋아 만화보다 더.'[186]

그때 나는 누군가를 좋아하는 감정을 이보다 더 최상급으로 표현할 수 없다고 여겼는데 몇 년 후 책에서 비슷한 뉘앙스의 문장을 발견했다.

'나는 클로이를 사랑하는 것이 아니라 마시멜로한다는 것

---

184 〈달의 몰락〉, 김현철 노래, 작사.

185 〈그XX〉, G-DRAGON 노래, G-DRAGON, TEDDY 작사.

186 〈짝사랑〉, 긱스 노래, 이적 작사.

이 분명해졌다. (중략) 나는 너를 마시멜로한다고 말하자, 그녀는 내 말을 완벽하게 이해하는 것 같았다. 그녀는 그 것이 자기가 평생 들어본 가장 달콤한 말이라고 대답했다.'[187]

왜 마시멜로였을까. 왜 냉면보다 더 원한다고 했을까. 사랑이라는 말이 너무 남용되어 닳고 닳아버렸기 때문이다. 내가 너를 대하는 감정은 지구 역사를 통틀어 유일한데 이 특별함을 표현하기에 사랑은 흔하고 닳은 어휘다. 질투가 흔해서 달의 몰락이라 했고 실연이 흔해서 남자는 배 여자는 항구라 했다.

우리가 사용하는 대부분의 어휘는 닳았거나 낡았다. 중요할수록 더 닳고 낡았다. 사랑, 평화, 행복, 희망, 존중, 정의, 평등, 약속……, 세상에 없으면 안 되는 가치를 가리키는 낱말들은 죄다 낡았다. 심지어 '새로움'이라는 낱말조차 낡았다. '남산 위에 있는 저 소나무' 같다. 내가 태어나기 전부터 그 자리에 있었고 죽은 후에도 있을 테지만 저게 나한테 무얼 할 수 있는지 잘 모르겠다. 의미가 있다고는 하는데 마시멜로나 냉면보다 멀고 대체로 무감하다.

그러나 세상살이도, 글쓰기도 결국은 그 낡은 어휘에 담긴 가치들에 대하여, 가 아닐는지. 여기서 가치는 상대적으로 변화하는 값어치가 아니라 '인간 정신의 목표가 되는 보편타당의 당위'를 의

187 알랭 드 보통의 소설 《왜 나는 너를 사랑하는가》 제10장, '사랑을 말하기'에서.

미한다. 누군가 쓴 글이 낡은 어휘에 갇힌 가치를 꺼내 현실로 가져오기에 성공했을 때 우리는 오랜 잠에서 깨어나 흔하고 닳은 어휘에 담긴 가치를 첫눈[188]처럼 본다.

마케도니아가 유고슬라비아였던 시대에 태어난 밀코 만체브스키 감독이 영화 〈비포 더 레인(Before the rain)〉으로 1994년 베니스 영화제에서 황금사자상을 수상하고 남긴 소감은 내게 오랫동안 여운을 남겼다.

"나는 독창적인 이야기를 만들어낼 수 있는 가능성이란 아주 진부한 이야기들을 어떻게 재구성하느냐에 따라 달라진다고 생각한다."

진부한 이야기처럼 흔하고 낡고 닳은 낱말들은 그에 담긴 의미를 새롭게 조탁[189]해보라는 도전의식을 갖게 한다. 맛있다, 슬프다, 고맙다, 미안하다, 소중하다, 착하다, 나쁘다, 힘들다, 피곤하다, 아프다, 잘했다, 못했다, 좋다, 싫다, 밉다, 괴롭다, 신기하다, 이상하다 등이 그러하다. '너무', '정말', '진짜', '엄청', '완전', '되게', '리얼', '대박', '개'를 앞에 갖다 붙이지 않아도 그 심정의 진실함을 알릴 어휘와 표현은 무엇일지 고민한다.

---

188 이 문장에서 '첫눈'은 처음 보아서 눈에 뜨이는 느낌이나 인상을 뜻한다.

189 조탁은 한자에 따라 뜻이 다르다. 彫琢하다: 1_ 보석과 같이 단단한 것을 새기거나 쪼다. 2_ 문장이나 글 따위를 매끄럽게 다듬다. 澡濯하다: 씻어서 깨끗이 하다.

관점을 키우는 책 읽기

대한민국의 인터넷 보급률은 가구 기준으로 99%, 스마트폰 보급률은 95%로 세계 1위다. 한국정보통신연구원이 실시한 '2019 미디어패널 조사' 결과에 따르면 SNS 이용률은 평균 47.7%, 자주 사용하는 SNS 앱은 페이스북, 카카오스토리, 인스타그램, 네이버밴드, 트위터 순이다. 조사기관마다 차이가 있지만 한국인이 소셜미디어 활동에 사용하는 평균 시간은 하루 한 시간이 조금 넘는다.

문화체육관광부가 지난 3월 발표한 '2019년 국민 독서실태 조사' 결과를 보면 2018년 10월 1일부터 2019년 9월 30일까지 1년간 성인이 읽은 종이책 연간 독서율[190]은 52.1%, 독서량[191]은 6.1권, 책 읽은 시간은 평일 31.8분이다. 참고로 2015년 UN 조사에서 미국인 연간 독서량은 79.2권, 일본인 73.2권, 프랑스인 70.8권으로 한국인 독서량은 192개국 중 166위였다.

인터넷과 스마트폰 보급률 세계 1위, 독서량 166위. 이 수치는 무엇을 가리킬까. 한국 학생 열 명 중 세 명은 교과서를 이해하지 못하고, 성인 열에 일곱은 글을 읽고도 무슨 뜻인지 몰라 실질문맹률이 OECD 국가 중 최고 수준이다.

조사 결과를 보면 우리나라 성인은 독서뿐 아니라 SNS 활동에도 예상보다 시간을 많이 쓰는 편이 아니다. 여전히 TV를 오래 봐서 하루 3시간 2분가량이며 스마트폰 사용 시간인 1시

---

190 연간 독서율: 지난 1년간 일반도서를 1권 이상 읽은 사람의 비율.

191 독서량: 지난 1년간 읽은 일반도서 권수.

간 54분 29초를 월등히 앞선다. 선뜻 동의하기 어려운 이런 설문조사의 함정은 설문조사 대상의 연령대에 있다. 고령인구가 많은 국가에서는 대체로 SNS 활동시간이 짧게, TV 시청시간이 길게 나온다. 일본과 유럽이 이에 해당한다. 10~20대 젊은 인구가 많은 동남아시아에서는 반대되는 조사 결과가 나온다. 한 국가 내에서 세대별로 다른 조사 결과가 나오리라 예측할 수 있는 근거다.

흥미로운 사실은 독서하기 어려운 이유에 대한 답이다. 2년 전만 해도 '시간이 없어서'라고 대답한 성인이 가장 많았으나 이번에는 '책 이외 다른 콘텐츠 이용'이라고 답한 사람이 가장 많았다. 인터넷이 등장했을 때 많은 이들이 예견한 바다.

2020년 현재, 인터넷과 스마트폰만큼 재미있는 것은 없어 보인다. 정치와 사회, 산업, 문화 등의 분야뿐 아니라 개인의 정서에 끼치는 영향력도 무한해서 금지하고 절제해야 할 대상이 아니라 알아야 할 대상이다. 그러나 서사와 구성, 어휘력과 문장력 등을 배울 수 있는 교재로 가장 적합하지 않은 것을 꼽으라면 역시 SNS와 동영상 플랫폼일 수밖에 없다. 태생이 반응 미디어이기 때문이다.

반응은 '첫인상을 결정하는 시간은 3초'와 흡사하다. 두뇌를 거친 사고가 아니라 시각과 청각 등 외부자극에 따른 사고로 발생한다. 그러니 자극을 줄 수 있는 흥미롭고 핵심적인 내용만 골라 연결하는 구성이 적당하다. 절정을 향해 서서히 달아오르거나 끓어오른 후에 긴 여운을 남기는 등의 서사는 필요 없다. 필요한 것도 남는 것도 오직 '반응'뿐이다.

아예 무엇에 반응하는 모습을 보여주는 '리액션'을 콘텐츠로 하는 동영상도 무수하다. 잘 봤다. 며칠 지나면 무슨 내용이었는지 휘발되고 없다. 망막과 시신경을 통해 뇌를 잠깐 건드렸다 바로 흘러나가 버린 것 같다. 실시간 검색으로 대변되는 인터넷 검색도 다르지 않다. 어떻게 느꼈는지는 기억나는데 말이나 글 등은 구체적으로 떠오르지 않는다. 반응만 남기고 떠나버렸다.

SNS와
책 읽기의 차이

손에 들고 골똘히 쳐다보는 모습은 일견 닮았다. 빠지면 시간 가는 줄 모르고 집중한다는 점도 비슷하다. 그러나 SNS와 유튜브, 인터넷 검색 등은 책 읽기의 특성과 정확히 반대 지점에 있다. 유입되는 정보량이 워낙 많다 보니 찬찬히[192] 살필 여유 없이 텍스트는 Z자 형태로, SNS는 수직으로 대충 훑고 쓱쓱쓱 넘긴다. 동영상 플랫폼의 경우 눈길을 붙잡는 콘텐츠를 발견하면 잠시 넋을 놓고 보지만 끝나도 멈출 줄 모르고 또 찾아다닌다. 대부분의 플랫폼이 오랜 시간 체류할 수 있도록 사용자에게 맞춤한 알고리즘을 설정하고 있어 유혹을 뿌리치기 쉽지 않다.

자기도 모르는 새 생각하지 않는 습관이 배고 스마트폰 화

---

192 찬찬히: 부사 동작이 들뜨지 않아 가만가만하고 차분하게.

면을 누비는 손가락만큼이나 성미가 부산해져 무엇 하나 골똘히 집중하지 못한다. 사용자의 이런 성향을 알기에 온라인상의 어휘는 클릭 수나 체류 시간을 높일 목적으로 더욱 직감적이고 자극적으로 되어 가고 그럴 목적으로 쓰는 어휘들조차 단조롭다.

숫자가 기업 수익과 사회적 영향력으로 연결되는 구조를 가진 반응 미디어를 손에 들고 있는 한 사유[193], 추론[194], 음미[195], 상상[196], 사색[197] 등이 끼어들 틈은 없다. 내면에 집중할 시간을 스스로에게 내어주지 않는다는 소리다. 정신적 존재인 인간은 그에 따른 후유증을 피할 길 없다.

어느 날 새벽 세 시쯤 '왜 너는 너의 내면을 들여다보고 돌봐야 할 시간을 다른 데 허비했느냐'며 채권자가 빚 독촉하듯 찾아온다. 세상이나 타인에 대한 작동이 제대로 이뤄지지 않는다. 내 인생이 내게 편치 않다. 세상에, 타인에, 내 인생에 나를 이대로 놓아둬도 괜찮은지 자꾸만 의문이 든다. 이대로 놓아두면 내 영혼이 세상과, 타인과, 그리고 나 자신과 버그러지고 바스러져 조각조각 흩어져 버릴 것 같다. 내가 없어진 것 같다. 없

---

193 사유: 명사 1_ 대상을 두루 생각하는 일. 2_ 개념, 구성, 판단, 추리 따위를 행하는 인간의 이성작용.

194 추론: 명사 1_ 미루어 생각하여 논함. 2_ 어떠한 판단을 근거로 삼아 다른 판단을 이끌어 냄.

195 음미: 명사 1_ 시가(詩歌)를 읊조리며 그 맛을 감상함. 2_ 어떤 사물 또는 개념의 속 내용을 새겨서 느끼거나 생각함.

196 상상: 명사 1_ 실제로 경험하지 않은 현상이나 사물에 대하여 마음속으로 그려 봄. 2_ 외부 자극에 의하지 않고 기억된 생각이나 새로운 심상을 떠올리는 일.

197 사색: 명사 어떤 것에 대하여 깊이 생각하고 이치를 따짐.

어질 것 같다. 비명을 질러도 소리가 나오지 않는다.

벼락같이 들이닥친 외세의 침입이거나 천재지변이 아니고서야 국가든 개인이든 망한 원인은 대체로 이러하다. 자기 생각 없이 남의 생각만 받아들이거나, 남의 생각 모르고 자기 생각만 고집하거나. 자기 생각과 남의 생각의 경계가 순수하지 않은 시대에 앞서의 문장은 이렇게도 바꿀 수 있겠다. 남[198]의 생각에 조종당하고 정서에 감염된 줄 모르고 자기 취향이나 정서, 선택, 가치관이라고 믿거나, 자기와 비슷한 생각만 받아들여 스스로를 정당화하는 데 사용하면서 남의 생각을 많이 안다고 착각하거나.

자기 관점 없이 남의 관점만 일방적으로 따라가거나 자기 관점과 같은 것만 받아들여 자아만 비대하게 키운다면 위험하다. 자칫 망할 수 있다. 인간은 늘 그 두 가지 위험에 노출돼 있다. 국가와 사회, 가정은 목적이나 목표, 필요에 맞게 구성원을 조종[199]하려는 의지를 가졌고 인간은 사회나 집단, 다른 사람이 가진 감정에 쉽게 감염될 수 있으며 자기가 선호하는 것을 우선적으로 받아들이는 속성을 지녔다.

나와 남, 글자만 봐도 겨우 미음(ㅁ) 하나 차이다. 상상으로

---

198 여기서 '남'은 '비아(非我)'를 뜻한다. 비아(非我): (철학) 나 밖의 모든 것. 자아의 대상으로서 존재하는 모든 세계와 자연을 이른다.

199 조종: [명사] 1. 비행기나 선박, 자동차 따위의 기계를 다루어 부림. 2. 다른 사람을 자기 마음대로 다루어 부림.
└조정: [명사] 어떤 기준이나 실정에 맞게 정돈함.
└조절: [명사] 균형이 맞게 바로잡음. 또는 적당하게 맞추어 나감.

소반다듬이^{200]}해보자. 내 취향이나 정서, 선택, 가치관, 생각과 감정 등을 탈탈 털어 소반 위에 고르게 편다. 온전히 내 것이 아닌 잡것을 일일이 골라내 보자. 수월히 해낼 수 있을까. 우선 뭐가 나이고, 잡것인지부터 식별해야 하는데 한눈에 어렵다. 나는 이 과정이 책 읽기라고 생각한다.

책은 남의 관점이다. 관점은 사물이나 현상을 관찰할 때 그 사람이 보고 생각하는 태도나 방향, 또는 처지를 이른다. 어떤 관점이냐는 무엇에 어떤 의미를 부여하느냐이기도 한데 의미가 없다 하는 것도 관점이며 열두 명이 모였을 때 열세 가지 관점이 나올 수 있다. 옳고 그름으로 재단하려 들면 책의 도움을 받아 자기 내면으로 입장하는 티켓을 받기 힘들다.

문자향(文字香)과 서권기(書卷氣)^{201]}를 통해 펼쳐지는 대상과 사물을 발맘발맘^{202]} 따라가면서 나의 관점을 만들거나 찾는다. 수정하거나 버린다. 나의 관점과 남의 관점이 같이 즐겁게 놀다 팽팽하게 긴장하다 격렬하게 맞부딪친다. 깨져서 깨치거나 하나가 된다. 이후의 나와 이전의 나는 다른 사람이다. 무한한 나의 내면에 새로운 세상 하나가 창조됐기 때문이다. 이것이 책

---

200 소반다듬이: 명사 소반 위에 쌀이나 콩 따위의 곡식을 한 겹으로 펴 놓고 뉘나 모래 따위의 잡것을 고르는 일. 또는 그렇게 고른 곡식.

201 문자향: 글자의 향기, 서권기: 책의 기운. / 둘을 붙여 '서권기 문자향'이라고 하면 책을 많이 읽고 인격을 수양해 갖춘 고결한 품격을 의미한다.

202 발맘발맘: 부사 1_ 한 발씩 또는 한 걸음씩 길이나 거리를 가늠하여 걷는 모양. 2_ 자국을 살펴 가며 천천히 따라가는 모양.

읽기의 고유성이다.

사유, 추론, 음미, 상상, 사색 등으로 내면을 수시로 소반다듬이해 올바른 관점을 가진 사람은 왜곡된 보도나 SNS, 인터넷에 노출되어도 크게 타격 받지 않고 가벼이 휩쓸리지 않는다. 물론 그에게도 어느 날 새벽 세 시쯤 채권자가 찾아올 테지만 영혼을 바스러트리는 위험으로까지 몰리진 않을 것이다. 과거 내면에 집중한 시간들이 오늘 나에게 주는 혜택이다.

관점이 명확하지 않은 상태에서는 도망칠 구멍이 많은 비겁한 어휘를 고른다. 관점이 올바르지 않은 상태에서는 극단적이고 편협한 어휘를 쥐려 한다. 말을 하고 글을 쓸 때 늘 도사리는 유혹이자 위험이다. 관점과 어휘력의 상관관계를 예민하게 감지해 피하지 않고 승부하면 차차 미립날[203] 수 있다. 이는 용기가 필요한 일이다.

---

203 미립나다: 동사 경험을 통하여 묘한 이치나 요령이 생기다.

콘텍스트 읽는 요령

1970년대 말, 어머니가 난생처음 친구 따라 아파트 분양 현장이라는 곳에 가셨다. "내가 그때 참 기가 차서. 가보니 암 것도 없어. 장화를 주더라고? 땅이 질퍽거리니까 신고 다니라고 한 거야. 애들 소꿉장난하는 것처럼 맨땅에다 여기는 안방, 여기는 부엌, 여기는 거실 이러고 앉았는데 무슨 집을 짓지도 않고 판다고 하는지 뭘 믿고 계약금을 내냐고?"

어머니가 가셨다는 아파트 분양 현장은 대치동 은마아파트였다. 당시 은마아파트 분양 가격은 평당 68만 원, 34평형 2천 300만 원이었다. 1980년 근로자 한 달 평균 월급이 23만 4,086원이었으니 당시에도 큰돈이었다. 아파트를 짓지도 않고 계약금과 중도금을 내라고 하는 게 영락없이 사기 같았던 어머니는 가차 없이 계약서에 도장 찍지 않았다.

한국의 아파트 분양 방식은 허허벌판을 보여주며 "여기에서 아파트를 상상해보시오" 하는 거나 다름없다. 인간에게 없는 것을 있는 것처럼 상상하는 능력이 없다면 나올 수도, 통할 수도 없는 제도다. 자본주의에서는 이 상상력 때문에 사부랑삽작[204] 부자 되는 사람, 엉터리없이[205] 사기 당하는 사람들이 쏟아진다.

인간은 없는 것을 있는 것처럼, 자기에게 일어나지 않은 것을 일어난 것처럼 상상하는 능력이 탁월하다. 상상을 발화하면 허구[206]가 된다. 옛날에 식자입네 하는 이들은 허구를 이리 모

---

204 사부랑삽작: [부사] 힘들이지 않고 가볍게 살짝 건너뛰거나 올라서는 모양.

205 엉터리없이: [부사] 정도나 내용이 전혀 이치에 맞지 않게.

206 허구: [명사] 사실에 없는 것을 사실처럼 꾸며 만듦.

집었다. '허무맹랑하다(터무니없이 거짓되고 실속이 없다).' 그러나 허구는 사실이나 진실의 반대말이 아니며 거짓과 비슷한 말이 아니다. 우리는 허구를 통해 사실을 파악하거나 진실을 깨닫는다. 허구는 상징이다. 사람들은 자기 이외의 것들을 상징을 통해 이해한다.

글자가 기호라면 글은 상징이다. 글자를 읽는 것과 글을 읽는 것은 다른 차원에 있다. 저자도, 독자도 궁극적으로 목표하는 것은 글자가 아닌 글을 읽는 것, 상징을 이해하는 것이다. 그러기 위해서는 텍스트가 기대고 있는 콘텍스트를 읽을 수 있어야 한다. 텍스트에만 집중하면 자칫 오독이 나올 수 있다. 대표적으로 성경을 비롯한 경전 등이 그러하다.

내가 책을 읽는 콘텍스트는 대략 이러하다. 왜 이 시점에 이 책이 세상에 나왔는가. 대상과 사물을 어떤 관점으로 보고 있는가, 관점을 일관되게 견지하고 있는가. 세련된 방식으로 설득력 있게 표현한 구절은 무엇인가. 등장하는 이야기들이 어떻게 연관돼 있는가. 작가 스스로 체득한 고유의 스타일이 있는가. 최종적으로, 무엇을 꿈꾸게 하는 책인가.

책을 읽는 동안에는 중요하거나 좋은 구절이 나와도 되도록 필사하지 않으려 한다. 독서의 흐름이 끊기기 때문이다. 안표[207]나 적바림만 하고 계속 읽기를 원칙으로 하지만 참을 수 없을 정도로 필사하고 싶은 구절을 만나는 순간이 있다. 이럴 땐 책을 덮고 그 구절에 풍덩 빠져 한껏 음미한다. 한 권을 정독한 후에

---

207 안표: 명사 나중에 보아도 알 수 있게 표하는 일. 또는 그런 표.

는 안표나 적바림한 구절을 중심으로 다시 읽는다. 처음 읽을 때와 달리 읽힌다. '역시 다시 읽어도 좋구나' 싶을 때가 대부분이지만 다른 사람이 내 책에다 보람[208]한 게 아닌지 의심쩍을 때도 있다. 다시 읽어도 좋은 구절은 필사한다.

콘텍스트를 충분히 파악하지 못했거나 그 너머가 궁금할 때가 있다. 읽은 책을 징검다리 삼아 저자의 다른 책, 저자가 영향 받은 책, 같은 주제를 담은 다른 저자의 책, 저자가 살았던 시대의 역사나 문화 관련 책 등으로 건너간다. 어니스트 헤밍웨이에서 시작했는데 스페인 내전을 거쳐 페데리코 가르시아 로르카에 머물러 흠뻑 사랑하고 눈물 흘리다 다시 스페인 내전[209]과 무관하지 않은 파블로 피카소의 평전을 읽은 후에 스페인과 프랑스 미술을 거쳐 러시아 미술로 간다.

또 심리학으로 시작했는데 뇌의학을 거쳐 미래과학 기술에 와 있다. 시작은 있지만 끝은 없다. 스스로 중단하거나 포기할

---

208 보람: 명사 1_ 약간 드러나 보이는 표적. 2_ 다른 물건과 구별하거나 잊지 않기 위하여 표를 해 둠. 또는 그런 표적. 3_ 어떤 일을 한 뒤에 얻어지는 좋은 결과나 만족감, 또는 자랑스러움이나 자부심을 갖게 해주는 일의 가치.

209 스페인 내전(1936~1939)은 당시 서양 예술가들에게 지대한 영향을 끼쳤다. 어니스트 헤밍웨이와 앙투안 드 생텍쥐페리, 앙드레 말로, 조지 오웰처럼 참전한 작가들이 있었고 이를 배경으로 많은 작품이 발표됐다. 미술에서는 파블로 피카소의 〈게르니카〉, 클래식에서는 파블로 카잘스가 연주한 〈새의 노래〉가 대표적이다. 페데리코 가르시아 로르카는 스페인 시인이자 극작가로 내전 시기에 암살당했다. 칠레 시인 파블로 네루다는 그의 친구로 죽음에 통곡하며 〈로르카를 위한 송가〉 연작시를 썼다.

뿐이다. 그래도 정리해놓고 보면 내가 왜 매료되어 이 여정을 이어갔는지 보인다. 내게 전혀 없던 게 아니다. 내 자아에 있었으나 지금까지 볼 줄 몰라서 보지 못한 진실을 책 읽기를 통해 이제야 발견했고 나는 그 기쁨에 흥분하는 것이다.

이런 과정이 쌓여 한 사람의 콘텍스트가 되고 인생의 주요한 문제뿐 아니라 대상과 사물을 선택하고 결정하는 근거와 기준이 된다. 그것에 대해 잘 알기 때문에 선택하고 결정하는 게 아니라 내가 나를 잘 알기 때문에 그것을 선택하는 것이다. 인테리어 잡지를 많이 본다고 좋은 가구를 선택할 수 있는 게 아니라 내가 나의 생활습관을 잘 알아야 나에게 딱 맞는 가구를 선택할 수 있는 것처럼 말이다.

4장

어휘를 만나는

즐거움

고정된 정의에서 벗어나면

어휘력을 확장할 수 있다

"어떤 어휘를 써야 내 의도를 정확히 전달할 수 있을까."

우리가 글을 쓰거나 말을 할 때 갈등하고 고민하는 부분이다. 여기에는 평소에 지각하지 못한 전제 조건이 깔려 있다. 어휘의 정의가 고정돼 있다는 사실이다. 같은 어휘를 가지고 사람마다 내리는 정의가 제각각이라면 바벨탑이 무너진 직후에 서로 다른 언어를 구사하느라 소통이 막힌 바빌론처럼 극심한 혼란에 빠질 테니 마땅해 보인다. 그러나 한번쯤 그 당연한 상식을 뒤집어 이런 의문을 가질 만하다.

"고정된 어휘에서 새로운 생각이 나올 수 있을까?"

미국의 시인이자 소설가인 거트루드 스타인은 자신의 집에서 관찰한 물건, 음식, 방 등에 대한 새로운 정의를 《부드러운 단추들(Tender Buttons)》에 썼다. 이것은 무엇에 대한 정의일까.

내부에서는 잠들고 있고
외부에서는 붉어지고 있다.

바로 '구운 쇠고기'이다. 모든 수수께끼가 그렇듯 답을 알고 나면 쉽다. 그런데 과연 '구운 쇠고기'이기만 할까? 혹시 갓밝이의 '방' 같지 않은가?

그 모든 것의 저자는 문 뒤 저쪽에 있고,

아침이면 들어온다.
설명하고 어두워지고 연결 짓는 것이
모두 같은 종류이다.

'방'에 대해 내린 정의지만 '책'인 것도 같다. 우리가 기존에 알고 있는 음식, 방, 물건에 대한 상호 구분이 무너지고 중첩된 다. 말장난 같다. 실제로 거트루드 스타인이 활동한 20세기 초 파리에서는 모더니스트들을 중심으로 심오하면서도 극도로 유치한 말장난이 유행했고 스타인은 단연 선두였다.

그런데 한글 깨친 지 얼마 안 된 어린이들도 말을 가지고 노는 걸 재밌어한다. 나도 고맘때 스무고개를 좋아해서 어른들한테 "더요! 또요!" 졸랐었다. 스무고개를 다 넘고 나면 문고리거나 문지방, 전등, 구름이거나 산이거나 하는 식으로 지척에 있는 사물이라 더 깔깔대며 재밌어했다. 열 살이 넘도록 책상이나 지우개 같은 물체까지 생물로 느낀 것은 그런 스무고개의 영향이 적지 않았을 것이다.

조카들도 여덟아홉 살 무렵 말장난을 좋아해서 "이게 뭐게~요? 맞혀보세요" 하면서 수수께끼를 냈는데 이러한 것들이었다. '도둑이 훔친 돈을 뭐라고 할까?', '자가용의 반대말은?', '다리미가 제일 좋아하는 음식은?', '신발이 화가 나면?' 등등. 나는 조카의 수수께끼를 한 번도 맞히지 못했다. "잘 모르겠네. 뭐야?" 하고 백기를 들면 전혀 예상치 못한 낱말을 답[210]이라 내

242

---

210 조카가 내놓은 수수께끼의 답은 차례대로 이러하다. 슬그머

놓았는데 들으면 "아하! 그렇구나!" 감탄이 절로 나올 만치 절묘했다. 낱말의 새로운 정의를 창조해내는 것이다.

고정된 생각을 가지면 수수께끼를 맞힐 수 없다. 고정돼 있어야 사용하기 편한데 흔들려고 하니까 어지럽다, 혼란스럽다. 거트루드 스타인이 세상의 모든 대상과 사물에 붙은 이름에 반발한 이유는 사고의 한계를 깨트리고 확장하기 위해서였다.

모든 것은 여러 측면을 가지고 있고 그 모든 것은 진실하다. 그러나 고정된 어휘가 사고를 한계 지어 다른 여러 측면, 그 것의 진실을 보지 못하게 한다. 스타인은 일상에서 모든 명사를 없애고 서술로 대신하기에 이르렀는데 어휘적 정의 속에서 사물이 굳어버리는 걸 원치 않았기 때문이다.

그의 사고는 입체주의 관찰방식과 상통한다. 세잔이나 브라크, 피카소, 달리의 그림을 이해하기 어렵다면 견고한 관찰방식 탓이 크다. 눈, 코, 입이 한 곳에 함께 들어 있어야 얼굴[211]인데 여기 저기 흩어진 것도 모자라 엉뚱한 데 붙여놓고 초상화라하니 기괴할 뿐 아니라 유치한 그림으로 보인다. 눈, 코, 입이 왜 꼭 한 면에 들어 있어야 얼굴이냐 물으면 대부분의 어른은 이리 답할 것이다. "원래 그런 거야."

원래 그런 거라 하는 것들을 속속들이 뒤집으면 고정관념의 실체가 드러난다. 자신이 가진 지독한 고정관념이 무엇인지

니, 커용, 피자, 신발끈.

211 얼굴: 명사 1_ 눈, 코, 입이 있는 머리의 앞면. 2_ 머리 앞면의
전체적 윤곽이나 생김새.

찾아야 한다. 스타인처럼 주변에 있는 물건, 음식, 방 등에서부터 깨뜨린 고정관념은 우리가 중요하다고 믿는 사랑이나 행복, 돈, 성공 등으로 연결될 것이다. 고정관념을 파괴하면 사고의 한계를 확장할 수 있다.

얼른 답을 찾으려고 안달하지 말자. 답이란 때로 식상하거나 없다. 아니, 없다기보다 정해져 있지 않다. 이것은 마치 사랑이나 행복, 성공 등이 무엇인지 답을 안다 믿었는데 살수록 미로를 걷는 기분인 거나 비슷하다. 혹여 답을 찾았다 한들 그 상황이라 들어맞았을 뿐 여기서 통할지 몰라도 저기서는 통하지 않을 수 있다.

어휘의 쓰임새 역시 그러하다. 기자가 거트루드 스타인에게 물었다. "왜 당신은 사람들이 말하는 방식으로 쓰지 않습니까?" 그가 받아쳤다. "왜 당신은 내가 쓴 방식으로 읽지 않나요?"

고정된 정의에서 벗어나 보는 방식이 달라지면 어휘의 쓰임새가 달라진다. 어휘의 쓰임새가 달라지면 의식의 세계가 커지고 깊어진다. 김춘수의 시, 〈꽃〉에서 '하나의 몸짓'은 존재를, '나'는 그 존재를 언어로 표현하는 시인을, '꽃'은 그런 시인에게서 탄생한 '시'를 상징한다. 상투적인 말의 나열이나 어휘의 정해진 용도에서 벗어나고 싶다면 우선 내 밖으로 시선을 돌려 '하나의 몸짓'을 보자. 온 세상이 꽃이 되고 싶은 몸짓으로 가득차 물큰하다.

스티브 잡스가 "사람들은 원하는 것을 보기 전까지 무엇을 원하는지 모른다"고 한 말은 어휘력에도 통한다. 사람들은 그 말을 알기 전까지 자신이 어떤 말을 하기 원하는지 모른다. 인간을 인간답게 하는 세상의 아름다운 것들 대부분 그러하듯 어휘력에도 한계가 없다. 나비의 날갯짓이 대 끝에 모였다.

낱말을 뒤살피고 음미하면 어휘력을 확장할 수 있다

언제 어휘력이 부족하다고 느끼느냐고 물으면 많은 사람이 이렇게 답하지 않을까. "말하고 싶은 게 있는데 어떻게 말로 해야 할지 모를 때." 자기도 답답하지만 '말을 해, 왜 말을 못 해?' 하는 눈빛을 보내는 상대에게 미안하다. 사전에서 '어휘를 마음대로 부리어 쓸 수 있는 능력'이라고 풀이하는 어휘력이 미치도록 탐나는 순간이다.

자책하지 말자. 니코스 카잔차키스도 그 답답한 심정을 똑같이 느꼈다.

"적당한 어휘들을 찾을 수가 없었다. 시작을 할 때는 어떻게 써야 할지 알았지만 제멋대로 떠오르는 어휘들이 나를 다른 곳으로 이끌었다. 나는 윤곽을 잡을 수가 없었다. 그리고 내 영혼도 따라 변하고 나는 걷잡을 수가 없었다."[212]

윌리엄 서머셋 모음은 구체적으로 짚었다.

"우리는 마치 이국땅에 사는 사람들처럼 그 나라 말을 잘 모르기 때문에 온갖 아름답고 심오한 생각을 말하고 싶어도 기초 회화책의 진부한 문장으로밖에는 표현할 길이 없는 사람들과 같다. 머릿속에는 전하고 싶은 생각들이 들끓고 있음에도 기껏 할 수 있는 말이라고는 '정원사 아주머니 우산은 집 안에 있습니다.' 따위인 것이다."[213]

이런 답답함을 해소하려면 어휘의 수효부터 마구 늘려야

212 니코스 카잔차키스, 《영혼의 일기》에서.
213 윌리엄 서머셋 모음, 《달과 6펜스》에서.

할 것 같다. 틀리지 않다. 그러나 학창 시절에 영어 단어를 외우면서 경험했다. 우격다짐으로 외워봐야 어디에 어떻게 써야 하는지 모르면 말짱 도루묵이다.

느리더라도 낱말에 들어 있는 뜻과 맛, 넓이와 깊이를 음미하자. '시가(詩歌)를 읊조리며 그 맛을 감상하다'라는 뜻인 '음미'가 요즘은 시나 노래보다 커피나 와인 등에 자주 어울려 쓰인다. 넓게는 '어떤 사물 또는 개념의 속 내용을 새겨서 느끼거나 생각하다'는 뜻이니 커피나 와인에 써도 틀리지 않다. 그렇다면 한갓지게 커피 한 잔 음미하듯 낱말을 음미해보자.

음미하면 친숙해진다. 내가 가진 유일한 재산인 시간을 내주었기 때문이다. 시간은 진짜 주인의 시간일 때만 살아 있는데[214] 음미하는 시간이야말로 진짜 주인인 나의 시간이다. 낱말을 뒤살피고[215] 음미하면 뇌의 뉴런이 새로운 연결망을 생성한다. 그 낱말에 어울리는, 혹은 너무 어울리지 않아 아이러니한 경험이나 생각이 떠오른다. 붙잡아 글로 앉혀보자. 글로 쓴 어휘는 자전거 타기나 수영처럼 장기 기억[216]이 되어 필요할 때 수월히 활용할 수 있다.

214 미카엘 엔데, 《모모》에서 호라 박사가 모모에게 한 말. "진짜 주인으로부터 떨어져 나온 시간은 말 그대로 죽은 시간이 되는 게야. 모든 사람은 저마다 자신의 시간을 갖고 있거든. 시간은 진짜 주인의 시간일 때만 살아 있지."에서.

215 뒤살피다: 동사 이모저모 두루 자세히 보다.

216 장기 기억: 경험한 것을 오랜 기간 의식에 유지해 두는 작용. 기억에는 감각 기억, 단기 기억, 장기 기억 등 세 종류가 있다.

어휘 '아름답다'를

음미하다

'어휘를 음미한다'는 표현이 생소할 뿐 우리는 경험한 적 있다. '아름답다'가 그러하다. 풍광이나 작품, 인물을 보고 아름다움에 심취했다 빠져나올 즈음, 문득 '아름다움이라는 게 뭘까?' 싶어 가슴 저릿한 적 없는가. 대상과 사물이 무엇이든 '아름다운'이 수식하거나 '아름답다'로 끝나거나 '아름다움'이 되어버리면 물질의 세계를 뛰어넘어 지고[217]의 존재가 되는 듯하다. 라이너 마리아 릴케가 '우리가 아름다움을 그토록 찬미함은, 파멸하리만큼 아름다움이 우리를 멸시하기 때문.'[218]이라고 쓴 아름다움도 그 지고의 존재일 것이다.

한편으로 아름다움은 낡고 닳은 어휘다. 아름다운 외모를 가지고 아름다운 일을 하고 아름다운 사람(들)과 함께 아름다운 집에서 아름다운 인생을 살며 아름답다는 찬사를 받는 것. 많은 사람의 꿈이 아닐는지. 그러나 꿈과는 별개로 누가 그런 식으로 문장을 쓰면 나는 빵점을 줄 것이다.

'아름답다'는 어휘는 햇살 좋은 오후, 해변을 거닐다 발견한

---

217 지고(至高): 명사 더할 수 없이 높음.
　└최고(最高): 1_ 가장 높음. 2_ 으뜸인 것. 또는 으뜸이 될 만한 것.

218 라이너 마리아 릴케가 쓴 연작시, 〈두이노의 비가〉 중 '제1 비가'에서. 릴케는 삶과 죽음, 시간과 공간의 구분이나 대립을 없애고 모두 하나 된 세계야말로 실존의 궁극적 의의라는 인간관에 입각해 〈두이노의 비가〉를 지었다.

입 꾹 다문 하얀 조가비 같다. 아무것도 말해주지 않는다. 부귀했는지, 헌신적이었는지, 출중했는지, 행복하고 즐거웠는지, 보람 있었는지, 뭐가 어땠는지 구체적인 정보가 하나도 들어 있지 않다. 아름답다는 어휘의 잘못이 아니다. 본디 뜻이 이러하다.

> 아름답다: 1. (빛깔, 소리, 목소리, 모양 따위가) 마음에 좋은 느낌을 자아낼 만큼 곱다(예쁘다). 2. (하는 일이나 마음씨 따위가) 훌륭하고 갸륵하다.

좋다, 곱다, 예쁘다, 훌륭하다, 갸륵하다. 모두 주관적이다. '아름다운 것은 아름답다'는 식의 동어반복이다. 그러나 아름답다는 어휘에 담긴 아름다움의 가치는 기준이 없다는 데 있다.

아름다움에 기준을 들이대면 폐해가 발생한다. '미스 코리아'가 그래서 나쁘다. 아름다움을 균일화해 기준치나 평균치에 들면 아름답고 들지 못하면 추하다는 고정관념을 의식에 뿌리박는다. 뿌리줄기가 외모뿐 아니라 학문, 직업, 배우자, 자녀, 친구, 주택, 인생의 보람과 성공[219]까지 뻗쳐[220] 나간다. 그 결과 '아

---

219 성공: 명사 목적한 바를 이룸.
ㄴ성취: 명사 목적한 바를 이룸.
ㄴ실현: 명사 꿈, 기대 따위를 실제로 이룸.
ㄴ출세: 1_ 사회적으로 높은 지위에 오르거나 유명하게 됨. 2_ 숨어 살던 사람이 세상에 나옴.
성공은 성취에 가까운 뜻이었지만 요즘은 출세와 같은 의미로 널리 쓰이는 듯하다.

220 뻗치다: 동사 뻗다를 강조하여 이르는 말. '벋치다'보다 센 느낌을 준다.

름다운 외모를 가지고 아름다운 일을 하고 아름다운 사람(들)과 함께 아름다운 집에서 아름다운 인생을 살며 아름답다는 찬사를 받는다.'는 말도 안 되는 문장을 황금비율이라는 둥의 구체적 수치로 환산할 수 있다. 릴케가 울부짖으며 써내려간 '아름다움이 우리를 멸시하기 때문'이라는 시구도 어렵잖게 공감할 것이다. 릴케와 다른 것을 본다는 차이는 있지만.

　'아름다움'은 오랫동안 예술가에게 경외의 대상이자 다다라야 할 목표, 행위를 하는 목적, 삶의 이유, 그리고 라이벌이었다. 오랫동안 궁금했다. 아름다움은 어디에서 생겨날까 하고……. '너는 존재한다, 그러므로 사라질 것이다. 너는 사라진다, 그러므로 아름답다.'[221]라는 시구는 아름다움이 어디에서 생겨나는지 아름다운 것을 볼 때 왜 우리가 먹먹한 감동을 느끼는지에 대해 들려준다. 사라질 것이기 때문에, 허락된 시간이 언젠가는 끝날 것이기 때문에, 죽을 것이기 때문에.

　아름다움은 세상의 온갖 소란 속에 잊고 지낸 진실을 찰나의 빛처럼 일깨워준다. 자칫 허무나 비관으로 빠질 수 있는 '생의 유한성'을 지혜롭게 견딜 힘을 준다. 아름다움은 이처럼 생의 유한성으로부터 생겨난다. 그러니 아름다움은 희귀한 것이 아니어야 한다. 태어난 것은 모두 죽으니 그 죽음의 개수만큼 흔하디 흔해야 한다.

　1917년 미국 최초의 앙데팡당전(독립예술가협회전시회)이 뉴욕 그랜드센트럴갤러리에서 열렸고 〈샘(Fountain)〉이라고 명명

221　비스와바 쉼보르스카가 지은 시, 〈두 번은 없다〉에서.

된 작품이 출품됐다. 작가는 마르셀 뒤샹, 작품이라고 내놓은 것은 소변기였다. 뒤샹은 여기에 'R. Mutt'라고 서명했는데 제조업자인 리처드 머튼의 이름에서 따왔다.

　주최 측이 작품 〈샘〉, 아니 소변기를 저급하고 불결하다는 이유로 전시를 거부하자 뒤샹은 기다렸다는 듯 〈미국인에게 보내는 공개장〉이라는 글을 발표해 반격한다. 이런 대목이 있다. '그것을 직접 자기 손으로 제작했는가의 여부는 중요하지 않다. 화가가 그것을 선택했다. 평범한 생활용품을 사용하여 새로운 이름과 새로운 관점 아래, 그것이 갖고 있던 실용적 의미가 사라지도록 그것을 배치했다. 이리하여 이 소재의 새로운 개념을 창출해냈다.'

　예술은 창조이며 예술작품은 창조의 결과물이다. '창조'라는 어휘에는 신이 우주 만물을 처음으로 만든 것과 같이 전에 없던 것을 처음으로 만든다는 의미가 들어 있다. 〈샘〉에서 뒤샹이 한 일이라곤 리처드 머튼이 만든[222] 소변기를 사들이고 사인한 것뿐이다. 아무나 할 수 있다. 소변기를 화장실에 두지 않고 작품으로 출품한 게 별스럽기는 하지만 뭐, 약간의 대범함과 비용만 있다면 누구나 할 수 있다. 그래서 〈샘〉이 예술품일 수 없다고 하면 그 주장도 맞다. 적어도 1917년 이전까지는.

　"이런 것도 예술이라고 할 수 있나?" 지금도 〈샘〉을 보면 많

252

222 레디메이드(ready-made): '기성품'이란 뜻으로 마르셀 뒤샹
　이 창조한 개념이다. 예술가가 선택해 예술작품의 지위까지
　높아진 기성품을 뜻하기도 한다.

은 사람이 의심한다. 그 말 자체가 예술에 대한 고정관념을 가지고 있음을 의미한다. 잣대가 있으니 잴 수 있다. 미술품을 두고는 대략 이러한 잣대다. "우리 집 거실에 걸어놓고 두고두고 볼 만한가." 뒤샹의 위대함은 대중이 수동적으로 받아들인 예술과 아름다움에 대한 전통적 가치를 의심하게 만들었다는 데 있다.

그는 당당히 선언했다. "아름다움은 발견해야 한다." 여기서 아름다움은 망막을 통한 아름다움이 아니라 사유를 통한 아름다움이다. 사물에 본질적 의미를 부여하면 그 사물이 무엇이건 새로운 본질을 지닌 사물이 된다. 1917년을 기점으로 창조와 예술, 아름다움에 대한 정의는 변혁을 맞는다.

미술사적 의미가 아니라도 뒤샹이 1917년에 한 일을 삶에 대한 태도로 가져오면 꽤 근사하다. 흔하디흔한 대상이나 사물이지만 내가 선택해 새로운 본질을 부여하면 작품이다. 스스로 선택해 새로운 관점으로 바라보고 새로운 본질을 부여하는 모든 행위가 창조다.

우리는 아름다움을 발견해나가야 한다. 이것이 내가 믿는, 생의 유한성이 필연적으로 끌고 오는 허무함에 질식당하지 않고 아름답게 살 수 있는 방식이다. '아름다움은 발견해야 한다'는 말은 생텍쥐페리가 '사막이 아름다운 건 그것이 어딘가에 샘을 숨기고 있기 때문이지'[223]라고 한 말과 통하고, 발견할 수 있는 비결은 장욱진 화백이 큰딸에게 자주 들려주었다는 이 말에 있다. "모든 사물을 데면데면 보지 말고 친절하게 봐라."

223 앙투안 드 생텍쥐페리, 《어린왕자》에서.

아름다움은 희귀하지 말아야 한다. 태어난 것은 모두 죽으니 그 죽음의 개수만큼 흔하디흔해야 한다. 그러기 위해 우리는 발견해야 한다. 아름다움은 레디메이드다.

어휘 '짓다'를
음미하다

한글은 쉽지만 한국말은 어렵다. 소리와 글자가 똑같은 동음이의어가 많은 것도 크게 작용한다. '라떼는 말이야'를 예로 들어 본다. 라떼는 '나 때는……'이라고 할 때 발음이 커피의 종류인 라떼(latte)와 비슷한 데서 왔다. '노오력'[224]과 함께 기성세대를 풍자하는 신조어다.

'라떼는 말이야'를 자동번역기에 입력하면 어떤 문장이 나올까. 기상천외하게도 'A Latte is a horse'가 나온다. '말이야'의 '말'이 '말(horse)'과 동음이의어였던 것이다. 한국어를 모어로 구사하는 이들의 허를 찌르는 직독직해다. 그런데 동음이의어는 어휘력의 보물창고라 할 수 있다. 말이나 글에서 동음이의어를 맞닥뜨리면 발음만 듣고는 무슨 뜻인지 알기 힘들다. 문장의 맥락을 이해해 쓰임새를 적용해야 한다. 공교롭게 매일이다시피 쓰는 어휘에 동음이의어가 많은데 '짓다', '놀다', '먹다'가 대표적이다. 사전을 들추지 않아도 무슨 뜻인지 다들 잘 안다.

---

224 노오력: 노력을 강조하는 뜻으로 쓰는 신조어.

혹시 신선한 놀라움이 필요한가? 지금 온라인 국어사전에 접속하기 바란다. '짓다'는 12개, '놀다'는 19개, '먹다'는 무려 20개나 된다. 이 쉬운 낱말이 나타내는 뜻이 그렇게나 가지가지다. 짓는 게 다 짓는 게 아니고, 논다고 다 노는 게 아니며 먹는다고 다 먹는 게 아니다.

먼저 '짓다'를 음미해본다. 밥을 짓고, 옷을 짓고, 집을 짓는다. 밥을 만들고, 옷을 만들고, 집을 만든다고 해도 틀리지 않지만 우리 선조는 의식주와 관련된 것은 '만들다'와 따로 구분해 '짓다'라 일렀다. 문득 '지어 놓은 밥도 먹으라는 것 다르고 잡수라는 것 다르다'는 속담을 어떻게 번역할지 궁금하다. 밥도 짓고 농사도 짓는다. '짓다'에서 나온 명사가 '집'이다. 집의 옛말은 '짓'이었다. 그래서 집의 아버지는 지아비가 되고 집의 어머니는 지어미가 되었다.

글이나 시, 노래를 쓰기도 하지만 짓는다. 문학, 사진, 그림, 조각 등의 분야에서 작품을 창작하는 사람을 집 짓는 사람, 작가 (作家)라 이르는 게 우연이 아닐 것이다. 그러고 보니 이름도 짓는다고 한다. '짓다'는 '지어' 꼴로 쓰여 '말 지어 내지 마라'처럼 거짓으로 꾸민다는 뜻으로도 쓴다.

'미소를 짓다', '눈물짓다', '한숨짓다' 등 표정이나 태도 따위를 드러내는 것도 짓는다고 한다. 매듭도 짓는다 하고 매듭처럼 풀리기도 엉키기도 하고 끊기도 끝나기도 하는 관계 또한 짓는다 한다. 관계 짓든 연관 짓든 일정한 기준에 따라 전체를 갈라 나눈 다음에 할 수 있는데 이를 '구분을 짓다'라고 한다. 네 편, 내 편 구분 지으면 떼를 짓거나 무리를 짓기 쉽다. 이를 다른 말로 '작당하다'라고 한다.

선불리 단정 짓는 습관은 버리는 것이 좋고 야무지게 마무리 짓는 습관은 들이는 것이 좋다. 그래야 한 구간을 무한 반복하지 않고 다음 단계로 넘어갈 수 있다. 모든 일은 결정을 거쳐 결론이나 결말에 이른다. 여기에도 '짓다'를 쓴다. '결정짓다', '결론짓다', '결말짓다'.

동사 '짓다' 앞에 오는 목적어치고 중요하지 않은 것이 없다. '죄' 또한 그러하다. '죄를 짓는다'고 한다. '저지르다'나 '범하다'가 행동에 초점이 맞춰 있다면 '죄를 짓는다'는 밥을 짓고 옷을 짓고 집을 지어 육신의 기반으로 삼는 것처럼 평생 지울 수 없는 정신의 기반이 될 것 같은 기세다.

그런데 죄의 반대말은 뭘까. 사전에는 없다. '양심이나 도리에 벗어난 행위. 잘못이나 허물로 인하여 벌을 받을 만한 일'을 죄라 하니 반대되는 뜻은 양심이나 도리를 지키고 잘못이나 허물을 저지르지 않는 것이리라. '짓다'라는 어휘를 음미해 '죄'에 이르고 보니 사는 동안 지은 죄가 그득그득 밟힌다. 벌을 받아야 비로소 죄가 되는 세상이라 벌을 받지 않으면 죄가 아닌 줄 안다.

어휘 '먹다'를
음미하다

'먹다' 앞에 이 낱말을 붙여 관용구처럼 쓴다. '밥'. '밥'이라는 글자의 생김새가 고봉으로 퍼 담은 밥그릇 위에 또 밥그릇이 놓인 모양처럼 생겼다. '밥'은 15세기 문헌에서부터 등장하나 어원은 알 수 없다. 한글에 간혹 상형문자가 아닐까 싶은 낱말들이 보이는데 내 눈에는 몸, 산, 물, 논, 숲 등이 그러하다.

'사람은 밥심으로 산다'고 한다. '밥을 먹고 나서 생긴 힘'이다. 밥힘이 아니라 밥심이다. 고기 실컷 먹어도 밥 한 그릇 먹어야 비로소 끼니 챙긴 것 같다. 같은 탄수화물이라도 면이나 빵 먹는 것하고 다르다. 밥이라는 탄수화물이 주는 힘을 한국인이라면 안다. 오죽하면 '밥 한 알이 귀신 열을 쫓는다'[225]고 했을까.

남의 밥심 챙기기도 잊지 않아 이런 말로 안부를 묻는다. "밥은 먹었냐?", "밥은 잘 먹고 다녀?", "뭐 해 먹고 살아?" 뭐라 답해야 할지 난처했다. 밥 대신 다른 음식으로 끼니 때울 때가 많아서다. "아니오. 국수 먹었는데요." 솔직하게 말하면 "밥을 먹어야지 국수가 뭐냐?" 걱정인지 야단인지 알 수 없는 말을 들어 요즘은 뭘 먹든 밥 먹었다며 어벌쩡[226] 넘긴다.

---

225 밥 한 알이 귀신 열을 쫓는다: (속담) 귀신이 붙은 듯이 몸이
     쇠약해졌을 때도 충분히 먹고 제 몸을 돌보는 것이 건강을
     회복하는 가장 빠른 길임을 비유적으로 이르는 말.
226 어벌쩡: 부사 제 말이나 행동을 믿게 하려고 말이나 행동을

"우리 언제 밥 한번 먹자"는 기약 없는 약속이다. "언제요?"라고 물었다 상대가 우물쭈물하는 걸 보고야 빈말인 걸 알아차렸다. 나는 절대 그런 빈말하지 말아야지 다짐했건만 언제부터인가 같은 빈말을 하고 있고 '빈말을 하려고 한 게 아니라 차일피일 미루다가 빈말이 되는구나'라고 자기합리화한다.

돈 벌려고 하는 일을 '밥 먹고 살자고 하는 짓'이라 하고, 실용적이지 않은 일을 두고 '돈이 나오나, 밥이 나오나'[227]라고 하며 잘 풀리지 않으면 '먹고살기 힘들다'라고 한다. 하필이면 이럴 때 엘리베이터에서 마주친 누가 명품으로 치장한 모습을 보면 '밥술깨나 먹는[228] 모양'이다 싶어 게염[229]나는데 집에 들어와 '밥 빌어다 죽 쑤어 먹은'[230] 얼굴 보면 열불난다. 한소리 했다 행여 벋나갈까[231] 삼킨다.

한번쯤은 나도 '차려놓은 밥상에 숟가락만 얹었다'며 주위에 공을 돌릴 날이 있으려나. 그날이 오면 주의해야 한다. '얹다'

일부러 슬쩍 어물거려 넘기는 모양을 나타내는 말.
ㄴ어물쩍: [부사] 말이나 행동을 일부러 분명하게 하지 아니하고 적당히 살짝 넘기는 모양.
ㄴ어물쩡: [부사] '어벌쩡'의 비표준어.

227 '밥이 나오나, 떡이 나오나'라고도 한다.

228 밥술깨나 먹다: [관용구] 사는 형편이 먹는 데에 크게 신경 쓰지 않아도 될 만큼 좀 넉넉하다.

229 게염: [명사] 부러워하며 시샘하여 탐내는 마음.

230 밥 빌어다 죽 쑤어 먹을 놈: (속담) 게으른 데다 분별력도 없는 어리석은 사람을 이르는 말.

231 벋나가다: [동사] 1_ 끝이 밖으로 벌어져 나가다. 2_ 옳은 길에서 벗어나 잘못된 행동을 하다.

가 아니라 '놓다'를 쓰면 '죽다'를 완곡하게 이르는 말[232]이라 '익은 밥 먹고 선소리'[233] 하는 사달이 날 수 있다. 수월하고 확실하게 풀릴 것 같은 일을 '받아놓은 밥상'에 비유하지만 도리어 이러지도 저러지도 못하는 애물단지가 돼서 이런 지청구를 듣는 수가 있다. "밥상을 차려줘도 못 먹어?" "밥상 받아놓고 뭐하는 짓이야?"

밥상을 두고 마주앉은 사람이 '밥맛이 좋다'고 하면 덩달아 기분 좋아져 수저질이 활기를 띠고 '밥맛이 없다'고 하면 입 벌리고 먹는 행위가 무색하다. '아니꼽고 기가 차서 정이 떨어지거나 상대하기 싫다'는 뜻으로 '밥맛없다'고 한다. 관용구가 아닌 형용사다. 매일 삼시 세 끼 먹어야 하는 밥인데 밥맛없으면 큰일이다. 오죽 싫으면 '밥맛없다'고 할까.

동료를 두고 '한솥밥 먹는 식구'라고 하지만 '한솥밥 먹고도 송사한다'.[234] '방에 가면 더 먹을까, 부엌에 가면 더 먹을까.'[235] 잇속 챙기기에 급급하기 때문인데 그래도 끝에 가서는 '밥사발이 눈물이요, 죽사발이 웃음'[236]일 수 밖에 없는 것이 순

---

232 밥숟가락 놓다. 밥술 놓다: 관용구 죽다를 완곡하게 이르는 말.

233 익은 밥 먹고 선소리한다: (속담) 사리에 맞지 않는 말을 하는 경우를 비유적으로 이르는 말.

234 한솥밥 먹고도 송사한다: (속담) 집안 또는 아주 가까운 사이에 다투는 경우를 이르는 말.

235 방에 가면 더 먹을까, 부엌에 가면 더 먹을까: (속담) 어느 쪽이 더 이익이 많을지를 따지느라 망설이는 경우를 비유적으로 이르는 말.

236 밥사발이 눈물이요, 죽사발이 웃음이라: (속담) 근심과 걱정

리니 멀리 보지 못하고 코앞의 잇속만 챙기는 사람이야말로 '바보'다. '어리석고 멍청하거나 못난 사람을 욕하거나 비난하여 이르는 말'인 바보는 밥보에서 왔다. '사람 죽는 줄 모르고 팥죽 생각만 한다'[237]는 속담은 바로 그 바보를 두고 하는 말이다. 밥을 많이 먹어서 밥보가 아니라 밥만 먹어서 밥보다.

사람이 어떻게 밥만 먹고 사느냐 말이다. 한국인이 밥심으로 살기는 해도 밥만 먹지 않는다. 귀도 먹고 코도 먹고 말도 먹는다.[238] 재미있는 점은 '내 말이 먹히지'라고 하면 자기가 하는 말이 효과가 있다는 뜻이지만 정작 그 말을 들은 사람이 아무 반응도 보이지 않으면 이때도 '내 말을 그냥 먹었구나' 한다는 것이다.

먹기 힘들지만 마음도 먹고 세월이 떠다주는 나이도 꼬박꼬박 먹는다. 세종대왕이 훈민정음을 창제할 때 나이는 '낳'으로 표기되었다. 접미사 '이'가 붙어 '나히'가 되고 'ㅎ'이 탈락하면서 '나이'가 되었다. '낳'은 '낳다'의 어간이다. 해마다 뭐라도 낳

속에 지내는 것보다 가난하게 살더라도 걱정 없이 사는 편이 낫다.

237 사람 죽는 줄 모르고 팥죽 생각만 한다: (속담) 사람이 죽었는데 경우에 맞지 않고 팥죽 먹고 싶은 생각만 한다는 뜻으로 경우는 돌아보지 않고 먹을 궁리만 하는 경우를 비유적으로 이르는 말.

238 귀먹다: 동사 1_ 귀가 어두워 소리가 잘 들리지 아니하게 되다. 2_ 남의 말을 이해하지 못하다.
코 먹다: 관용구 코가 막혀 제 기능을 못한다.
말 먹다: 관용구 말의 효과가 있다. 주로 '말이 먹힌다' 형태로 쓴다.

으라는 소릴까, 어련히 낳는다는 소릴까.

그리스인 조르바가 카잔차키스에게 한 말이 떠오른다. "두목, 음식을 먹고 그 음식으로 무엇을 하는지 대답해 보시오. 두목의 안에서 그 음식이 무엇으로 변하는지 설명해 보시오. 그러면 나는 당신이 어떤 인간인지 알려드리리다."[239] 나이를 먹을 적마다 싱숭생숭해지는 까닭을 알겠다. 밥 먹고 하는 일이 똥 싸기뿐이라면 똥 같은 인간이라는 소릴까. 나이 헛먹지 않으려면 단단히 마음먹어야겠다.

골 먹으면 지고 한 방 먹어도 진다. 욕도 먹고 겁도 먹지만 이기면 1등을 먹는다. 홍수환 선수가 1974년 남아공에서 열린 세계복싱협회(WBA) 밴텀급 타이틀전에서 15회 판정승으로 첫 세계 챔피언에 등극한 후 어머니와의 통화에서 "엄마! 나 챔피언 먹었어"라고 한 말은 온 나라에 퍼져 두고두고 회자되었다. 지금도 스포츠 선수들이 각종 경기에서 금메달을 따면 '금메달 먹었다'고 벅찬 감동을 밝히는데 이럴 때 쓰는 '먹다'는 '어떤 등급을 차지하거나 점수를 따다'는 의미로 속된 말이 아니다. 그러나 '먹다'라는 어휘에는 분명 부정적인 의미도 있다.

'수익이나 이문을 차지해 가지다'라는 뜻으로 '먹다'라 하지만 뇌물을 받아 챙기는 것도 '먹다'라 하고 남의 재물을 부당하게 자기 것으로 만드는 것도 '먹다'라 한다. 그러니 '어떤 등급을 차지하거나 점수를 따다'는 뜻을 전할 때 '먹다'보다 '차지하다', '따다', '오르다' 등 다른 용언을 쓰는 게 어감으로 낫다.

---

239 니코스 카잔차키스,《그리스인 조르바》에서.

'먹다'라는 어휘를 더럽힌 결정적인 정황은 따로 있다. 이런 영화 제목이 있다. 〈벌레 먹은 장미〉, 1980년대 일명 호스티스 영화[240]가 범람하던 시절에 상영했는데 지금 봐도 상당히 자극적인 제목이다. '먹다'를 '벌레, 균 따위가 파 들어가거나 퍼지다'는 뜻으로 슬쩍 가렸으나 콘텍스트가 '여자의 정조를 유린하다'임을 성인이라면 안다. 사전은 이런 뜻으로 '먹다'라 하는 것을 속되다 정의하고 나는 풀이가 마음에 들지 않는다.

정조[241]는 여자에게만 해당하는 게 아니라 남자에게도 해당한다. '유린하다'는 '남의 권리나 인격을 짓밟다'는 뜻이다. 누가 누구를 먹었다고 하면 '강간'이다. 강간은 '폭행 또는 협박 따위의 불법적인 수단으로 사람을 간음하다'이다. 범죄다. 성관계에서 '먹다'의 실체가 식인이나 다름없는 강간이며 범죄라는 사실을 인식해도 아무렇지 않게 희희낙락거리며 쓸 수 있을까. 설령 합의하에 가진 관계라도 한쪽이 다른 한쪽을 '먹다'라는 말본새를 취한다면 유린하고자 한 의도가 없다 볼 수 없다.

"그렇게 말했는데 아직도 말귀를 못 알아먹어?" 여기서 '먹다'는 보조동사로 앞말이 뜻하는 행동을 강조하는 말. 주로 그 행동이나 그 행동과 관련된 상황이 마음에 들지 않을 때 쓴다.

262

240 호스티스 영화: 성매매 여성이 여주인공으로 나오는 영화. 대표적으로 〈별들의 고향〉, 〈영자의 전성시대〉 등이 있다. 1980년대 전두환 정권이 국민의 정치적 관심을 다른 데로 돌리기 위해 '3S 정책'을 시행했는데 3S는 섹스(sex), 스크린(screen), 스포츠(sports)를 가리킨다.

241 정조: 명사 1_ (여자의) 곧고 깨끗한 절개. 2_ 성적 관계의 순결.

어휘 '놀다'를 음미하다

'놀다'를 음미한다. 어렸을 적에 친구가 대문 앞에서 목청껏 "친구야아~ 노올자~" 부르면 손에 든 게 인형이고 숟가락이고 다 내려놓고 단걸음에 뛰어나갔다. 실컷 놀고서도 헤어질 때 약속했다. "우리 내일 또 놀자아?"

집에 돌아오면 엄마가 물었다. "아이고, 흙강아지가 따로 없네. 뭐하고 놀았어?" 먹고 노는 게 하루의 대부분인 나날들이었다. 그 시절의 우리에겐 잘 먹고 잘 놀 의무와 권리가 있었다. 그 당당한 의무와 권리를 언제부터 슬금슬금 빼앗겼을까. 입버릇처럼 '먹고 노는 게 꿈'이라 하면서 막상 일터에서 "내일부터 집에서 노세요"라는 소릴 들으면 핏기가 가시고 심장이 바닥으로 철퍼덕 곤두박질칠 것이다. "저 놀면 안 돼요"라고 사정해봐야 저쪽에서는 이미 끝난 계산이다. '그래, 너네끼리 잘 놀아봐라' 하고 돌아서면서도 날 가지고 논 것 같아 서럽다.

글자로 다 같은 '놀자'이나 뜻은 다 다르다. 어렸을 적에 놀다는 '놀이나 재미있는 일을 하며 즐겁게 지내다'지만 어른이 돼서 놀다는 대부분 '직업이나 일정히 하는 일이 없이 지내다'로 생업의 단절이다. 나 혼자 회사 문 나오면서 뒤에 남은 사람들이 즐겁게 지내길 바라 '잘 놀아봐라' 하겠는가. '마음에 들지 않게 행동함을 비꼬는 말'이다. '비슷한 무리끼리 어울리다'라는 뜻으로도 '놀다'라 한다. 앞에 '○○을 가지고'가 붙어 '○○을 가지고 놀다'가 되면 '○○을 조롱하거나 자기 뜻대로 좌지우지하다'라는 뜻이다. 사람은 자기를 가지고 노는 자를 용서할 수 없고 무력하게 당할 수밖에 없어 받은 모욕을 영혼에 아로새긴다.

즐거움에서부터 모욕까지, '놀다'라는 어휘 하나의 폭이 이렇게나 넓다. 모르면 '대장간에 식칼이 논다'는 속담을 단번에 이해하기 힘들다. '대장간에 칼이 많아서 저희들끼리 잘 노는가 보네'라고 한 편의 동화를 그리거나 '대장간에서 식칼이 하는 일이 없나 보네'라고 유추할 수 있으나 여기서 '놀다'는 동사가 아니라 형용사로 '드물어서 귀하다'라는 뜻을 갖는다.

'먹다'와 '놀다'가 함께하면 어른들의 꿈이다. '먹고 노는 게 꿈'이라고 하면 재미있는 일을 하며 즐겁게 살고 싶다는 소리로 들리나 사실은 먹고 살자고 하는 짓을 그만두고 휴식하고 싶은 심정 아닐는지. 누구의 방해도 받지 않고 누워 있는 수평선처럼, 지평선처럼 고요히 누워 쉬고 싶다.

"우리의 반응은 더 이상 방금 전 곧추 서 있을 때와 같지 않다. (…) 누워서 생각하면 확실하다고 여겼던 것들이 갑자기 그렇지 않은 것처럼 느껴지기도 한다. 누우면 항복한 듯한 느낌이 들어서 그런지 어깨에서 짐이 떨어져 나간 듯 홀가분하다."[242] 집에 있을 때 틈만 나면 눕는 덴 다 이유가 있다. 서기와 앉기에 목적이 있다면 눕기에는 목적이 없다. 목적 없는 상태가 치유 효과를 발휘한다. 이것이 '놀다'가 우리에게 주는 미덕이다.

"모든 도덕적 자질 가운데서도 선한 본성은 세상이 가장 필요로 하는 자질이며 이는 힘들게 분투하며 살아가는 데서 나오

264

242 베른트 브루너,《눕기의 기술》에서.

는 것이 아니라 편안함과 안전에서 나오는 것이다." 우리가 착하지 못하고 친절하지 못한 건 누워 있는 시간을 포함해 노는 시간이 너무 적어서다. 러셀의 주장대로 하루에 네 시간만 일하고 놀 수 있다면 사람들은 지금보다 친절해지고 서로 덜 괴롭힐 것이다. 타인을 의심하는 눈빛으로 바라보는 일도 줄고, 천편일률적으로 빠르고 쉽고 편한 것만 추종하는 대신 각자에 맞는 속도를 찾아갈 것이다.

'놀다'에 접미사 '-이'가 결합해 명사 '놀이'가 된다. 현재와 현실을 잊고 육체에 필요한 욕구마저 잊고 무아지경에 빠질 수 있는 것은 내가 알기로 놀이밖에 없다. 일상의 바깥에 있고 자발적[243]이기 때문이다. 놀이는 결과중심주의에서 떨어져 있으며 물질적 이해득실과 아무 상관없다. 상관있다면 더 이상 놀이라 할 수 없다. 놀이의 이러한 특성은 인간이 정신의 세계에 사는 존재라는 사실을 새삼 확인해준다. 말로 하는 놀이가 시와 신화가 되고, 몸으로 하는 놀이가 춤과 스포츠가 되었다. 흙으로 가지고 하는 놀이가 미술이 되고 목소리나 악기로 하는 놀이가 음악이 되었다.

음악(音樂)에서 악이 노래나 음악, 악기 외에 '즐기다', '즐거워하다'라는 뜻을 명시한다는 사실은 주목할 만하다. 영어에서 'play'도 그러하다. '놀다' 외에 '경기하다', '(악기를) 연주하다' 등의 뜻을 가지고 있어 운동선수나 연주자, 배우 등을 플레

243 자발적: 남이 시키거나 요청하지 아니하여도 자기 스스로 나아가 행하는. 또는 그런 것.

이어(player)라 칭하는데 다 노는 사람들이다.

'놀다' 앞에는 이 말이 와야 제멋이다. 신나게[244], 신명나게 [245]. 그 경계를 넘으면 신들린[246] 연주, 신들린 연기, 신들린 솜씨 등 경지[247]에 이른다.

244 신나다: [동사] 어떤 일에 흥미나 열성이 생겨 기분이 매우 좋아지다.

245 신명나다: [자동사] (무엇이) 저절로 일어나는 흥겨운 기분과 멋이 생기다.

246 신들리다: [동사] 사람에게 초인간적인 영적인 존재가 들러붙다.

247 경지: [명사] 1_ 학문, 예술, 인품 따위에서 일정한 특성과 체계를 갖춘 독자적인 범주나 부분. 2_ 몸이나 마음, 기술 따위가 어떤 단계에 도달해 있는 상태.

음소로 시작해 어휘력과 사고력 확장하기

책을 읽다 글자의 생김새가 뚜벙[248] 설어 보이는 순간이
있다. 골똘히 쳐다보며 이 글자는 왜 이 모양으로 생겼나 싶은
미시감[249]에 빠진다. ㅎ자는 영락없이 패랭이 쓴 얼굴 같다. 수
염 없는 걸 보니 틀림없이 앳되다. 한글은 조형적이다. 이 사실
을 모어 사용자들이 평상시에 인지하지 못하는 이유는 인간의
뇌가 인공지능이 0과 1, 비트로 쪼개 해독하는 것처럼 말을 음
소나 음절로 분해해 이해하지 않기 때문이다.

인간의 뇌는 말이나 글을 이미지처럼 통째로 받아들인다.
그러다 어린이들이 한글 배울 때 도구로 사용하는 낱말 카드, 정
확히는 음소[250] 카드를 보면 새삼스럽다. 한글에서 음소는 기본
자음 14자와 기본 모음 10자로 모두 스물넉 자다. 불과 24개밖
에 되지 않는 글자로 세상의 모든 모습과 형태, 소리를 묘사하고
사람의 사유와 감각 등을 전달하고 공유한다 생각하면 경이롭다.

음소 한 개를 파고드는 게 어휘력의 광맥이 될 수 있다. 내
게 재밌는 음소는 '니은(ㄴ)'이다. 니은을 초성으로 설정하고 옆

---

248 뚜벙: 부사 난데없이 불쑥.

249 미시감(未視感, jamais vu): 지금 보고 있는 것을 모두 처음 보는
　　것으로 느끼는 일.
　　└기시감(既視感, deja vu): 한 번도 경험한 일이 없는 상황이나
　　　장면이 언제, 어디에선가 이미 경험한 것처럼 친숙하게 느껴
　　　지는 일.

250 음소(낱소리): 더 이상 작게 나눌 수 없는 음운론상의 최소 단
　　위. 하나 이상의 음소가 모여서 음절을 이룬다.
　　└음절(낱내, 소리마디): 하나의 종합된 음의 느낌을 주는 말소리
　　　의 단위. 몇 개의 음소로 이루어지며 모음은 단독으로 한 음
　　　절이 되기도 한다.

에 모음 아(ㅏ)를 중성으로 끼우면 '나'라는 음절이 만들어진다. 밑에 자음 14자를 종성으로 만들어 차례대로 끼우면 이런 글자들이 만들어진다.

나, 낙, 난, 낟, 날, 남, 납, 낫, 낭, 낮, 낯, 낰, 낱, 낲, 낳

낰과 낲을 제외하고 뜻을 가진 한 음절짜리 순우리말 명사다. 아래에 옛말이라 표시한 글자는 한글이 발명된 15세기에 널리 쓰였다.

나: (대명사) 말하는 사람이 이름 대신에 '자기' 스스로를 일컫는 일인칭 대명사. 대등한 관계에 있는 사람이나 아랫사람에 대하여 쓴다. 현대 국어 '나'는 15세기 문헌에서부터 '나'로 나타나 현재까지 그대로 이어진다.

낙: 낛의 옛말, 낛은 구실이나 세금을 뜻한다. 살아가는 데서 느끼는 즐거움이나 재미를 뜻하는 낙(樂)은 한자다.

낟: 1_ 낫의 옛말. 2_ 곡식의 옛말. 옛말이라고 하지만 '낟알'이라는 어휘는 지금도 쓴다. 낟알: 1_ 껍질을 벗기지 아니한 곡식의 알. 2_ 쌀알(쌀의 하나하나의 알).

날: 1_ 하루 동안. 자정에서 다음 자정까지 24시간. 예) 날마다. 2_ 무엇을 자르거나 베거나 깎거나 파거나 뚫거나 하는 데 쓰는 기구의 가장 얇고 날카로운 부분. 예) 칼날. 3_ (피륙이나 돗자리 따위를 짤 때의) 세로로 놓는 실이나 노끈, 새끼 따위. 예) 날줄.

남: 1_ 자기 외의 다른 사람. 2_ 일가가 아닌 사람. 3_ 아무런 관계가 없거나 관계를 끊은 사람. 예) 우리 이제 남이야.

납: 원숭이의 옛말.

낫: 농가에서 풀, 곡식, 나뭇가지 따위를 베는 데 쓰는 'ㄱ'자 모양의 연장.

낭: '벼랑'의 방언(전남). '나무'의 방언(제주). 예) 낭떠러지.

낮: 1_ 해가 뜰 때부터 질 때까지의 동안. 2_ 아침이 지나고 저녁이 되기 전까지의 동안.

낯: 1_ 얼굴, 면. 2_ 남을 대할 만한 체면(면목). 예) 부모님 뵐 낯이 없다. 3_ 낱의 옛말.

낱: 셀 수 있는 물건의 하나하나. 예) 낱낱이 : 하나하나 빠짐없이 모두.

낳: '나이', '나'의 옛말.

'나'에 종성만 돌려가며 조합했을 뿐인데 '나'와 전혀 다른 뜻을 가진 글자가 된다는 사실이 신기하다. 초성 니은은 다음과 같은 한 음절짜리 낱말도 낳는다. 세상만사 인간사가 여기에 들어 있다.

나, 너, 남, 님, 놈

'님이라는 글자에 점 하나를 찍으면 도로 남이 되는 장난 같은 인생사'라는 노랫말처럼 한글은 점 한 개 차이로 뜻이 많이 달라진다. 그러나 점 하나를 찍은 게 아니다. 하늘을 찍었다.

한글 모음 글꼴의 기본이 되는 3요소는 '·', '一', 'ㅣ'. 각각 둥근 하늘(우주), 평편한 땅, 서 있는 사람을 형상화했다. 단순히 점 하나를 찍어서 뜻이 달라지는 게 아니라 하늘(우주)을 그렸기에 그토록 달라질 수 있는 거다. 남이 님이 되면 우주가 새로 열리는 것 같고, 님이 남이 되면 하늘이 무너지는 것 같지 않던가. 사람과 사람 사이에는 하늘이 있다. 사람과 사람 사이에 세상이 있고 우주가 있다. 한시도 멈추지 않고 돈다.

돈, 돌, 돛, 닻

'돈이 너무 없으면 인성을 해칠 수 있어 맹자는 '무항산무항심(無恒産無恒心)'이라 했다. '일정한 재산과 직업이 없어 생활이 안정되지 않으면 항상 바른 마음을 유지할 수 없다'는 뜻으로 제나라 선왕이 정치에 대해 물을 때 한 말이다. 오늘로 치면 민생안정이 정치의 근본이라는 뜻이다. 물론 맹자는 이 말을 하기 전에 '일정한 재산이나 직업이 없어 생활이 안정되지 않아도 항상 바른 마음을 가질 수 있는 이는 오직 군자만 가능하다'라고 전제했다. 그러니 다시 꼬리를 문다. 내가 항상 바른 마음일 수 없는 것은 재물이 부족해서인가, 배움이 부족해서인가.

돈이 넉넉하면 돛을 활짝 펴고 가고 싶은 곳으로 향할 수 있고 머물고 싶은 곳에 닻을 내려 정착할 수 있다. 돈이 없어서 가지도 못 하고, 정착하지도 못 한다. 몸뚱이는 돈 주는 이에게 고삐 매이고 정신과 마음은 결딴난 부목(浮木) 신세다.

가끔 궁금하다. 돈 많은 사람들은 행복할까? 답한다. 돈이 많다고 행복하지 않을 이유가 없지 않은가? 또한 돈이 많다고 불행하지 않을 이유도 없지 않은가? 다시 묻는다. 행복과 불행에 가격을 매길 수 있는가? 인간을 인간답게 할 수 있는 가치에 가격을 매기려는 속내는 그 가치를 사실은 인정하지 않는다는 것이다. 그 가치가 무엇이건 돈이 더 중요하다는 것이다.

땅과 똥도 모음 하나 차이다. 사람이라면 너나 할 거 없이 땅에 발붙여야 살고, 똥을 싸야 살 수 있는데 누구는 무른 땅에 말뚝 박고 누구는 마른 땅에 말뚝 박는다. 부지런한 농사꾼에게는 나쁜 땅이 없다는 말이 옳기는 하나, 사는 게 고단하고 한 자 땅 밑이 저승이니 아뿔싸! 정신 차려 얻은 지혜가 '아끼다 똥 된다'이다. 없이 살다가 뭐가 생기면 아끼고 아낀다. 그렇게 아껴서 잘 쓴 적 별로 없다. 누가 훔쳐가거나 잃어버리거나 못 쓰게 되어버렸다. 아끼지 마라. 맛있는 게 생기면 그 자리에서 다 먹어버려라. 좋은 게 들어오면 깊숙이 간직하는 등 안 하던 짓 하지 말고 부자처럼 써버려라. 그렇게 아끼기만 하면 세상없이 귀해도 돌이랑 다를 게 무언가.

인연도 그러하다. 언제 누가 훔쳐가거나 잃어버리거나 할지 모른다. 물건은 발이라도 없지, 사람은 발까지 달렸다. 인연이 우리 사이를 잇는 동안 내게 생긴 가장 좋은 것을 나누고 닳도록 사랑하자. 다음을 기대하지도, 기약하지도 말자.

살 ― 살다 ― 삶 ― 사람

옛사람들이 '몸통'을 '몸얼굴'이라 부른 것이 재치 있다. 얼굴은 눈, 코, 입이 있는 머리의 앞면을 가리키나 어떤 심리 상태가 나타난 형색을 뜻하기도 하니 '몸얼굴'이라는 옛말이 생뚱맞지 않다. '몸맨두리'라는 우리말도 있다. 몸의 모양과 태도라는 뜻이다.

얼굴보다 몸이 그 사람에 대한 정보를 더 많이 지닌다. 지금까지 무엇을 먹고 어떻게 움직였는지 몸의 살과 뼈에 고스란히 축적되고 새겨진다. '살'은 현실적이고 또한 신비롭다. 사는 형편이 어떤지 말로 백번 전해 듣는 것보다 살이 축났는지 붙었는지, 꺼칠한지 매끄러운지 보면 어림할 수 있다.

살은 인간이 느끼는 감각 중에 유일하게 만질 수 있는 것이다. 만질 수 있다는 것은 거리를 상징한다. 이별은 더 이상 살을 만질 수 없는 상태, 멀리 가버렸다는 의미, 살의 상실이다. 만지고 만져지는 느낌보다 더 생생하게 살아 있음을 실감케 하는 것은 없다. "이게 꿈인지 생시인지 내 살 좀 꼬집어 봐."

살은 단순하게도 한 밥에 오르고 한 밥에 내린다. 잘 먹고 못 먹는데 따라 살이 오르고 내리고 한다. 명사 '살'에 종결 어미 '다'를 더하면 '살다'가 된다. '살다'는 목숨을 이어가는 일이다. '먹는 밥이 살로 간다'는 속담이 있다. 생활에 아무 걱정이나 근심이 없어 마음이 편한 경우를 이른다. 우리가 바라는 생활이다.

'살'에 받침 '미음(ㅁ)'을 더하면 '삶', 살아 있는 생이다. 밥은 살이고 살은 삶이다. 뼈만 남은 좀비는 움직일 수 있을지 몰라도 삶을 살 수 없다. 살이 없으니까. 삶을 ㅅ, ㅏ, ㄹ, ㅁ 네 개의 음소로 해체한 다음 리을과 미음 사이에 'ㅏ'를 끼워 넣어 다시 합치면 사람이 된다.

지금까지 인류는 '사람은 어디에서 와서 어디로 가는가? 나는 누구인가?' 물었다. 앞으로는 '무엇이 사람인가?' 물을 것이다. 질문은 이미 시작됐다. "당신은 사람입니까?"

A.I.가 사람의 어휘력을

능가하기 힘든 이유

봇이 아니라는 것을 증명하시오.

웹에서 회원가입 하거나 티켓을 구매할 때 찌그러지거나 비틀어진 텍스트나 그림이 뜬다. 보이는 대로 입력하라고 한다. 궁금했다. 이걸 못 읽는 사람도 있나? 그렇다. 문맹이 아닌 이상 못 읽는 '사람'은 없다. '봇'[251]은 인식하지 못한다.

캡차(CAPTCHA)는 지능을 갖춘 사물이 컴퓨터에 침투하는 악성 프로그램이나 스팸을 막기 위해 개발된 기술로 '컴퓨터와 사람을 식별하는 완전 자동화된 튜링 테스트(Completely Automated Public Turing test to tell Computers and Humans Apart)에서 머리글자를 땄다. 그러나 읽을 줄 알면 사람이고 못 읽으면 봇이라는 구분도 무너졌다. 캡차는 봇의 해독률이 1%만 넘으면 뚫린 것으로 간주하는데 작정하면 인공지능이 1초도 안 되는 시간에 50% 넘는 정확도로 캡차를 뚫을 수 있다.

나는 봇이 아닙니다.

인공지능만 사람의 뇌를 모방하는 게 아니라 사람도 기계를 모방해 이미 '사이보그 인류학'이라는 용어가 등장했다. 호모 사

---

251 봇(bot): '로봇'의 줄임말, 사용자나 다른 프로그램의 대리자로 동작하는 프로그램이다. 인터넷에서 가장 보편적으로 존재하는 '봇'은 스파이더, 크로울러라고 불리는 프로그램이다. 주기적으로 웹사이트를 방문해 검색 엔진의 색인을 위한 콘텐츠를 모아오는 일을 한다.

피엔스의 다음 인류는 아마 고품질의 사이보그가 아닐까. 당장 내 어머니만 해도 인공관절을 이식받은 사이보그다. 휴대전화를 자기 뇌인 양 한시도 떼놓지 못하는 사람도 변종 사이보그다.

당신은 사람입니까?

사이보그(cyborg): cybernetic + organism, 생물 본래의 기관과 같은 기능을 조절하고 제어하는 기계 장치를 생물에 이식한 결합체.

사이보그 인류학: 인류학적 관점에서 인간과 기술 사이의 상호작용을 연구하는 학문. 인류학의 연구 대상을 인간에서 사이보그까지 확대하려는 시도이다.

인간(人間): (같은 말) 사람.

사람: 생각을 하고 언어를 사용하며 도구를 만들어 쓰고 사회를 이루어 사는 동물.

어쨌거나 생각을 하고 언어를 사용한다. 스스로를 위해 도구를 만들어 쓰고 사회를 이룰지는 모르겠다. 그 지점에 도달하면 '살다'나 '삶', '사람'에 대한 사전적 풀이는 송두리째 바뀔 것이다. 아직까지는 알레고리와 메타포에 취약한 데다 눈치가 없고 유머도 없어 친구랑 바꾸고 싶지 않다.

오후 4시쯤 내가 "비빔국수가 먹고 싶네"라고 말했다 치자. A.I.는 최선을 다해 비빔국수 만드는 방법이나 비빔국수집에 대한 정보를 알려주겠지만 친구는 "나도 출출한데 얼른 먹고 올까?"하거나 사정이 여의치 않으면 "나는 못 가. 얼른 먹고 와"라고 할 것이다. 물론 "나는 국수보다 김밥!"이라든지 "바쁜데 무슨 국수야?" 하거나 챙겨둔 비상간식을 꺼내줄지 모른다. 어떻더라도 내가 말한 의도, 출출하다는 사실을 눈치챘다.

비슷한 맥락으로 오늘따라 유난히 잔소리가 많은 상사에게 "오늘 아주 기운이 좋으십니다"라고 말했는데 반어법인 줄 모르는 A.I.는 부장의 체온과 혈압, 바이오리듬을 체크해 알려줄 가능성이 크고 아끼는 찻잔을 깬 아들에게 "아주 잘 한다~ 잘해"라고 하면 같이 사는 A.I.가 잘못된 방향으로 딥 러닝해서 집안의 찻잔을 모두 깨부술지 모르니 말조심해야 한다.

우려스러운 상황이 있다. 키친타월 사러 동네 슈퍼에 갔는데 어디 있는지 찾기 힘들었다. 큰 소리로 종업원에게 물었다. "치킨타월 어딨어요?" 그는 아무런 표정의 변화 없이 묵묵히 찾아주었다. 겉에 선명히 찍힌 '키 친 타 월'을 보고서야 알아차렸다. "제가 혹시 치킨 타월이라고 하지 않았어요?" 대수롭잖은 듯 말한다. "괜찮아요. 알아들으면 됐죠." 그렇다. 사람은 잘못 말해도 알아듣는다.

심지어 가가 가고 거시기가 거시기²⁵²⁾한다고 해도 알아듣는다. 말뿐 아니라 "글들자이 엉진망창의 순서로 되어 있지을라도 당신은 아무 문없제이 이것을 읽을 수 있다. 왜냐면 인간의

252 거시기를 사투리로 잘못 아는 사람들이 많은데 표준어다. 거시기: 대명사 이름이 얼른 기억나지 않거나 바로 말하기 곤란한 사람 또는 사물을 가리키는 대명사. 감탄사 하려는 말이 얼른 생각나지 않거나 바로 말하기가 거북할 때 쓰는 군소리.

두뇌는 모든 글자를 하나하나 읽것는이 아니라 단어 하나를 전체로 인식하기 때이문다".

앞서 인용문을 처음 읽자마자 어색했다면 난독증일 가능성이 있다. 글자들 순서가 엉망진창이라는 사실을 인식하지 못한 채 뜻을 이해했다면 정상이다. 인간의 두뇌는 모든 글자를 하나하나 읽는 것이 아니라 단어 하나를 전체로 인식하기 때문이다.

이런 단어 우월 효과[253]를 적극적으로 활용한 것이 한국인들의 '에어비앤비체'다. 해외여행에서 한국인이 에어비앤비에 숙박하면서 당한 불편함이나 부당함을 후기로 남길 때 한국인만 이해할 수 있는 엉망진창 한글을 쓰는 것에서 유래했으며 이런 식이다. '한꾹인뜰 꼼 뽀쎄요' 'ㅋㅣ ㅂㅗㄷㄱㅏ ㅇㅣ ㅅㅏ ㅇㅎㅒㅇㅛ' 등이다. 자동번역기가 해석할 수 없도록 하려고 이렇게 쓴다. 괜한 장난질이 아니다. 삭제당하는 것을 피해 다른 한국인들이 정확한 정보를 얻을 수 있도록 하기 위해서다.

과학기술의 목적이 생활의 번거로움을 줄이는 데 있고 보면 아직까지 인공지능과의 대화는 다소 번거롭다. 발음도 정확해야 한다. 사람끼리는 잘못 말하거나 어눌하게 말하거나 잘못 써도 알아듣는다. 물론 제대로 말하고 정확하게 발음하고 올바로 써도 이해하지 못하는 사람도 있기는 하다.

---

253 단어 우월 효과(word superiority effect): 동일한 문자라도 단어 속에 나타나면 비단어 속에 나타날 때보다 더 정확하게 인지되는 것을 말한다. 즉, 문자 정보의 인지 과정에서 단어를 구성하고 있는 문자에 대한 정확한 지각보다 단어 전체의 지각을 통해 인지하게 된다는 것이다. - 위키백과 참조.

공기나 물처럼 하도 자연스러워 의식하지 못하지만 사람이 나누는 대화의 상당 부분은 메타포다. "그녀를 처음 본 순간 종소리가 들렸어", "둘이 먹다 하나가 죽어도 모른다", "호랑이도 안 물어갈 놈", "내 눈에 흙이 들어가기 전엔 절대 안 돼" 같은 말을 우리는 말이 안 되는 줄 알면서도 단박에 알아듣는다. 은유나 비유 같은 돌려 말하기를 제거한 대화는 무미건조하기가 제품사용설명서에 버금간다. 긴장감과 의외성이 없어 재미없고 똑바로 말하는데도 정확히 이해하기 힘들다.

은유와 비유를 쓰지 않는 법전을 떠올려보라. 비유의 목적은 사전 지식이나 정보가 없는 상태에서도 쉽게 이해할 수 있도록 하는 데 있다. 그래서 세계 어느 나라를 불문하고 속담은 비유가 절묘하다. 인간에게 호흡처럼 자연스러운 알레고리와 메타포, 눈치와 유머라는 언어의 거대한 산맥을 A.I.가 어떻게 넘어설지 궁금하다.

나는 A.I.가 시를 짓고, 음악을 작곡하고, 그림 그리는 게 놀랍지 않지만 시를 읽거나 음악을 듣거나 그림이나 노을을 골똘히 감상한다고 하면 굉장히 놀랄 것 같다. 쳐다보는 게 아니다. 반드시 감상하는 것이어야 한다. 감상(鑑賞)하다 감상(感傷)에 빠지는 등의 감상(感想)[254]이어야 한다. 나지막한 탄식과 함께 자기에 대한 이야기를 들려준다면 인정할 것이다

280

---

254 감상(鑑賞): 주로 예술 작품을 이해하여 즐기고 평가함.
　　 감상(感傷): 하찮은 일에도 쓸쓸하고 슬퍼져서 마음이 상함.
　　 또는 그런 마음.
　　 감상(感想): 마음 속에서 일어나는 느낌이나 생각.

당신은 사람입니다.

단단한 원형의 크립토나이트가 모든 방식을 동원해 사람의 네모난 모서리를 깎으려 든다. 완전히 터득할 때까지 실수와 실패는 무한 반복된다. 지금 우습게 여기는 모든 것을 더 이상 우습게 여길 수 없을 때까지. 자기와 상관없다 호언장담하는 것들이 자기 삶을 좌우할 때까지. 그리하여 마침내 무릎을 꿇고 진정한 배움을 청할 때까지.

네모난 모서리가 깎일 때마다 사람은 아프고 아프면 화가 나고 화가 나면 슬퍼진다. 슬픔으로 분노의 힘을 잃어버리면 스스로에게 점검을 요청한다. 모든 것이 다 굴러가는데 나 혼자 모서리에 갇혀 굴러가지 못하고 있는 게 아니냐고. 단단한 원형의 크립토나이트가 말한다. "사람이 너무 애쓰면 모서리가 생긴단다." 그는 모든 방식을 동원해 사람의 모서리를 깎는다.

그러면 사랑은?

사람의 네모난 모서리가 닿고 치이고 걸리고 깎이고 애간장이 마르고 타고 녹고 저미고 닳아 도착하는 곳. 돌고 돌아 돌아간 곳. 이 거대한 순환의 과정을 살아가게 하는 힘. 사람이 아니라도 둥근 사랑의 힘으로 살아갈 수 있을까?

당신은 사람입니까?

로봇이 사람처럼 되는 것보다 사람이 로봇처럼 되려 하는 게, 비교할 수 없을 만치 무섭고 슬프다. 살, 살다, 삶, 사람, 사랑.

　사람을 사람답게 하는 가치에 가격을 시삐[255] 매기려 한다면, 그런 행위에 두려움을 느끼지 않는다면, 그 두려움에 대항하지 않는다면.

　　로봇이 아니라는 것을 증명하시오.

255　시삐: 부사 별로 대수롭지 않은 듯하게.

질문으로 시작해

어휘력과 사고력 확장하기

당신이 기억하는 최초의 맛은 무엇인가?

내가 태어나 최초로 먹은 음식은 어머니의 젖이었겠지만 맛을 전혀 기억하지 못한다. 어머니에게는 나를 품에 안고 젖을 먹인 추억이 있으나 내게는 당신 품에 안겨 젖을 먹은 기억이 없다. 어머니는 내가 세상에 났을 때부터 오늘까지 다 기억하시는데 나는 당신의 가장 예뻤던 시절을 보지 못했으니 부모와 자식관계는 아무리 생각해도 불공평하다.

다음 생이 있다면 내 자식으로 태어나 응애응애 울고 아장아장 걷고 가갸거겨 배우고 콩닥콩닥 설레며 처음 연애하는 모습을 다 보고 싶다. 나는 전생의 기억으로 당신이 아무리 울어도 진득하게 품에 안고 다독일 것이고, 험한 세상으로부터 보호할 것이며 전생에 이루지 못한 당신의 꿈을 이룰 수 있도록 응원할 것이다.

당신이 기억하는 최초의 맛은 무엇인가? 모든 '최초'는 강렬하다. 강렬하기 때문에 '최초'가 됐을 것이다. 실제로 최초가 아닐지 모르는데 강렬함이 기억을 비끄러맨 덕에 최초가 되었다. 내가 기억하는 최초의 맛은 매운맛이다.

대여섯 살 무렵 아니었을까 싶다. 어머니가 김장하시는데 옆에 앉아 있다 배추김치 한 조각 받아먹었다. 입 안에 들어온 다음이 기억나지 않는 걸 보면 기절이라도 했던 걸까. 아무튼 그 정도로 고통스러웠다. 입술 주변에 온통 발갛게 발진이 올라오고 쓰라려서 며칠 동안 굉장히 고생했다.

그 후로 한 번도 생김치를 먹은 적 없다. 고춧가루가 적나라하게 시뻘건 생김치는 보기만 해도 아프다. 생김치 말고 다른 매운 음식을 시도해본 적 있는데 양쪽 귀를 송곳으로 찌르는 것처럼 심한 통증이 발생했다. 고로 내게 매운맛은 맛이 아니라 통증이다. 그래도 이 속담은 이해할 수 없었다. "시집살이 고추 같이 맵다."

어색하다. 감정 상태를 두고 '쓰다'나 '씁쓸하다'고는 해도 맵다는 말은 쓰지 않는다. "지금 내 심정이 매워"라고 말하면 어떻다는 줄 누가 헤아릴 것인가. 더구나 '시집살이 삼 년에 열두 폭 치맛자락이 다 썩는다', '친정 밥은 쌀밥이고 시집 밥은 피밥이다', '시어머니 죽으라고 축수했더니 보리방아 물 부어놓고 생각난다' 할 정도로 피눈물 나는 시집살이의 설움이다. 내게 아무리 매운맛이 통증이라도 그 정도는 아니다. 그래서 자료를 찾기로 했다.

먼저 고추의 유래에 대해 찾았다. 우리나라에는 임진왜란 이후인 17세기 전반에 일본에서 들어왔고 18세기 초부터 재배했다고 하니 한국인 매운맛의 기원이 그리 오래지 않았다. 그런데 우리나라에 들어와 처음 붙은 이름이 '고초(苦椒)'였다. 쓸 고(苦)자에 초나무 초(椒)자를 써서 '쓴 풀'이라는 뜻으로, 의역하면 먹기 힘든 풀이라는 소리다. 이후 발음의 변화를 겪어 고추가됐다. 이때 '추'자에는 따로 붙은 한자가 없다.

왜 매운맛 나는 과실을 쓴맛 난다고 했을까. 왜 매울 신(辛)자를 쓰지 않고 쓸 고(苦)자를 썼을까. 이에 관련한 문헌은 없다. 고추의 매운맛과 시집살이 설움을 다시 연관 지어 헤아려본다. 분명히 연관이 있으니까 그런 비유가 나왔을 것이다. 사전을 편친다. '맵다'를 찾는다. 풀이가 이러하다.

맵다: (형) 1_ 입 안이 화끈거리도록 알알한 맛이 있다. 2_ (날씨가) 몹시 춥다. 3_ 성질이 독하거나 사납다. 4_ 연기 따위가 눈이나 코를 자극하여 아리다.

'시집살이 고추같이 맵다'는 속담에서 '맵다'의 의미를 위에서 굳이 찾자면 3에 해당할 것 같지만 며느리가 느끼는 시집살이 설움을 공감하기엔 아직 부족하다. 이번에는 한자로 매울 신(辛)의 뜻풀이를 찾아본다.

辛: 매울 신 1_ 맵다. 2_ 독하다(毒--). 3_ 괴롭다, 고생하다. 4_ 슬프다. 5_ 살생하다. 6_ 매운맛. (이하 생략)

매울 신이 '시집살이 고추같이 맵다'를 해석하기에 적당하다. 괴롭다, 고생하다, 슬프다. 그런데 고추는 신초나 신추가 아니라 고추다. 쓸 고(苦)자의 뜻풀이를 찾아본다.

苦: 쓸 고 1_ 쓰다. 2_ 괴롭다. 3_ 애쓰다, 힘쓰다. (이하 생략)

매울 신보다 며느리가 느끼는 설움이 구체적이다. 여기에 '苦'가 들어가는 낱말을 늘어놓으면 이 글자가 가진 깊이가 달라 보인다. 네이버 한자사전에 '苦'를 치고 검색하면 241개에 이르는 낱말이 나오는데 고민(괴로워하고 번민함), 고통(몸이나 마음의 괴로움과 아픔), 고충(괴로운 심경), 고뇌(몸과 마음이 괴로움, 괴로워하고 번뇌함), 고배(쓰라린 경험), 고심(마음을 태우며 애씀), 고

생(어렵고 괴로운 가난한 생활, 괴롭게 애쓰고 수고함), 고난(괴로움과 어려움), 고역(매우 힘드는 일), 고초(괴로움과 어려움), 노고(애쓰고 노력한 수고로움), 고해(괴로운 인간세계), 인고(괴로움을 참음) 등 사람이 느낄 수 있는 온갖 괴로움과 아픔이 열거돼 있다. 괴롭고 아픈 심경을 표현할 때 '辛'보다 '苦'를 널리 썼으리라 추측할 수 있다. 우리말 '쓰다'는 한자 '쓸 고'에 비하면 아주 순하다.

쓰다: 1_ 맛이 소태의 맛과 같다. 2_ 입맛이 없다. 3_ 마음에 언짢고 싫다.

고초(苦椒)[256]라 적고 매운맛이라 부른 걸 보면 '맵다'가 지금은 쓰지 않는 '괴롭다'는 뜻으로 통했을 가능성이 있다. 17세기의 고추는 사람이 도저히 먹을 수 없을 만큼 괴로운 맛이라 작물이 아니라 관상용으로 분류됐고 그때까지 우리 민족에게 매운 식재료는 파, 마늘, 생강, 부추, 겨자 정도였다. 그러다 맛본 고추는 강렬한 괴로움이었을 것이다.

실제로 고춧가루는 지난 군사정권의 고문 도구였고 2018년 스리랑카 국회에서 총리불신임을 두고 의원들끼리 난투극을 벌이면서 고춧가루를 탄 물을 상대 의원에게 뿌린 사태가 있었다. 왜가 임진왜란 때 화학무기 목적으로 쓰려고 고춧가루를 가져왔다는 속설이 터무니없이 들리지 않는다. 차례대로 짚어 여기

---

256 이때 고초의 한자를 '苦楚'라 잘못 표기한 자료가 있는데 苦楚는 괴로움과 어려움을 아울러 이르는 말이다.

에 이르니 '시집살이 고추 같이 맵다'는 말이 참으로 서럽다.

고초는 수백 년 동안 개량을 거듭해 오늘날의 그나마 순한 맛, 고추가 되었지만 그래도 맵다. 시절이 달라져 시집살이도 그나마 순해졌지만 누군가에게는 여전히 괴롭다. 매운맛과 마찬가지로 심적 괴로움과 고통에 절대적 기준이 있어 더하고 덜하고 나뉘는 게 아니다. 힘들다는 사람한테 "뭐가 힘들다고 그래. 나는 어쩌고저쩌고……" 하는 고통 배틀은 하는 게 아니다. (사람들은 참 별걸 다 이기고 싶어 하는 것 같다.) 그건 청양고추를 고추장에 찍어 나한테 건네며 "내가 먹어보니까 하나도 안 매워, 너도 먹어봐" 하는 거나 같다. 당신한테는 맛있을지 모르지만 나는 죽을 수 있다고.

'달달하다'는

무슨 맛일까?

"눈빛이 달달해", "노래가 달달해", "둘이 달달해" 방송에서도 예사롭게 쓰는 말 '달달하다'는 표준어가 아니다. 표준어로 '달달하다'는 '춥거나 무서워서 몸이 떨리다'라는 뜻으로 '후덜덜'[257]과 비슷하며 이에 따르면 앞서의 달달한 말들은 정반대 의미가 되고 만다.

---

257 후덜덜: 부사 몹시 놀라거나 무서워서 팔다리나 몸이 자꾸 크게 떨리는 모양.

그렇다고 속어나 비어도 아니다. 강원도의 강릉과 충북, 경남과 경북, 함북에서 쓰는 방언이다. 재미있는 점은 같은 '달달하다'가 강원도와 경상도에서 각기 다른 단맛을 지칭한다는 것인데, 강원도에서 '달달하다'는 꿀이나 설탕 맛처럼 단맛이고 경상도에서 '달달하다'는 감칠맛 있게 단맛이다. 쉽게 말해 강원도의 '달달하다'가 진짜 달다.

단맛: (명사) 1_ 감칠맛 있게 입에 맞는 좋은 맛. 2_ 설탕, 꿀 따위의 당분이 있는 것에서 느끼는 맛.

"소주가 달다"라거나 "오징어가 싱싱해서 달다"에서 달다는 감칠맛 있게 입에 맞는 좋은 맛으로 경상도 방언인 '달달하다'에 가깝다. CF의 영향력은 참 무섭다. '감칠맛'이라고 하면 단박에 조미료, MSG가 연상되니 말이다. 그러나 감칠맛은 '음식물이 입에 당기는 맛', '마음을 끌어당기는 힘'이라는 좋은 뜻을 가졌다. 이렇게 놓고 보면 단맛뿐 아니라 다른 맛에도 감칠맛을 적용할 수 있지 않을까 싶은데 감칠맛으로 설명한 맛은 단맛이 유일하며 다른 맛에는 거론되지 않는다.

짠맛: (명사) 소금과 같은 맛.
신맛: (명사) 식초와 같은 맛.
쓴맛: (명사) 소태나 씀바귀 따위의 맛처럼 느껴지는 맛.
매운맛: (명사) 입 안 점막을 자극하였을 때 느낄 수 있는 알알한 맛.

감칠맛을 감안하고 단맛을 다시 풀이하면 '먹었는데 또 먹고 싶게 만드는 느낌을 갖게 하는 입에 맞는 좋은 맛'이다. 소주를 마시면서 "아, 달다 달아. 아주 쫙쫙 들어가네" 하는 바로 그 느낌이다. 하지만 요즘 유행하는 '달달하다'는 그런 의미보다 '설탕, 꿀 따위의 당분이 있는 것에서 느끼는 맛'에 가깝다. 단맛을 형용사로 옮기면 '달콤하다'가 되고 달콤하다는 '달달하다'의 표준어다.

달콤하다: (형용사) 1_ 감칠맛이 있게 달다. 2_ 흥미가 나게 아기자기하거나 간드러진 느낌이 있다. 3_ 편안하고 포근하다.

달콤하다와 비슷한 말로 '감미롭다'가 있다. 발라드 음악과 관련해 많이 쓴다.

감미롭다: (형용사) 甘味-- 1_ 맛이 달거나 달콤하다. 2_ 달콤한 느낌이 있다.

'달콤하다'는 글자로 볼 때보다 입으로 말할 때 훨씬 느낌이 살아난다. 크게 밖으로 열렸다가 'ㅏ', 곧바로 작게 안으로 모으는 모음 'ㅗ'가 재차 이어져 시원하면서도 앙증맞다. 달콤하다의 센말이 '달곰하다'인데 여전히 앙증맞다. 달곰을 어근으로 사용해 달곰삼삼하다, 달곰새금하다, 달곰쌉쌀하다, 달곰씁쓸하다 등으로 활용할 수 있다.

물론 '달곰히'라는 형용사도 있다. '달콤히'보다 더 달콤한 '달곰히'. 이 외에도 단맛 나는 낱말들이 여럿 있는데 그중 '달근달근하다'는 말이 마음에 든다. 마치 '달곰하다'와 '두근두근'을 조합한 것 같은 이 말은 맛이 아니라 감정을 표현하는 형용사로 '재미있고 마음에 들다'라는 뜻이다. "오늘 만난 그 사람 어때?" 했을 때 "달근달근해"라고 하면 더 보탤 말이 없겠다.

'달콤하다'의 반대말은 '씁쓸하다(조금 쓰다, 달갑지 아니하여 조금 싫거나 언짢다)', '씁쓰름하다', '씁쓰레하다'이다. '씁'이나 '쓸'이라는 글자는 쓴맛에 불쾌해 인상 쓸 때 얼굴처럼 생겼다. 그러나 순전히 내 경험으로 '달콤하다'의 반대말은 '떫떠름하다'이다.

떫떠름하다: (형용사) 1_ 조금 떫은맛이 있다. 2_ 흐리멍덩하여 어딘가 똑똑하지 않은 데가 있다. 3_ 마음이 내키지 않는 데가 있다.

내게는 매운맛보다 더욱 강렬한 맛의 기억이 있는데 바로 떫은맛이다.

떫은맛: (명사) 설익은 감의 맛처럼 거세고 텁텁한 맛.

그렇다. 설익은 감을 베어 물고 말았던 것이다. 놀라서 바로 뱉어버렸지만 혓바닥과 입천장이 오그라드는 것 같은 느낌이 무서워 울었던 거 같다. 아무리 물로 헹궈도 가시지 않았다.

어렸을 적에 살던 집에 감나무가 있었다. 가을이 되면 가지마다 무지무지하게 감이 달렸는데 까치밥으로 몽땅 내어줄 요량이 아니면 입동이 오기 전에 전짓대[258]를 사용해 따야 한다. 이때 딴 감은 겉보기에 아무리 그럴싸해도 다 떫다. 늦가을에 벌써 탐스럽게 발갛게 익은 홍시가 시장에 나와 있다. 어찌 불온한 눈길을 보내지 않을 수 있겠는가. 저절로 익은 것이 아니라 억지로[259] 익힌 것이 분명하니 말이다. 어서, 빨리빨리, 얼른, 후딱!

아홉 살 무렵 외조부모님과 셋이 시골집에서 살았다. 할머니는 감을 따시면 먼저 마루에 널어 놓으셨다. 마른 행주로 일일이 닦은 다음 문간방에 있는 큼지막한 쌀궤에 넣으셨는데 가을 추수 지난 지 얼마 안됐을 무렵이라 궤에는 쌀이 수북했고 나는 할머니가 감을 넣으시는 모습을 보고 왜 감을 쌀에 묻느냐고 물었다. 할머니가 일러주셨다. "요로코롬 하믄 땡감이 연시로 맹글어져."

땡감: (명사) 덜 익어서 맛이 떫은 감.

연시(軟枾): = 연감, 홍시.

홍시(紅枾): (명사) 붉고 말랑말랑하게 무르익은 감.

하루가 지나고, 이틀이 지나고……. 나는 쌀궤 앞을 괜히

---

258 전짓대: 명사 감을 따는 데 쓰는, 끝이 두 갈래로 갈라진 막대. 이 사이로 감이 달린 가지를 끼워 틀어서 꺾는다.

259 억지로: 부사 이치나 조건에 맞지 아니하게 강제로.

왔다 갔다 한다. 더 기다려야 하는 줄 알면서도 홍시를 먹고 싶은 욕망을 참기 힘들다. 내가 이렇게 강렬히 욕망하면 땡감이 서둘러 홍시가 되어줄 거 같다. 어디 확인해볼까? 할머니 몰래 쌀 궤를 열고 내 눈에 발갛게 잘 익은 감을 꺼낸다. 이 정도면 익은 거 같……, 으악, 퉤퉤!

으악: (부사) 갑자기 토하는 소리.
퉤퉤: (부사) 침이나 입 안에 든 것을 자꾸 뱉는 소리. 또는 그 모양.

그 사달이 난 것이다. 연거푸 물로 헹구고 혓바닥을 내밀어 박박 닦아도 떫은맛은 가시지 않았다. 혓바닥에 사포를 씌워놓은 마냥 떨떠름하고 얼얼했다. 지독했다. 그래서 나는 나쁜 사람을 만나면 이렇게 욕해주고 싶다. "에라! 이 떫은 사람 같으니."

에라: (감탄사) 실망의 뜻을 나타낼 때 내는 소리.
떫다: (형용사) 하는 짓이나 말이 덜되고 못마땅하다.

당신이 기억하는 최초의 맛은 무엇인가?
내게는 매운맛과 떫은맛이었다. 우연일까. 둘 다 미각이 아니라 통각이다. 그러니 강렬할 수밖에……. 혀의 맛봉오리뿐 아니라 입 안 전체의 피부 점막을 자극하니까.

미각: 짠맛, 단맛, 신맛, 쓴맛의 4가지로 구별되는 맛을 느

끼는 감각.

통각: 신체 부분에 상해, 염증 등 침해가 있을 때, 그 자극에 의해 생기는 감각.

매운맛: 구강점막을 자극할 때 느끼는 타는 듯한 또는 아픈 듯한 감각.

떫은맛: 혀에 있는 부드럽고 끈끈한 막이 오그라들면서 느껴지는 맛.

흠씬 두들겨 맞아서 잊을 수 없던 것이다. 처음 아픈 맛이고 놀란 맛이라 최초의 맛이 되어버렸다. 아프고 놀라서 어서, 빨리빨리, 얼른, 후딱! 가지고 싶어도 가질 수 없는 게 있다는 걸 터득했다.

나는 땡감이 홍시가 되기를 기다렸고 작고 하얀 낟알들이 울력해 땡감에서 떫은맛을 구축하는[260] 모습을 상상했다. 그러다 하얀 눈이 소복소복 내리고 텅 빈 겨울밤 번서듯 동네 개들이 돌아가며 컹컹 짖는 소리가 썰물처럼 내 귓전까지 밀려올 적에 할머니가 쌀궤에서 한 개 꺼내어 주시면 시커멓게 탄 자국 남아 있는 아랫목에 펴 놓은 내 몸보다 무거운 목화솜 이부자리를 등지고 윗목에 앉아 발갛게 달아오른 난로 앞에서 꼭 그처럼

---

260 구축하다는 두 가지 다른 뜻을 가지고 있다.

構築--: [동사] 1_ 어떤 시설물을 쌓아 올려 만든다. 2_ 체제, 체계 따위의 기초를 닦아 세우다.

驅逐--: [동사] 어떤 세력 따위를 몰아서 쫓아내다. 여기서는 두 번째 뜻으로 쓰였다.

발간 홍시를 야몽야몽²⁶¹⁾ 먹었다. 나의 기다림과 낟알들의 울력
으로 홍시는 날로달로 달곰했다.

울력: (명사) 여러 사람이 힘을 합하여 일함. 또는 그런 힘.
울력걸음: 여러 사람이 떨쳐나서는 데 덩달아 끼어서 함께
걷는 걸음.
날로달로: (부사) 날이 가고 달이 갈수록.
달곰하다: (형용사) 감칠맛이 있게 달다.

---

261 야몽야몽: 부사 야금야금의 전북 방언. 무엇을 입 안에 넣고
조금씩 먹어 들어가는 모양.

달변이 무엇을 할수 있는지 보여주다

그토록 위대했던 아킬레스가 항아리 하나도 다 채울 수 없을 만큼의 재료로 남았다. 하지만 그의 명성은 온 세상을 채우고도 남을 만큼 살아 있다. 온 세상이야말로 그에게 어울리는 척도이며, 그곳에서만 펠레우스의 아들은 진정한 자신이기에 공허한 타르타라를 느끼지 못한다.

– 오비디우스, 천병희 역, 《변신이야기》에서.

첫 번째 문장은 직접적인 어휘를 언급하지 않고도 그의 죽음과 화장(火葬) 사실을 알리며 위대한 인간도 생의 허망함을 피할 수 없음을 밝힌다. 마지막 문장은 첫 번째 문장과 대구를 이루는 명문이다. "진정한 자신이기에 공허한 타르타라를 느끼지 못한다."

'타르타라'는 그리스어로 '타르타로스'이며 헤시오도스가 쓴 《신통기》에 따르면 카오스, 가이아, 에로스[262]와 함께 그리스 신화에 등장하는 최초의 4대 신 중 하나다. 동시에 카오스보다 더 깊은 지하에 자리 잡은 심연이며, 제우스가 티타노마키아[263]에서 승리한 다음 아버지 우라노스와 자신에게 대항한 티탄들을 모두 가둔 곳이다. 그러니까 타르타로스는 온갖 거대 괴물들이 있는 깊고 어두운 곳인데 어쩐지 인간의 무의식을 상징하는 것

---

262 그리스 최초의 4대 신 에로스는 아프로디테의 아들 에로스와 다르지만 '사랑의 신'이라는 점에서는 같다.

263 티타노마키아: 그리스어로 '티탄들과의 싸움'이라는 뜻. 그리스 신화에 나오는 제우스와 티탄 신족 사이에 벌어진 전쟁으로 10년 동안 계속됐다.

같지 않은가. 오비디우스는 바로 그 타르타로스가 삼킬 수 없는 인간 유형을 제시하고 있다. 바로 '진정한 자신'이 된 인간이라고 말이다.

아킬레우스는 트로이 전쟁이 끝나기 전에 죽었으나 소망을 이루었다. 그는 신들의 결정에 따라 장수하지만 명성 없는 삶과 단명하지만 명성을 얻는 삶 중에서 후자를 택했고 B.C. 4000년[264]에 그리 될 수 있는 방법으로 전장에 나가 영웅이 되는 것이 유일했다.

아킬레우스가 죽은 후 그리스 장수들은 그의 무구를 차지하기 위해 무기를 든다. 후보자는 대(大)아이아스[265]와 오뒷세우스, 둘로 압축된다. 총사령관 아가멤논은 어떤 책임도 지고 싶지 않아 장수들의 다수결에 부친다. 이후 벌어지는 것이 '아킬레스의 무구를 두고 벌이는 아이약스와 울릭세스의 설전'이며 그리스 식으로 옮기면 '아킬레우스의 무구를 두고 벌이는 아이아스와 오뒷세우스의 설전'이다.[266]

264 트로이가 멸망한 것으로 추정되는 시기다. 호메로스는 기원전 9~8세기 사람이다.

265 호메로스의 《일리아드》와 《오뒷세이아》 등 그리스 신화에 등장하는 아이아스는 두 명으로, 둘 다 트로이 전쟁에 참전했다. 여기서 말하는 아이아스는 살라미스의 왕 텔라몬의 아들로 다른 아이아스와 구별하기 위해 대(大)아이아스라고 부르는데 이후 아이아스로 표기하겠다.

266 《일리아드》와 《오뒷세이아》를 쓴 호메로스는 그리스, 《변신 이야기》를 쓴 오비디우스와 《아이네이스》를 쓴 베르길리우스는 로마 사람이다. 이 때문에 같은 인물들을 두고도 그리스, 로마 식으로 이름이 달리 불리는데 그리스 사람은 그리스 이름으로 부르는 것이 옳다고 생각해 오비디우스가 쓴 원전

아킬레우스의 무구는 특별했다. 아킬레우스의 어머니인 물의 여신 테티스의 간청으로 올림포스의 대장장이 신 헤파이스토스가 '보는 사람 누구나 감탄할 만큼 아름답고 무서운 운명이 다가왔을 때 가증스러운 죽음에서 멀리 빼돌릴 수 있도록' 심혈을 기울여 제작한 무구다. 더구나 아킬레우스의 것이니 그의 무구를 물려받는다는 것은 그리스 최고의 장수로 등극함을 상징했다. 지난 10여 년 동안 개인적인 모든 행복을 포기하고 자산까지 투자해가며 전쟁을 치른 것에 대한 보상으로 충분했다.

결말부터 말하면 그리스 장수들은 '말 잘하는 자'의 손을 들어주었다. 나는 '말하는데 민첩하지 못해' 패배한 자에게 한없는 연민을 느낀다. 내 연민이 근거 없지 않는 모양인지 B.C. 5세기 고대 그리스 시인 소포클레스가 처음 쓴 비극이 《아이아스》였고, 2013년에 텍사스 대학 철학 교수인 폴 우드러프가 발간한 책 제목은 《아이아스 딜레마》였다.

대부분의 사람은 자신이 일한 만큼 정당하게 평가받지 못하고 보상받지 못한다고 생각한다. 인센티브를 독과점하는 이는 언제나 나와 다른 가치관을 가진 사람이다. 정당한 보상을 받지 못한 상실감은 정의가 무너졌다는 분노와 내가 이용당했다는 모멸감, 급기야 삶의 회의로 이어진다. 소포클레스는 한때 전장을 뒤흔든 영웅이 미쳐가고 스스로 죽음을 택하는 모습을 통해 인간 존재의 비극을 보여준다. 또한 아이아스에게 이런 비극을 초래한 장본인이 누구인지 정확히 가리킨다.

의 인용문을 제외하고 그리스 식으로 쓰겠다.

"나는 또 언제나 인간의 온갖 고통을 지켜보는 영원한 처녀 들을, 큰 걸음으로 성큼성큼 걷는 준엄하신 복수의 여신들 을 부르며 도움을 청할 거야. 가련하게도 내가 아트레우스 의 아들들에 의해 망하는 것을 알도록. (그리고 그자들은 내 가 내 손에 쓰러져 있는 모습을 보게 될 것인즉, 꼭 그처럼 복수의 여신들이 그 사악한 자들을 사악한 운명과 완전한 파멸 속으로 낚아채도록. 그리하여 그자들이 가장 사랑하는 자손들의 손에 죽 도록.)"

— 소포클레스, 천병희 역, 소포클레스 비극 전집 중《아이아스》에서.

아트레우스의 자손은 트로이 왕자 파리스에게 아내를 빼앗 긴 스파르타 왕 메넬라오스와 그의 형이자 미케네의 왕이며 그 리스 연합군의 총사령관인 아가멤논을 지칭한다. 폴 우드러프 역시 아이아스 딜레마를 풀 수 있는 것은 '리더십'이라고 강조했 다. 아가멤논은 리더로서 공정하고 형평성 있게 처리해야 할 중 요한 보상 문제를 다수결에 떠넘겨버림으로써 책임을 회피했다.

아이아스의 저주 때문이었을까, 아가멤논은 트로이 전쟁이 끝난 후 아내 클리타임네스트라와 그녀의 애인 아이기스토스에 게 살해당한다. 8년 뒤, 클리타임네스트라는 아버지의 원수를 갚으려는 친자녀 오레스테스와 엘렉트라에게 죽음을 맞고 남매 는 친모살해라는 범죄자가 되니 아가멤논 집안의 비극은 그리 스 비극의 주요 작품들이 된다.

"말 잘하는 자", 오비디우스가 오뒷세우스를 그리 칭송했다. 동양적 사고로는 다소 수긍하기 힘들다. 동양에서는 전통적으로 '말'을 경계했으며 관련한 고사성어가 수없이 많다. '설참신도(舌斬身刀: 혀는 몸을 베는 칼이다)', '교언영색(巧言令色: 남의 환심을 사기 위해 교묘히 꾸며서 하는 말과 아첨하는 얼굴빛)', '구밀복검(口蜜腹劍: 입으로는 달콤함을 말하나 뱃속에는 칼을 감추고 있다)' 등이 대표적이며 군자의 미덕으로 '눌언민행(訥言敏行)'을 꼽았다. 말은 어눌한 듯 더디지만 행동은 민첩하다는 뜻이다.

공자는 의지가 굳고 말수가 적은 사람이 오히려 인과 덕을 갖춘 자가 많다고 했다. 아이아스는 아킬레우스의 사촌이자 그리스 연합군에서 아킬레우스 다음 가는 출중한 무장이었다. 전투에 가장 많이 출정하고 늘 선두에 섰으며 끝까지 물러서지 않을 만큼 용감하고 성품까지 너그러운 데다 그리스 장수치고 드물게 도덕적으로 흠이 없었다. 이에 비해 오뒷세우스는 아킬레우스와 가까운 사이도 아니고 아이아스만큼 용맹한 장수도 아니며 냉혹하고 냉철해 인간적인 면도 그다지 보이지 않는다. 대신 흐름을 읽어내고 결정적인 순간에 한 수를 내놓는 지략이 출중하다.

중국이나 우리나라에서 인기투표를 했으면 아이아스의 압승이었을 것이다. 그러나 삼국지에서도 최종적으로 천하를 손에 거머쥔 자는 유비(의 일가)가 아니라 조조(의 일가)이고 보면, 인기와 승리는 별개의 사안인가 보다.

로마 사람 오비디우스는 그리스 사람 오뒷세우스가 연설을 시작하기 전에 "그가 하는 말은 유창하면서도 세련되기까지 했다"고 소개한다. 연설이 끝난 다음에는 "장수들의 집단은 감동했다. 결과는 달변이 무엇을 할 수 있는지 명백히 보여주었다. 용감한 영웅의 무구들은 말 잘하는 자가 가져갔던 것이다"라고 자신도 손들어준다. 그들은 왜 용맹한 아이아스가 아니라 말 잘하는 오뒷세우스를 선택했을까?

오비디우스의 글에 이유가 들어 있다. '감동'이다. 감동(感動), 크게 느끼어 마음이 움직인다는 뜻이다. 말하기나 글쓰기의 첫 번째 조건으로 '진정성'을 꼽는다. 청산유수 같은 말솜씨보다 진정성이 사람의 마음을 움직일 수 있기 때문이다. 그러나 독심술 가진 청자거나 어지간한 인내심을 가진 독자가 아니고서야 거칠고 투박한 솜씨에서 진정성을 느끼기란 쉽지 않다.

또 진정성 있는 사람이 하는 말이나 글이 꼭 진정성[267] 있게 들리는 것도 아니다. 자신이 전달하고 싶은 내용을 어떻게 표현해야 상대가 참되고 올바른 성질이나 특성을 가진 것으로 느낄 수 있을지에 대한 고심은 늘 필요하다. 진정성만 놓고 말하면 아이아스와 오뒷세우스의 연설 모두 넘친다. 목적도 같다. 10년 가까이 치르는 전쟁에서 자신의 공적이 상대보다 우월하고 이에 따라 아킬레우스의 무구를 계승할 자격이 있다는 사실을 입증해야 한다.

아이아스는 처음부터 끝까지 오뒷세우스를 공격한다. 앞에 있는 장수들이야말로 자신의 무훈에 대해 잘 아는 당사자들이니 굳이 더 언급할 필요가 없다고 자부한다. 무훈이라곤 전무한 오뒷세우스와 겨뤄야 한다는 자체가 자존심 상한다. 그의 연설

302

---

267 진정성: 참되고 올바른 성질이나 특성.

은 선거 유세에 나선 전형적인 정치인 스타일이다.

오뒷세우스는 손으로 눈물을 닦는 시늉을 하며 아킬레우스의 죽음을 슬퍼하는 것으로 연설을 시작한다. 아이아스와 달리 배우[268]에 가깝다. 시점을 트로이 전쟁을 시작하기 전으로까지 돌리더니 지난 10여 년을 한 편의 이야기로 만들어 장수들의 감정을 흔들고 자신의 지략이 얼마나 큰 공을 세웠는지 틈틈이 첨부한다. 아이아스의 이름이 나오는 것도 한참 뒤다. 이렇게 서서히 변죽을 울리다 드디어 절정에 다다른다.

"그들[269]은 손이 강하고 전투에서 나만 못하지 않지만 내 지혜에 양보했소이다. (중략) 그대는[270] 몸으로 도움을 주지만 나는 정신으로 도움을 주오. 키잡이가 노 젓는 자보다 더 위대하고, 장수가 졸병보다 더 위대한 만큼 나는 그대보다 더 우월하오. 우리 몸에서는 가슴이 손보다 더 유능하고, 우리의 모든 힘은 거기 있기 때문이오."

– 오비디우스, 천병희 역,《변신이야기》에서.

위대한 장수 아이아스를 단번에 몸뚱이만 있는 자로, 노 젓

---

268 배우의 한자 '俳優'에서 '俳'자는 사람 인(人) 자에 아닐 비(非) 자가 합쳐 사람이 아니라는 뜻이다. 극중 인물은 살아 있는 사람이 아니라 환영이라는 의미를 담은 것으로 보인다.

269 오뒷세우스와 아이아스를 제외한 그리스 연합군의 다른 장수들을 말한다.

270 아이아스를 가리킨다.

는 자로, 졸병으로 끌어내린다. 잼처[271] 의도적으로 '우리'라는 어휘를 내놓는다. 적절한 시점에 발화되는 '우리'는 언제나 감동적이거나 선동적이다. 그의 연설은 듣는 사람에게 오뒷세우스의 '우리'에 끼지 못하면 무능하고 멍청한 사람이 될 거 같은 기분이 들게 만들어 오뒷세우스와 함께 하는 우리가 되고 싶은 충동에 들끓게 한다.

아리스토텔레스는《시학》에서 절정은 곧바로 결말로 이어져야 더욱 극적인 효과를 줄 수 있다고 강조하는데 오뒷세우스가 충실히 따른다.

"만약 아직도 위험천만한 곳에서 대담하게 무엇을 구해 와야 한다면, 만약 아직도 트로이야의 파멸에 무엇이 부족하다고 여기신다면, 여러분은 나를 기억하시오!"

　　　　　　　　　　　　　− 오비디우스, 천병희 역,《변신이야기》에서.

아이아스의 연설은 과거와 나에 갇혀 있고 오뒷세우스의 연설은 미래와 우리로 열려 있다. 아이아스가 오뒷세우스보다 우월한 자격을 입증하는 데 주력한다면 오뒷세우스는 앞에 앉아 있는 장수들을 자신이 만든 영웅 서사시의 등장인물로 참여시킨다. 무엇보다 오뒷세우스는 '그들'이 무엇을 원하는지 정확히 간파하고 있다. 바로 종전(終戰)이다. 그들은 용맹한 장수이기 전에 고향으로 돌아가 가족과 평범한 일상을 살고 싶은 범부

304

---

271 잼처: 부사 어떤 일에 바로 뒤이어 거듭.

들이다. 가장 영예롭게 고향으로 돌아가는 방법은 트로이의 파멸밖에 없다. 그래서 오뒷세우스는 맹세한다. 트로이의 파멸을 위해 기꺼이 자신이 파수꾼이 되겠노라고.

아이아스라면 모를까, 오뒷세우스는 트로이의 파멸을 위해 자기 목숨을 바칠 위인이 절대 아니다. 그리스 장수들이 이 사실을 모를 리 없다. 그런데도 아이아스가 아닌 오뒷세우스에게 아킬레우스의 무구를 계승할 자격이 있다고 다수결로 인정했다.

모든 이야기는 알레고리다.

트로이 전쟁은 트로이가 선점한 해상 무역로와 부를 약탈하기 위한 전쟁이었다. '헬레네'로 상징되는 '치명적인 아름다움'은 다름 아닌 부유함이었으며 약탈자는 트로이가 아니라 그리스였다. '아킬레우스의 무구를 두고 벌이는 아이아스와 오뒷세우스의 설전'은 전쟁을 시작한 지 10년이 다 되어가는 즈음에 벌어졌고 그로부터 얼마 후 트로이가 멸망한다.

오비디우스는 사실을 기록하는 역사가가 아니라 세상과 인간의 본질을 탐구하는 문학가다.《변신이야기》에서 이 에피소드를 왜 트로이 멸망 전에 배치했는지 봐야 한다. 그리스는 척박한 땅이다. 단순히 소아시아로 가는 무역의 거점을 차지하는 것만으로는 부강해지기 힘들다. 전쟁에 승리한 다음 세상에 필요한 인재는 누구인가? 전투에 능한 아이아스인가, 말 잘하는 오뒷세우스인가? 아이아스는 전쟁이 끝나가는 시점에 더 이상 필요치 않은 존재다.

호메로스의 또 다른 대작 《오뒷세이아》에서 오뒷세우스는 트로이를 떠나자마자 제대로 맞은 풍랑에서 아킬레우스의 무구를 다 잃어버리는데, 이 대목이 내게는 낡은 세계의 종말, 새로운 시대의 시작으로 읽힌다. 새로운 시대에는 낡은 시대의 상징이 더 이상 필요치 않다. 호메로스가 오뒷세우스의 험난한 바다 표류기를 《오뒷세이아》로 쓴 것은 B.C. 8세기, 고대 그리스에는 폴리스가 등장하기 시작했고 그들은 해상무역의 강자로 등극한다. 오뒷세우스는 신들의 저주를 비롯한 온갖 고비를 자신의 지략으로 이기고 마침내 귀향한다. 아이아스, 아킬레우스, 헥토르가 아니라 오뒷세우스가 필요한 세상이 된 것이다.

　　"달변이 무엇을 할 수 있는지 명백히 보여주었다."

　　오비디우스의 말이 코로나-19 이후의 세상에도 통할 수 있을까. 비대면과 개인주의가 일상이 될 그 세상에서도 말이다. 사람을 만나지도 못 하는데 달변이 무슨 소용일까 싶다가도 한편으로는 눈빛과 표정을 볼 수 없는 상황이라서 듣는 이가 더욱 말의 뜻과 맛을 예민하게 감지할 것이라는 생각도 든다.

　　오뒷세우스의 세계에서 아킬레우스의 무구가 더 이상 필요치 않듯 대면으로 모든 업무를 처리한 시대의 어휘와 표현이 비대면일 때는 다소 껄끄러워지거나 바로 이해하기 힘든 것이 될 수 있다. 그럼에도 예나 지금이나 변함없는 달변의 조건이 있다면, '인간을 이해하는 것', 그중에서도 앞서 오뒷세우스가 연설했듯 '우리의 몸에서는 가슴이 손보다 더 유능하고 우리의 모든 힘은 거기 있다'는 사실을 아는 것이다.

사람은 머리로 안다 해도 가슴이 받아들이지 못하면 변화하지 않는다. 내용인즉 아무리 옳아도 가슴을 울리지 못하면 한 발자국도 움직이지 않는다. 반대로 가슴만 둥둥 울려댈 뿐 머리에 닿지 않으면 개꿈처럼 공허하다. 올바른 논거, 적확한 낱말만으로는 부족하다. 표현이 아름다워야 하고 가슴을 흔들 수 있어야 한다. 결과는 달변이 무엇을 할 수 있는지 명백히 보여줄 것이다.

어른의 어휘력

초판 1쇄 발행 2020년 8월 15일
초판 51쇄 발행 2023년 1월 25일
리커버판 1쇄 발행 2023년 5월 1일
리커버판 19쇄 발행 2025년 1월 15일

지은이	유선경

펴낸이	한선화
편집	이미아
디자인	여만엽
홍보	김혜진
마케팅	김수진

펴낸곳	앤의서재
출판등록	제2022-000055호
주소	서울 서대문구 연희로11가길 39, 4층
전화	070-8670-0900
팩스	02-6280-0895
이메일	annesstudyroom@naver.com
인스타그램	@annes.library

ISBN 979-11-90710-58-9 03800